I SOGNI DELLA STREGA

LE STREGHE DI KEATING HOLLOW, VOLUME 4

DEANNA CHASE

Traduzione di

ERNESTO PAVAN

Titolo originale: *Dreams of the Witch*

Editing originale: Angie Ramey

Immagine di copertina: © Ravven

Traduzione dall'inglese di Ernesto Pavan

ISBN: 978-1-953422-21-7

Bayou Moon Press, LLC

www.deannachase.com

Creato con Vellum

TRAMA

Benvenuti a Keating Hollow, il paese incantato pieno d'amore, amicizia e famiglia.

La vita di Faith Townsend procede esattamente come da programma. La spa che ha appena aperto prospera e nella sua vita c'è un uomo nuovo e molto attraente. Ma quando Faith riceve una lettera da parte della madre che l'ha abbandonata quando aveva solo cinque anni, il suo mondo perfetto viene completamente stravolto.

Hunter McCormick ha trascorso gli ultimi dieci anni in movimento, cercando di sfuggire ai suoi demoni. Ma ora che ha trovato Keating Hollow e Faith Townsend, è deciso a fare del paese la sua casa. La vita va bene fino al momento in cui vecchi segreti vengono rivelati e Hunter corre il rischio di perdere l'unica persona a cui abbia mai voluto bene. Hunter dovrà trovare un modo per riconquistare la fiducia di Faith, se desidera essere colui che realizzerà i sogni della strega.

CAPITOLO 1

"Ancora una vite e siamo a posto," disse Hunter, flettendo le braccia muscolosissime mentre stringeva un bullone su un lettino da massaggi.

Faith Townsend fissò l'impresario e sperò di non stare sbavando. L'uomo era una meraviglia con la M maiuscola. Davvero erano trascorsi sei mesi da quando aveva cominciato a lavorare per lei, aiutandola a costruire la nuova spa? Sembravano passate solo poche settimane da quando l'uomo era arrivato da chissà dove e aveva dato inizio ai restauri che avevano trasformato l'edificio da poco acquistato da Faith nello spazio più bello che lei avesse mai visto.

"Sono tutti colpiti," disse Faith. Aveva fatto le prove per l'apertura della sua nuovissima spa di lusso proprio quel pomeriggio. Tutta la sua famiglia, assieme a metà del paese, era venuta a fare un giro e concedersi i prodotti di lusso creati da sua sorella Abby. Il quaderno degli appuntamenti era già pieno a metà per il mese a venire e il riscontro era stato eccezionale. "Hai superato te stesso, Hunter. Mia sorella Noel è interessata a farti fare alcuni lavori alla sua locanda, quando avrai tempo, e l'altra mia sorella Yvette dice che anche lei potrebbe avere del lavoro per te."

Hunter diede un'ultima stretta al bullone e si raddrizzò, voltandosi a guardarla. Un sorriso lento si allargò sul suo volto dal fascino vissuto. "Stai cercando di liberarti di me, Faith? Pensavo che avessi ancora bisogno di farti dipingere l'ufficio."

Faith *non* stava assolutamente cercando di liberarsi di Hunter. Anzi, era da due settimane che si spremeva le meningi per trovare dell'altro lavoro da affidargli, in modo da continuare ad avere una scusa per vederlo tutti i giorni. "No. Ma sono rimaste così colpite che hanno cercato di portarti via. Ma ho detto loro che dovranno aspettare. Ho deciso di cominciare i lavori per la zona di rilassamento all'aperto di cui abbiamo parlato il mese scorso. Hai detto che saresti in grado di costruire un pozzetto per il fuoco in pietra, giusto?"

L'uomo rise. "Certo. Qualunque cosa tu voglia." Si ficcò la chiave a bussola nella tasca posteriore. "Vuoi anche la cascatella e il muretto di sassi di cui avevamo discusso?"

"Sì, per favore." Faith gli sorrise, chiedendosi quanto ci avrebbe impiegato per trasformare la parte esterna. Era ancora estate a Keating Hollow e, se Hunter fosse riuscito a terminare i lavori entro qualche mese, i clienti di Faith avrebbero potuto ancora godersi l'aria aperta prima che arrivasse la stagione triste e piovosa. "Se non hai troppo da fare, intendo."

Hunter ammiccò. "Sono tutto tuo fino a nuovi ordini."

Il fiato di Faith si mozzò e il suo cuore mancò un battito. Aveva preso una cotta per quel tizio il giorno in cui aveva cominciato a lavorare per lei. Il fatto che si fosse sempre presentato in anticipo, sembrasse amare il suo lavoro e fosse in anticipo sulla tabella di marcia l'aveva conquistata. Che fosse bellissimo e premuroso non guastava. Le portava un cappuccino dall'Incantation Café tutte le mattine e, quando usciva a pranzo, si ricordava sempre di chiederle se voleva qualcosa. Fra di loro era nato un rapporto rilassato e Faith avrebbe sentito la sua mancanza quando i lavori alla spa sarebbero terminati.

"Hunter?" chiese con voce un po' tremante.

"Sì?" L'uomo sollevò lo sguardo dal portablocco che aveva fra le mani.

"Posso portarti fuori a cena, questa sera?" gli chiese, udendo il tremito nervoso nella sua voce. "Per ringraziarti di tutto il lavoro che hai fatto? Questo posto non sarebbe nemmeno lontanamente pronto ad aprire senza di te."

"A cena?" Hunter si accigliò. "Non devi farlo. Ho solo fatto il mio lavoro."

Faith fece una risatina nervosa. "E ti sei preso cura di me tutti i giorni, assicurandoti che mangiassi e che mi prendessi un giorno di riposo ogni tanto. Mi hai persino costretta ad andare dalla guaritrice qualche settimana fa, quando continuavo a tossire." Faith si avvicinò all'uomo e gli appoggiò una mano sul braccio. "Non sei solo il mio impresario. Devi essertene reso conto. Siamo... amici. Giusto?"

Gli occhi scuri dell'uomo scrutarono nei suoi e l'intensità del suo sguardo la scaldò dentro. L'espressione sul suo volto era tutto, tranne che amichevole. Quello riflesso di fronte a lei era desiderio puro e all'improvviso Faith immaginò lui che la buttava sul lettino e loro due che ci davano dentro come ragazzini. Tutto il suo corpo formicolò per la pregustazione.

"Faith?" Un rumore di passi sui pavimenti di legno si udì fuori dalla porta semiaperta. "Sei qui?"

Hunter fece un passo indietro e scosse la testa come per schiarirsi le idee.

Accidenti. Faith avrebbe ucciso Yvette. Sua sorella aveva un tempismo orripilante.

"Dobbiamo andare," disse Yvette, ancora alla sua ricerca.

"Sono qui," esclamò Faith, rivolgendo ad Hunter un sorriso sconfitto.

"Eccoti," disse Yvette mentre apriva la porta. La più anziana delle sue sorelle aveva i capelli scuri raccolti in cima alla testa, con dei riccioli che incorniciavano il suo viso radioso. Brillava di felicità e Faith la perdonò immediatamente per aver interrotto il momento. Yvette si era fidanzata appena poche ore prima, quando il suo ragazzo, Jacob, le aveva chiesto di sposarlo. Yvette stava ricevendo tutto ciò che voleva e che meritava, compreso l'essere la matrigna della bambina più dolce del mondo. "Jacob e io dobbiamo andare. Skye sta per crollare."

"Ma certo." Faith si rivolse ad Hunter. "Tu non sparire. Dobbiamo ancora parlare della cena."

L'uomo fece spallucce. "Non ho fretta."

"Ottimo." Faith prese sottobraccio Yvette. "Ti accompagno."

Le sorelle uscirono dalla stanza per i massaggi e tacquero fino a quando non girarono l'angolo in fondo al corridoio.

"Porca. Miseria," disse Yvette in un sussurro intenso. "In cosa sono incappata?"

Faith esitò. "Cosa intendi?"

"Dai, sorellina. In quella stanza c'era tanta di quella tensione sessuale che mi stupisce che nessuno abbia preso fuoco. E tu hai parlato di una cena."

"Voglio portarlo a cena per ringraziarlo per tutto il duro lavoro che ha fatto." Faith fece una pausa ed esalò il fiato. "Faceva caldo, eh?" disse, facendosi aria. Erano nella saletta relax dove, un giorno, le clienti di Faith si sarebbero rilassate in attesa degli appuntamenti. Comode poltroncine erano disposte all'interno della stanza e in un angolo era stato allestito un elaborato bar con rinfreschi. Faith andò a riempirsi un bicchiere con dell'acqua al cetriolo. Dopo aver trangugiato il liquido, riempì il bicchiere e si voltò a guardare sua sorella. "Credo che stesse per baciarmi. Ma poi..."

"Io vi ho interrotti," concluse Yvette con una smorfia. "Mi dispiace, Faith. Non sarei entrata, se avessi saputo."

"Lo so benissimo." Faith mosse una mano e lanciò il bicchiere nella spazzatura. "Non pensarci più. Se è destino che succeda, presto ci sarà un'altra occasione." Rivolse a sua sorella un sorriso malizioso, le afferrò la mano e la riportò in corridoio e oltre la porta che conduceva alla zona della reception.

"Pronta?" chiese Jacob mentre prendeva sua figlia fra le braccia.

"Ti seguo." Yvette baciò Skye sulla guancia e accarezzò con dolcezza la testa della bambina. L'espressione di Jacob si sciolse mentre guardava le due persone che più amava al mondo.

Il cuore di Faith spiccò un balzo contro la gabbia toracica mentre osservava quel momento di dolcezza. Era qualcosa che poteva mandare in sollucchero persino la persona più incattivita. La luce che si irradiava da Yvette era praticamente accecante per Faith, che non riuscì a non chiedersi se avesse mai visto qualcuno illuminarsi allo stesso modo.

Jacob sorrise a Faith. "Congratulazioni. Questo posto ha un aspetto fantastico. Senza dubbio, presto avrai la fila davanti alla porta."

"Dalle tue labbra all'orecchio della dea," disse Faith, puntando un dito verso l'alto.

Mentre Jacob portava Skye di fuori, Yvette si avvicinò a sua sorella e la circondò con le braccia. "Questo posto è davvero magnifico."

"Grazie." Faith abbracciò strettamente sua sorella Yvette,

trattenendo le lacrime, e bisbigliò: "Congratulazioni. Lo meriti tantissimo. Jacob e Skye sono fortunati ad averti."

Yvette strizzò Faith e disse: "Sono io quella fortunata. Jacob e Skye sono riusciti a rubarmi il cuore e io fatico persino a ricordare com'era la mia vita prima che Jacob entrasse a farne parte."

Ottimo, pensò Faith. Sei mesi prima, Yvette aveva appena divorziato e si era ritrovata con un nuovo socio in affari che non voleva. Ma per sua fortuna, il nuovo socio si era rivelato essere Jacob e, dopo un inizio un po' burrascoso, i due si erano innamorati perdutamente l'una dell'altro. Faith era piena di gioia per sua sorella, ma non riusciva a evitare di provare il dolore sordo che sembrava aver messo radici nel suo petto.

Tutte le sue sorelle erano felicissime nelle loro famiglie allargate e lei cosa aveva? Non molto, tranne la sua famiglia, un cagnolino indemoniato e un'attività nuova, con un sacco di debiti e che produceva ben pochi profitti. Se fosse stata fortunata, ci sarebbero voluti fra i sei mesi e l'anno prima che lei potesse aspettarsi di vedere i conti passare dal rosso al nero. Era una consapevolezza quantomeno inquietante. Faith aveva scommesso tutto sulla sua nuova attività. Non poteva permettersi di fallire.

Dopo che sua sorella e il resto dei suoi ospiti se ne furono andati, lei si guardò attorno nella sua magnifica spa di alto livello, A Touch of Magic[1], e capì che mancava solo una cosa: qualcuno con cui condividerla.

Puntuale come un orologio svizzero, Hunter apparve dal retro e sfoderò il suo sorrisetto sexy. "Riguardo a quella cena… A che ora devo passare a prenderti?"

Un sorriso si allargò lentamente sul volto di Faith mentre tutto quello che aveva dentro si trasformava in pappetta. Era quello che voleva: una persona con cui condividere e festeggiare i risultati che aveva ottenuto. "Le sette e mezza al Cozy Cave? Ho sentito dire che hanno un piatto speciale con trota da far venire l'acquolina in bocca."

Lo sguardo dell'uomo cadde sulle sue labbra e prima che lei se ne rendesse conto, se lo ritrovò di fronte, con un braccio attorno alla vita. "C'è solo una cosa che mi fa venire l'acquolina in bocca e non è un pesce."

Faith aprì la bocca per rispondere, ma prima che potesse spiccicare parola, la bocca dell'uomo coprì la sua e lui la baciò così profondamente da farle girare la testa. Faith dimenticò tutto, tranne l'uomo alto e muscoloso il cui bacio le stava facendo arricciare le dita dei piedi. Voleva perdersi dentro di lui, avvolgersi attorno a lui ed esplorare ogni centimetro del suo corpo duro come la roccia.

"Sette e mezza," disse Hunter mentre si staccava.

"Eh?" Faith era frastornata e non capiva perché le labbra dell'uomo avessero abbandonato le sue.

"La cena. Passo a prenderti a casa tua." Hunter le diede un ultimo, delicato bacio sulle labbra e poi se ne andò.

Faith si portò una mano alle labbra formicolanti, cercando di impedire alla sensazione di svanire. Era successo davvero? Lanciò un'occhiata nello specchio dietro il banco dell'accoglienza e osservò le sue guance arrossate e il leggero bagliore della felicità nei suoi occhi azzurro chiaro.

Sì. Hunter l'aveva baciata e due ore dopo sarebbe venuto a prenderla per portarla a cena.

Con una nuova leggerezza nel cuore, Faith chiuse la spa e corse a casa, nel suo piccolo cottage blu sul confine del paese. Era una casa da restaurare, con due camere da letto, che suo padre l'aveva aiutata a comprare all'asta qualche anno prima. Faith lo avrebbe ripagato con gli interessi una volta che la spa avesse cominciato a produrre guadagni. Dopo aver giocato con

Xena, il suo malefico shih tzu, e averle dato da mangiare, Faith fece la doccia e trascorse quarantacinque minuti a provare tutto ciò che aveva nel guardaroba, fino a optare per un paio di jeans aderenti e una canottiera di seta che metteva in mostra le sue spalle abbronzate. Dopo essersi truccata, si guardò allo specchio e annuì. La strega che le restituì lo sguardo era rilassata, ma sexy. Perfetto.

Nei cinque minuti che restavano, Faith si sedette sul divano, con Xena in grembo, e aspettò. E aspettò. E aspettò ancora. Una volta che furono passate due ore, lei prese in considerazione l'idea di chiamare la guaritrice del paese o Drew, il vicesceriffo, tanto per tranquillizzarsi e avere la certezza che non fosse successo nulla. Ma finalmente, le arrivò la notifica di un messaggio.

Era di Hunter. *Scusa, Faith. È successa una cosa e ho dovuto lasciare il paese. Dobbiamo rimandare.*

Faith guardò incredula l'orologio. Hunter non avrebbe potuto scriverle prima? Furiosa, aprì una bottiglia di vino, maledicendo silenziosamente il sesso opposto. I progetti che aveva fatto con Hunter sarebbero stati il suo primo appuntamento da oltre un anno e lui le aveva appena dato buca.

CAPITOLO 2

"Faith, sbrigati. Si gela," chiamò Abby dalla sua auto da golf. Tutte e tre le sorelle di Faith erano imbacuccate con sciarpe, guanti e giacche spesse. Era la domenica sera dopo il Ringraziamento e la temperatura stava calando rapidamente a Keating Hollow. In giornata c'erano stati quindici gradi, ma da quando era tramontato il sole si era alzato il vento e sarebbero state fortunate se la temperatura fosse rimasta sopra lo zero.

"Tranquilla. Sto arrivando," esclamò Faith mentre afferrava una busta rimasta in mezzo al cortile. Doveva esserle caduta dopo che aveva svuotato la cassetta della posta il giorno prima.

Erano dirette alla libreria di Yvette, dove avrebbero progettato l'addio al nubilato di Noel, che assieme al suo fidanzato Drew aveva finalmente stabilito una data. Avevano deciso di convolare a giuste nozze alla Vigilia di Natale, nella casa della famiglia Townsend. Faith sollevò la lettera, strizzando gli occhi alla luce della luna. Il suo nome e il suo indirizzo erano scritti in una grafia a lei sconosciuta e mancava l'indicazione del mittente. Faith si morse il labbro inferiore, cercando di capire chi potesse averle scritto. Non le venne in mente nessuno.

"Hanna ci aspetta," disse Abby dal sedile del conducente dell'auto da golf. I suoi lunghi capelli biondi erano raccolti in una treccia che faceva capolino da sotto il berretto di lana.

"Rilassati. Non comincerà senza di noi, no?" chiese Faith mentre prendeva posto accanto a Noel, ficcandosi la busta in tasca. Ci avrebbe dato un'occhiata più tardi.

"Porta i biscotti," disse Noel. "E sai che non riesce a controllarsi quando comincia a mangiare."

Faith sbuffò. Hanna lavorava all'Incantation Café, dove era circondata da biscotti tutto il giorno, tutti i giorni. Ma Noel aveva ragione. Hanna si tratteneva quando era sul lavoro, ma fuori orario, tutto era lecito. Si alzò il vento e Faith rabbrividì leggermente. "Perché stiamo girando su un'auto aperta?"

"Hai dimenticato che dopo c'è la gara?" chiese Abby. "Wanda porterà Irish coffee per tutte dopo che avremo finito di progettare l'addio al nubilato."

"Giusto." Faith si strinse vicino a Noel, prendendo nota del fatto che sua sorella aveva cambiato di nuovo colore di capelli. Nel corso dell'ultimo anno, era passata dal rosso acceso, al biondo, al biondo rossiccio. Ora i suoi capelli erano ramati, con mèche rosso acceso. "Bell'acconciatura. Adoro la frangia."

Noel sorrise. "Grazie. Drew ha detto che si sentiva un po' lurido, come se gli avessero dato il permesso di trastullarsi con la nuova bella del paese. Dice che è così tutte le volte che cambio il colore ai capelli."

Faith rise, ma dentro di sé avvertì una fitta di gelosia. Non perché provasse qualcosa per il fidanzato di sua sorella, ma perché sebbene fosse uscita con alcuni uomini nell'ultimo paio di mesi, non c'era nessuno in vista che avesse il potenziale di un rapporto a lungo termine. E di certo non c'era nessuno con cui lei pensasse di potersi mettere insieme, figurarsi sposarlo. "Se non altro, sai cosa fare se la situazione dovesse raffreddarsi in camera da letto."

Noel rivolse a Faith un sorriso segreto. "Non è cosa che io tema."

"Basta! Nessuno vuole sapere cosa fai in camera da letto," esclamò Yvette. Delle quattro sorelle Townsend, lei era l'unica ad avere i capelli naturalmente scuri. Erano di un bel color castano e Faith rimpiangeva spesso di non aver ricevuto il dono della splendida chioma di Yvette. I suoi capelli erano di un biondo chiaro e, per quanto la riguardava, noioso. Magari sarebbe andata dalla parrucchiera di Noel e avrebbe provato qualcosa di nuovo.

Abby ridacchiò. "Scommetto che a Faith non dispiacerebbe qualche dettaglio. Quanto tempo è passato, sorellina?"

"Da quando?" chiese distrattamente Faith, continuando a chiedersi se avesse il coraggio di tingersi i capelli.

"Dall'ultima volta in cui hai avuto un bel manzo nel letto," spiegò Noel mentre Abby ridacchiava.

Faith levò gli occhi al cielo. "Troppo."

"Ehi," disse Noel, dandole di gomito. "Non sei uscita con Brian, l'amico di Jacob, la settimana scorsa? Com'è andata?"

Abby fermò l'auto di fronte alla libreria di Yvette e l'attenzione di Faith si concentrò sulla vetrina incantata dove Babbo Natale e le sue renne volavano sopra un villaggio coperto da una nevicata leggera. Dei pattinatori pilotavano sulla pista al centro, mentre una strega e il suo famiglio se ne stavano in disparte mano nella mano. Una pila di libri intitolati *Stregato Natale* erano messi in mostra sulla sinistra.

"La vetrina è bellissima, Vette. L'avete fatta oggi, tu e Jacob?" chiese Faith, per poi voltarsi e scoprire che tutte e tre le sue sorelle la stavano fissando. "Cosa c'è?"

Yvette fece schioccare la lingua. "A nessuna importa della vetrina. Vogliamo sapere dell'appuntamento."

Faith fece spallucce. "Abbiamo solo preso un caffè e abbiamo fatto una passeggiata lungo il fiume. Nulla di speciale."

"Tutto qui?" chiese Yvette. "Lui ti piace? Ci uscirai di nuovo?"

Brian era il miglior amico del fidanzato di Yvette e si era trasferito a Keating Hollow qualche mese prima. Yvette aveva combinato l'appuntamento ed era un po' troppo interessata al risultato. L'appuntamento era andato abbastanza bene. Brian era divertente e la conversazione con lui era interessante, ma non era scoccata la scintilla. Almeno non da parte di Faith. Ed era un peccato, perché non si poteva negare che Brian fosse molto attraente e una brava persona. Faith si accigliò. "Ha detto che mi avrebbe richiamata e che magari saremmo usciti a cena."

"Fammi indovinare... Non ti ha ancora richiamata," disse Yvette. Senza attendere una risposta, proseguì. "Beh, è appena passato il Ringraziamento e credo che lui sia sceso verso sud per andare a trovare la sua famiglia. Sono sicura che si farà sentire quando tornerà in paese."

"Certo." Faith scese dall'auto da golf. "Entriamo. Fa freddo, qui fuori." Tenendo aperta la porta della Keating Hollow Books, Faith fece entrare le sue sorelle. Seguì Noel, che si fermò appena oltre la soglia, passando lo sguardo sui clienti della sera che ancora si intrattenevano nel negozio. L'attività avrebbe chiuso entro una ventina di minuti e c'era parecchia fila alla cassa. I saldi che Yvette aveva organizzato per il Black Friday sembravano aver avuto un grande successo.

"L'appuntamento non è stato grandioso, vero?" chiese Noel, attirando Faith in un angolo.

Faith esalò un sospiro carico di frustrazione. "No, accidenti. E il peggio è che non so nemmeno esattamente il perché. Lui è fantastico, eppure... Non lo so. Era come se fra di noi non ci fosse affinità."

Noel le rivolse un sorriso carico di empatia e la prese sottobraccio. "Magari devi solo lasciar passare un po' di tempo. Conoscerlo un po' meglio prima di liquidarlo. Non si può mai sapere. La situazione potrebbe cambiare una volta che gli avrai messo le mani addosso. E in caso contrario, non c'è nulla di male nel trovare un nuovo amico."

"Amicizia. Già," disse ridendo Faith. "Scommetto che lui cerca proprio quello."

"Faith?" chiamò una familiare voce maschile.

La pressione di Faith spiccò un balzo quando lei sollevò lo sguardo e vide Hunter, il suo vecchio impresario nonché l'uomo che le aveva dato buca cinque mesi prima, quando aveva lasciato il paese per chissà quale emergenza. L'uomo non era mai tornato e lei non aveva più avuto sue notizie. Hunter era leggermente più magro rispetto all'ultima volta e i suoi capelli castani erano leggermente più scuri, ma la sua ombra di barba sexy risvegliò le farfalle nello stomaco di Faith. Quella sì che era affinità.

"Hunter?" biascicò lei. "Cosa ci fai...?" La sua voce sbiadì quando il suo sguardo si posò sulla bella donna dai capelli corvini accanto all'uomo, che aveva fra le mani un mucchio di libri per bambini.

"Scusa," si affrettò a dire Hunter, una nota di nervosismo nella voce. "Lei è Vivian. Una mia vecchia amica."

"Giusto." Faith si costrinse a tendere la mano alla donna. "Io sono Faith Townsend. Sono la proprietaria di A Touch of Magic, la nuova spa del paese. Dovresti passare per un massaggio o un trattamento facciale. Hunter ne sa qualcosa."

"Un massaggio mi piacerebbe davvero tanto," disse la donna, stringendo la mano di Faith. "Non ricordo l'ultima volta in cui mi sono regalata qualcosa."

"Faith è la migliore massaggiatrice della zona," disse Hunter.

Lui lo sa bene, pensò Faith. Lei gli aveva fatto innumerevoli massaggi gratuiti nel corso del periodo in cui l'uomo aveva lavorato per lei. Hunter aveva fatto dei lavori favolosi; se l'era meritato. Lei sentiva ancora i suoi muscoli duri e definiti sotto le dita. Un brivido di desiderio le percorse la spina dorsale mentre ripensava a quanto lui era bello sotto i vestiti. Peccato che si fosse dato alla fuga dopo averla baciata per la prima volta e che, a quanto pareva, non avesse perso tempo a trovare una sostituta.

Noel si fece avanti e si presentò a Vivian, per poi sorridere ad Hunter. "È bello rivederti."

Si scambiarono piacevolezze e Noel si congedò. Mentre raggiungeva il baretto dove Abby e Yvette aspettavano con Hanna, si guardò alle spalle e spalancò gli occhi all'indirizzo di Faith. *Ehi,* mimò con le labbra. *Che ci fa lui qui?*

Faith scosse discretamente la testa. Non ne aveva idea, ma per quanto lo riguardava, Hunter poteva anche tornarsene da dove era venuto. L'effetto che le faceva la sua presenza era troppo intenso, nonostante fosse palese che lui era già impegnato. Irraggiungibile. Off-limits. Buttarsi ai suoi piedi sarebbe stato molto sgarbato.

"Devo–" esordì.

"Volevo chiamarti domani," disse Hunter, interrompendola mentre si ficcava le mani nelle tasche dei jeans.

"Domani?" chiese Faith, sbuffando una risata senza ilarità. "Meglio tardi che mai."

L'uomo sussultò. "Questa me la meritavo."

Vivian spostò lo sguardo fra i due, quindi indietreggiò. "Ho capito. Hunter, vado a pagare e ti aspetto fuori."

"Grazie," disse lui, senza distogliere lo sguardo da Faith.

"È bellissima," disse Faith. "Congratulazioni."

L'uomo si accigliò. "Come?"

"Vivian. È molto carina." Faith distolse lo sguardo, chiedendosi cosa diavolo stesse facendo. Perché era così in imbarazzo? Non era mai uscita davvero con Hunter. Si erano solo scambiati un bacio. Tutto lì. Certo, lo aveva visto completamente nudo, ma era stato un incidente, nonché la probabile causa del suo desiderio di mettergli le mani addosso fuori dal contesto del lettino da massaggi. Ma Faith non poteva accampare alcun diritto su di lui, né tantomeno aveva facoltà di comportarsi come una ex gelosa.

"Vivian è la moglie del mio migliore amico," disse Hunter, in un tono di voce bizzarro, quasi come se pronunciare quelle parole lo facesse soffrire.

L'attenzione di Faith corse nuovamente a lui. "È già sposata?"

Hunter sospirò e si passò una mano fra i capelli. Il suo bel volto era segnato dalla fatica. "Lo era. Craig ha avuto un brutto incidente d'auto il giorno in cui ho lasciato Keating Hollow e ha trascorso quasi un mese in ospedale prima di perdere la sua battaglia. È per questo che ho dovuto andarmene così all'improvviso, Faith. Da quel momento in poi sono rimasto a Las Vegas, per aiutare Viv a superare la morte di Craig."

Lo shock ammutolì Faith. Fra tutte le cose che si era immaginata che Hunter avrebbe detto se fosse mai tornato non figurava la morte del suo migliore amico. Faith lo guardò sconcertata, improvvisamente vergognandosi di tutti i pensieri malefici che aveva avuto su di lui nel corso degli ultimi mesi. L'uomo aveva pianto un grave lutto e lei lo aveva maledetto mentalmente per averla lasciata senza dire una parola. A sua discolpa, loro due erano stati se non altro amici e lei era rimasta ferita per il fatto che lui se n'era andato dalla sua vita senza darle spiegazioni. Avvicinatasi di un passo, si allungò ad afferrargli la mano. Mentre gliela strizzava, disse: "Mi dispiace tanto, Hunter. Non riesco nemmeno a immaginare quanto sia stato difficile." Faith lanciò una rapida occhiata a Hanna, la sua migliore amica, ed ebbe un tuffo al cuore. Se Faith l'avesse persa all'improvviso, non sapeva come avrebbe reagito. Probabilmente non meglio di come aveva reagito Abby quando aveva perso Charlotte, un decennio prima.

"Grazie. Avrei dovuto chiamarti, ma la situazione era... Mi dispiace." Hunter deglutì visibilmente; sembrava che stesse cercando di ingoiare le emozioni. "È stato molto difficile."

"Ma certo. Non devi scusarti e non mi devi altre spiegazioni." Faith lasciò cadere la mano dell'uomo e fece un passo indietro. "Ti fermi in paese per un po' o sei solo di passaggio?"

Vivian riapparve prima che lui potesse rispondere, stringendo in mano una borsa di tela con il logo della Keating Hollow Books. "Scusate se vi interrompo, ma Zoey ha fame. Dobbiamo darle da mangiare o saremo nei guai."

Fu allora che Faith notò una bambina di sei o sette anni nascosta dietro le gambe di Vivian. La bambina stringeva un cane di pelouche e si protendeva verso la mano di Hunter. Avvolse le dita attorno a un dito di Hunter e lui le sorrise.

"Sei pronta per la cena, piccola Z?" chiese l'uomo.

La bambina annuì e fissò Faith con gli occhi scuri.

"D'accordo, adesso andiamo." Hunter riportò l'attenzione su Faith. "Prima di andare, mi chiedevo se avessi bisogno di qualche altro lavoro alla spa. Se non hai già fatto allestire la zona esterna, potrei passare domani mattina–"

Faith sollevò la mano, fermandolo mentre cercava di ingoiare il fastidio che l'aveva colta all'improvviso. Per un attimo, aveva cominciato a pensare che Hunter avesse sentito la sua mancanza. Che si fosse sentito davvero male per averla lasciata in sospeso. E sebbene lei comprendesse quelle circostanze devastanti, non le piaceva il fatto di sentirsi come se fosse importante solo perché avrebbe potuto pagarlo. "Scusa, Hunter. Al momento, non abbiamo nulla in ballo."

"Capisco." Hunter la fissò e suoi occhi si velarono di qualcosa di indecifrabile.

Era delusione? Faith non lo sapeva, ma bastò a spingerla a toccarlo delicatamente sul braccio. "Ma se hai bisogno di lavorare, chiedi a mio padre. So che lui sta cercando da tempo qualcuno che sistemi alcune cose alla fattoria. Ha bisogno di far ricostruire il fienile e qualche staccionata. Non è niente di eccezionale, ma lui è uno che paga."

"Ho capito. Grazie. Andrò a trovarlo domani." Hunter rivolse un cenno del capo a Vivian. "Meglio che sfamiamo la nostra piccina prima che si faccia troppo tardi."

"È stato un piacere conoscerti, Faith."

"Anche per me," esclamò Faith mentre i tre uscivano dalla porta. La voce di Hunter le riecheggiò nella testa, ripetendo *la nostra piccina. Nostra.* Era come se l'uomo si fosse messo nei panni del suo migliore amico e si fosse ritrovato all'istante con una famiglia.

C'era qualcosa fra quei due? Non sarebbe stata la prima volta che due persone cercavano sollievo l'una nell'altra. Se quei due non stavano insieme, cosa ci faceva Vivian a Keating Hollow?

Nostra. Quella parola era ancora lì, in sospeso, che la tormentava. Ma certo che stavano insieme. E se così non era, lo sarebbe stato presto. Avevano appena trascorso gli ultimi cinque mesi insieme, facendo affidamento l'uno sull'altra nel momento peggiore possibile. Faith sarebbe rimasta sconvolta se i due non avessero cercato conforto l'uno fra le braccia dell'altra.

"Porca miseria," disse Abby, comparendole accanto. "Che roba."

Yvette guardò di sbieco sua sorella. "Già."

"Dai, sorellina. Hanna ha corretto il succo di mela e tu hai la faccia di una che ha bisogno di un bicchiere."

"Fammelo doppio," disse Faith, lasciandosi trascinare in negozio da Abby.

CAPITOLO 3

Hunter si sedette sul bordo del letto di Zoey e le rimboccò le coperte. I riccioli scuri della bambina erano sparsi sul cuscino e il suo cane di pelouche preferito era sotto le coperte accanto a lei. Hunter voltò la pagina dell'ultimo libro che le avevano comprato e disse: "Fine."

La bambina gli rivolse un sorriso stanco. "Ancora."

Lui ridacchiò. Le avrebbe detto di sì, se la bambina non si fosse già appisolata una volta nel bel mezzo della storia. "Non stasera, tesoro." Si chinò e le sfiorò la fronte con un bacio. "È ora di riposare. Domani è un giorno importante. La mamma ti porterà alla tua nuova scuola."

La bambina si accigliò, ma gli si accoccolò un po' più vicino e strinse più forte il cane.

"Buona notte, piccola Z," disse lui, scostandole i riccioli dagli occhi. "Ci vediamo domani mattina."

"Buona notte, zio Hunter," disse assonnata Zoey, gli occhi già chiusi.

Zio Hunter. Quelle parole lo trafissero dritto al cuore e

Hunter dovette soffocare l'emozione. A causa della distanza fra la famiglia di Hunter e quella di Craig, era stato solo negli ultimi cinque mesi che Hunter aveva potuto trascorrere una quantità significativa di tempo con la dolce bambina accoccolata accanto a lui. Non c'era da stupirsi che lei ci avesse messo pochissimo per averlo in pugno e dare un nuovo senso alla sua vita. Non c'era nulla che lui non fosse disposto a fare per lei, anche se ciò significava vivere con Vivian.

"Si è addormentata?" chiese Vivian, quando lui entrò nella piccola cucina. Era seduta al tavolo, i piedi avvolti nei calzini appoggiati su una delle sedie.

Hunter annuì, tirò fuori una birra dal frigorifero e la aprì. Dopo aver bevuto un lungo sorso, raggiunse la donna al tavolo. Fu travolto da un'ondata di fatica. Era in piedi dalle tre del mattino; aveva guidato nell'ultimo tratto del viaggio da Las Vegas a Keating Hollow. Aveva voluto arrivare in paese prima che calasse il sole, in modo da allestire il letto di Zoey e Vivian nella sua stanza per gli ospiti. Avevano deciso di convivere fino a quando le due non avrebbero trovato una sistemazione migliore.

Dopo aver scaricato il furgone dei traslochi e aver allestito la stanza, il terzetto era andato in paese per mangiare e fare la spesa. Erano arrivati alla libreria solo dopo che a Zoey si erano illuminati gli occhi alla vista della vetrina. La bambina adorava leggere con la mamma di sera e Hunter non era riuscito a resistere alla tentazione di darle un po' di gioia. Se avesse saputo che avrebbe incrociato Faith, forse non sarebbe entrato. Era stato ansioso di rivederla, ma avrebbe preferito non rivelare subito Vivian e Zoey. Nel periodo che aveva trascorso lavorando per Faith, era stata una tortura starle lontano. Porca miseria, quanto l'aveva voluta. Tantissimo. Ma lavorava per lei e non era da lui mescolare lavoro e piacere. Quella era l'unica ragione per cui aveva mantenuto le distanze. In caso contrario, se la sarebbe portata a letto mesi prima. Ne era sicuro. Non si potevano negare le scintille che erano scoccate tutte le volte che si avvicinavano a meno di un metro di distanza e nulla era cambiato. Lui aveva provato la stessa attrazione nel momento in cui aveva posato lo sguardo sulla donna in libreria. Ma la situazione, ora, era… complicata.

"Che progetti hai per domani?" gli chiese Vivian. "Vieni con noi a iscrivere Zoey a scuola?"

"Se vuoi." Hunter si dondolò sulla sedia, fissandola negli occhi. "Ma poi dovrò incontrare qualche mio contatto e cercare di trovare del nuovo lavoro."

"Potrei venire con te," disse lei con un sorrisetto. "Incantare i tuoi clienti. Mi riesce bene."

Hunter scosse la testa e trattenne una risposta brusca. Vivian accennava al voler gestire la sua attività da quando avevano deciso che lei e Zoey si sarebbero trasferite a Keating Hollow. Ma Hunter si stava ancora abituando a condividere la vita quotidiana con lei. Di certo non aveva intenzione di condividere la sua impresa. "Non credo che sia un'ottima idea. Preferisco fare da me. Ma potresti guardarti attorno e vedere se c'è qualche attività in paese che cerca personale."

Viviana scoppiò in una risata priva di umorismo. "Dubito che qualcuna di queste bottegucce stia cercando una rappresentante di commercio. Keating Hollow non è esattamente una grande metropoli."

Vivian lavorava un tempo per una ditta che produceva cosmetici biologici ed era stata sul punto di essere promossa prima che Craig andasse in ospedale. Dopo l'incidente, Vivian aveva scelto di lasciare il lavoro per restare accanto a suo marito e prendersi cura di Zoey. Hunter la guardò con gli occhi stretti; non gli piaceva il tono di giudizio della donna. "Tu provaci, Vivian. Keating Hollow è piena di persone di successo. Forse potrebbero stupirti."

La donna lo fissò, gli occhi spalancati dallo stupore. Senza dubbio, aveva riconosciuto il fastidio nel suo tono di voce. Si ravviò i capelli scuri dietro l'orecchio e arrossì mentre abbassava lo sguardo. "Scusa. Non volevo giudicare. Sono solo scombussolata."

Hunter si sentì immediatamente un cretino. Ma certo che Vivian era scombussolata. Aveva appena perso l'uomo con cui era stata sposata per sette anni e aveva sradicato tutta la sua vita, trasferendosi in un paese dove non conosceva nessuno, tranne lui. Hunter prese fiato e cercò di essere d'aiuto. "Prova a contattare Abby Townsend. Lei ha una famosa linea di saponi e lozioni magici. Se vuole espandersi, potrebbe essere interessata. Oppure prova con la signorina Maple di A Spoon Full of Sugar. I suoi cioccolatini sono i migliori della Costa Ovest."

"Va bene, d'accordo." Viviana non sembrava convinta, ma Hunter sapeva che, una volta constatato di persona quanto fossero notevoli quelle attività, avrebbe sbavato dalla voglia di mettere le mani sui loro prodotti.

Hunter trangugiò il resto della birra e si alzò. "È tardi. Vado a letto. Hai bisogno di qualcosa?"

"Sì," disse Vivian, alzandosi in piedi e incamminandosi lungo il corridoio, verso la sua camera da letto.

Hunter si affrettò a raggiungerla. "Gli asciugamani sono nell'armadio del bagno, assieme a dei prodotti di scorta. Ci sono delle coperte in più nell'armadio in corridoio. E se hai bisogno di regolare la temperatura, il termostato è dall'altra parte. Se hai bisogno di altri cuscini–"

"Hunter," disse lei, interrompendolo mentre si voltava e premeva delicatamente una mano sul suo petto. "Lo so già. Non è..." La donna scosse la testa. "Forse dovremmo concludere questa conversazione in camera tua."

Lui si accigliò mentre la fissava. "Perché?"

Le labbra di Vivian si curvarono in un piccolo sorriso segreto e lei gli passò la mano sulla spalla e lungo il braccio, fino ad afferrargli la mano e stringerla delicatamente. "Beh, pensavo che probabilmente sarebbe ora di portare la nostra relazione al livello successivo."

Hunter fece un passo indietro, interrompendo il contatto. "Non credo che sia una buona idea."

"Certo che lo è. Zoey si è spiaggiata a letto. Ci vorrebbero le cannonate per svegliarla. E non dirmi che non ci hai pensato. Siamo stati bene insieme, una volta, e non c'è motivo per non esserlo di nuovo. Ci siamo sempre divertiti a letto."

"Non si può fare. Eri sposata con il mio migliore amico," disse lui, cercando di attenuare il colpo del rifiuto. Lui e Vivian si erano frequentati molto tempo prima, prima che lei conoscesse Craig. Hunter non era innamorato di lei allora e non lo era adesso. Quello che Vivian proponeva non sarebbe mai accaduto. Hunter le sarebbe sempre stato vicino, per via di Craig e Zoey, ma non aveva alcuna intenzione di diventare il suo amante.

Vivian abbassò per un attimo lo sguardo e quando lo riportò su di lui, i suoi occhi erano leggermente lucidi. "Lui non c'è più, Hunter. Non vorrebbe che io smettessi di vivere. Lo sai bene quanto me. È davvero così brutto voler trovare conforto fra le braccia di qualcuno? Lui ti voleva bene. Capirebbe."

Il sangue di Hunter raggelò. "Viv, basta. Gli ho già rubato troppo. Non succederà. Lascia perdere, per favore."

La donna sospirò. “Lo dici solo perché ti senti in colpa.”

“Non è così. Vai a letto, Vivian. Ci vediamo domani mattina.” Hunter si voltò ed entrò in silenzio nella sua camera, chiudendosi la porta alle spalle.

CAPITOLO 4

"Siamo d'accordo. La festa si terrà fra due settimane a partire da domani al negozio di Yvette e l'addio al nubilato sarà una settimana dopo a San Francisco," disse Abby. "Ci siamo dimenticate qualcosa?"

"Chi si occuperà dell'alcol?" chiese Faith. Era seduta con Hanna a uno dei tavolini del piccolo bar, intenta a piluccare nervosamente l'ennesimo biscotto. Da quando Hunter se n'era andato, lei non era riuscita a rilassarsi e al momento stava mordicchiando il sesto dolce.

Abby ridacchiò. "Non preoccuparti; ci penso io. Il vino è già stato ordinato."

"Meglio includere anche della vodka," bisbigliò Hanna. "Ora che Hunter è tornato, non credo che il vino basti."

Faith rivolse alla sua migliore amica un sorriso di apprezzamento. "Mi conosci proprio bene."

Hanna sollevò un biscotto decorato a riprodurre la facciata del negozio e lo usò per toccare quello di Faith in una dimostrazione di solidarietà. "Il vino migliora tutto. La vodka ti fa dimenticare."

"Qualcuno ha detto vino?" esclamò Wanda mentre entrava nel negozio con due bottiglie fra le mani. I suoi capelli rosso acceso avevano un aspetto elettrico sotto le luci fluorescenti e il suo volto brillava di birbanteria. "Wanda alla riscossa."

"Io!" Faith sollevò il bicchiere vuoto. "Rabboccami."

Wanda fece il giro del caffè, riempiendo i bicchieri, e alla fine prese posto accanto a Abby. "Ho una sorpresa per tutte."

"Qualcosa di meglio del vino?" Faith bevve un lungo sorso di cabernet, cercando di limitarsi al minimo necessario per attenuare i sentimenti complicati che provava da quando aveva incrociato Hunter.

"Nulla è meglio del vino." Wanda rise. "Ma anche questo non è male." Mosse una mano verso la vetrina.

La porta si aprì nuovamente sbattendo e questa volta fu Clay a entrare barcollando, seguito da Drew, Brian e Rhys. Avevano tutti una birra in mano e quello che sembrava il capo, il marito di Abby, Clay, sollevò entrambe le braccia, rivolse a tutte un sorriso sghembo e disse: "Diamo inizio alla gara!"

Faith incrociò lo sguardo di Brian. Lui le sorrise, gli splendidi occhi che brillavano di interesse. Quell'interazione ebbe un effetto magnifico sul suo ego e lei si chiese se sua sorella non avesse ragione quando aveva detto che lo aveva liquidato troppo presto.

Abby lanciò un gridolino e balzò in piedi. "Hai rubato l'auto da golf di papà?"

Clay le passò un braccio attorno alle spalle. "Diciamo che l'ho presa in prestito. Non potevamo lasciare che voi signore foste le uniche a divertirvi, vero?"

"Ottimo. Ti faccio fuori, Garrison."

"Ti piacerebbe," disse bonariamente l'uomo prima di darle un lungo bacio sulle labbra.

Quando Clay si staccò, Abby chiese: "Dov'è Olive? Con tua madre?"

"Sì. Assieme a Daisy," rispose Clay, dando alla moglie un altro bacio sul naso.

"Dov'è Jacob?" chiese Yvette, curiosa riguardo al suo fidanzato.

Brian, il miglior amico di Jacob, disse: "Tiene Skye. Ha detto di divertirti e che ti aspetta a casa."

Un sorriso gentile prese possesso delle labbra di Yvette. "Adora quella bambina."

"Come tutti noi," concordò Brian.

Abby si staccò da Clay, rivolse un cenno a Rhys – l'aiutante di Clay al birrificio – e poi si rivolse a suo marito, gli occhi stretti in una sfida. "D'accordo, ora che siete qui, qual è la posta?"

L'uomo esitò. "La posta? Non basta potersi vantare?"

"No!" esclamò Wanda. "Quello è scontato. Ci serve qualcosa di più. Una scommessa con lo sprint. Qualcosa di epico, come quando eravamo alle superiori. Vi ricordate la faccia che ha fatto il signor Johnson quando è uscito di casa e ha trovato Santa Claus e signora vestiti di cuoio e le renne in posizioni compromettenti?"

Tutto il gruppo scoppiò a ridere e Faith rimase a bocca aperta. "Siete stati voi?" Era la più giovane del gruppo e all'epoca non era stata a parte di certe imprese. "Voglio i dettagli."

Drew e Clay si scambiarono un'occhiata divertita, per poi indicare entrambi Abby e Wanda. "Le colpevoli sono quelle due," disse Clay. "Avevano scommesso che noi non saremmo riusciti a estorcere alla signorina Maple la ricetta segreta delle sfere al caramello bourbon. Ma Drew gliel'ha strappata con la sua bellezza giovanile e la sua personalità frizzante."

"Ma per favore," disse Noel. "L'ha scambiata con l'ingrediente segreto della famosa crostata fantasia al cioccolato di sua nonna."

"Ma ha funzionato, no?" disse Drew, gonfiando il petto. "Ed Abby, Wanda e Charlotte hanno dovuto trasformare l'installazione invernale del signor Johnson in una fantasia molto particolare." L'uomo scoppiò a ridere e si piegò praticamente in due dall'ilarità. "Riuscite a immaginare Charlotte che infila il naso di Rudolph nel posteriore di Vixen?"

Tutti si misero a ridere nell'immaginare Charlotte, la più dolce e gentile di tutti, che arrossiva mentre disponeva le renne in posizioni compromettenti. Faith lanciò un'occhiata a Hanna, la sorella minore di Charlotte. La donna aveva un sorriso dolceamaro mentre si lasciava andare al ricordo della sua defunta sorella. Avevano perso Charlotte nella notte del ballo dell'ultimo anno, a causa di una malattia autoimmune che nemmeno le streghe di Keating Hollow potevano sconfiggere.

Faith le si avvicinò. "Tutto bene?"

Hanna annuì e si asciugò gli occhi. Anche se le lacrime sembravano lacrime di gioia. "È bello parlare di lei. Non lo facciamo abbastanza."

Faith strinse la mano della sua amica e annuì. "Sono d'accordo."

Abby batté le mani in preda all'entusiasmo. "Ci sono! Chi perderà dovrà vestirsi da piccolo aiutante di Babbo Natale e cantare *Santa Baby* di fronte a tutto il paese durante la fiera. Ma chi vincerà potrà scegliere i costumi."

Rhys inarcò un sopracciglio. "Volete che cantiamo?"

"Ma figurati," disse Clay. "Saranno loro a cantare. Con noi quattro nella stessa squadra, non possiamo perdere."

"Tutto è permesso?" chiese Drew. "L'uso della magia non è vietato, vero?"

"Certo che no," disse Wanda. "Chi è pronto?"

Abby e Noel balzarono in piedi, trascinando via i loro uomini. Da quando Abby si era procurata l'auto da golf truccata, fra lei e Wanda era nata una rivalità amichevole che era sfociata in gare che si tenevano almeno una volta al mese. Le due inventavano costantemente nuovi incantesimi per aiutare le loro auto e rallentare le altre.

Faith scosse la testa. Gli uomini erano nei guai. Non avevano idea di ciò in cui stavano andando a ficcarsi.

Brian la raggiunse e tese la mano. "Sei pronta?"

Faith gli sorrise, rallegrata dalle sue attenzioni. "Certo. E tu?"

L'uomo scosse la testa. "No. Ma verrò con te, per cui sono certo che non sarò nella squadra perdente."

Faith ridacchiò. "Paraculo."

"Grazie."

"Pensavo che questa fosse una guerra fra i sessi," disse lei. "Non credi che ti disconosceranno se passi al lato degli estrogeni?"

Brian fece spallucce. "Se fossero svegli, farebbero la stessa cosa."

Faith gli sorrise. Era davvero carino. "D'accordo. Seguiamo Wanda. Con lei avremo migliori possibilità."

Brian passò la mano di fronte a sé e le rivolse un inchino profondo. "Dopo di te."

Ridacchiando, Faith afferrò il braccio di Hanna e le due corsero verso l'auto di Wanda, seguite da Brian.

"Faith!" esclamò Yvette una volta preso posto sull'auto di Abby, le cui luci viola lampeggianti producevano un bagliore inquietante. "Cosa fai?"

"Vado con Wanda," esclamò lei mentre Wanda usciva dal parcheggio e si incamminava lungo Main Street. "Cerca di non perderci di vista!"

Hanna, che era seduta davanti, scambiò un'occhiata con Wanda ed entrambe si misero a ridere.

"Le tue sorelle non te lo perdoneranno mai," disse Wanda.

Faith fece spallucce. "Se ne faranno una ragione."

"Sei una ribelle, eh?" chiese Brian, sorridendole. "Mi piacciono le ragazze che non hanno paura di rischiare."

"Ci scommetto," disse Faith, scuotendo la testa. "Sei pronto, Brian? Lo sai che queste gare sono brutali, vero?"

L'uomo inarcò un sopracciglio. "Ho sentito che possono farsi un po' concitate. Cosa devo aspettarmi? Non rischia di scapparci il morto, vero?"

"No," disse Faith. "Ma Yvette si è lasciata sfuggire una palla di fuoco, l'ultima volta, e ha strinato un sopracciglio a Wanda. Ora, Wanda è bravissima con la matita."

"Non riesco ancora a crederci," disse Wanda, scuotendo la testa. "Naturalmente, io ho ricambiato bruciandole il prato nella forma di un pene gigantesco. Prima che lei se ne accorgesse, un vicino lo ha visto e l'ha cazziata per la sua palese depravazione." La donna rise così forte che cominciò ad ansimare. "Quanto vorrei esserci stata."

Brian spalancò gli occhi, simulando orrore. "Voi mi fate paura."

"Ma se ci adori," disse Hanna, sbattendo le ciglia.

Brian le sorrise, si mise comodo e passò un braccio attorno allo schienale del sedile che condivideva con Faith. E quando la sua mano le si posò sulla spalla, lei non si allontanò. Anzi, il tocco dell'uomo era abbastanza piacevole.

Wanda imboccò la pista speciale per le auto da golf che attraversava il paese. Il fiume magico si trovava sulla destra e le sequoie mistiche sulla sinistra. Wanda si fermò e saltò giù. Dopo aver frugato in un piccolo baule legato al retro dell'auto, tirò fuori quattro tazze e un thermos pieno di Irish coffee. "Chi vuole scaldarsi un po'?"

Tutti sollevarono le mani.

"D'accordo, abbiamo bisogno di un piano," disse Wanda. "Fuori la magia, per così dire. Io sono fuoco, Faith e Hanna acqua. Brian, e tu?"

"Fuoco," disse Brian, sorridendo a Faith e sfoderando una fossetta incantevole. "Gli opposti si attraggono, giusto?"

"Certo." Faith rise nervosamente, al tempo stesso divertita e leggermente in ansia a causa del civettare dell'uomo. Brian doveva proprio provarci così pesantemente di fronte alle sue amiche?

"Mmm, sarebbe stato meglio avere una strega della terra o dell'aria con noi." Wanda lanciò un'occhiata alle altre due auto da golf quando esse comparvero sulla pista. "Non riusciremo a batterli con la magia, dato che loro coprono più elementi, ma forse riusciremo a distrarli." Si inginocchiò e bisbigliò qualcosa a Brian, lasciando Faith ed Hanna a chiedersi cosa stessero complottando.

"Ehi!" esclamò Hanna. "Non potete escluderci. Qual è il segreto?"

Ma prima che Wanda potesse vuotare il sacco, Abby si fermò accanto a loro ed esclamò: "Pronte a prendere calci nel sedere?"

Wanda le rivolse un sorriso malefico. "Ma per favore. Ti ho sculacciata le ultime sei volte che abbiamo gareggiato. Ma buona fortuna."

Clay si sporse a dire qualcosa a Drew e i due scoppiarono a ridere.

"Hanno qualcosa in mente," disse Abby a Wanda mentre le guardava insospettita.

Wanda fece spallucce mentre tornava al posto di guida. "Non ci sono regole, ricordi?"

"Giusto. Non ci sono regole," fece eco Clay, senza smettere di ridere.

"Accidenti. Qui mi sa che finisce male," disse Abby a Yvette. "Meglio concentrarsi, perché sarà uno scontro epico."

"Non preoccuparti," disse la maggiore delle sorelle Townsend. "Noel e io siamo pronte."

"Ottimo, perché la gara inizia ora!" gridò Wanda, pestando il piede sull'acceleratore. L'auto partì a rilento: stava già slittando sull'erba umida. Il mezzo di Abby acquisì rapidamente vantaggio quando Noel usò la sua magia dell'aria per spingerlo. Gli uomini erano un po' più avanti, tutti ingobbiti, come se ciò potesse accelerare l'auto di Lin.

Una pioggia magica evocata da Clay cominciò a riversarsi sull'auto di Wanda e Faith si affrettò a deviarla con uno scatto del polso, direzionandola verso l'auto di Abby e inzuppando le tre sorelle. Le donne strillarono, ma poco dopo Noel creò una bolla d'aria per evitare che la pioggia le raggiungesse. Terra, vento e acqua volarono tutto attorno alle tre auto mentre ciascuna delle streghe cercava di rallentare gli avversari. Ma divenne presto chiaro a Faith che le tattiche di sempre non avrebbero funzionato. Tutti loro erano molto potenti e in grado di creare un contro-incantesimo in grado di compensare o deflettere gli sforzi degli altri. Ciò di cui avevano bisogno era fare lavoro di squadra.

Si sporse in avanti. "Hanna, rallentiamo gli uomini con il fango. Clay non riuscirà a tenere il passo di entrambe."

Gli occhi di Hanna si illuminarono e le due streghe rivolsero la propria attenzione all'auto degli uomini, evocando una pozza d'acqua dal terreno di fronte a loro. La pozzanghera apparve senza preavviso e l'auto si tuffò nel laghetto improvvisato, sollevando acqua dappertutto prima di fermarsi all'improvviso. Mentre loro li oltrepassavano in volata, Faith udì Clay imprecare e dire che le ruote erano immerse nel fango.

Faith sollevò una mano e Hanna le diede il cinque. "Vai!"

Brian si sporse verso di lei. Il suo fiato era caldo sulla guancia di Faith quando disse: "Ben fatto."

"Grazie. Hanna e io siamo una buona squadra," disse lei, per nulla dispiaciuta quando l'uomo la avvicinò sé. Faith era nell'incavo del suo braccio, godendosi il fatto che il tepore del corpo di Brian la proteggeva dall'aria gelida che Noel stava scagliando loro contro.

L'auto di Abby aveva tre metri buoni di vantaggio e Wanda stava imprecando, dicendo qualcosa riguardo al fatto che il turbo non funzionava.

"Non possiamo combattere questo vento," disse Hanna. "Cosa facciamo?"

Wanda seguì Abby oltre la svolta e poi lanciò un'occhiata a Brian. "Pronto?" chiese.

"Assolutamente." Continuando a tenere Faith con un braccio, Brian sollevò l'altro e disegnò qualcosa nell'aria, creando un contorno infuocato.

"È..." Faith spalancò gli occhi quando prese atto della forma fallica che danzava di fronte ai loro occhi.

"È un dildo di fuoco!" esclamò Hanna.

"Cosa vuoi farci?" chiese Faith, le parole che crepitavano di risate.

"Intrattenere le tue sorelle." Brian ammiccò, disegnò qualche altro dildo di fuoco nell'aria e li scagliò verso la prima auto. Fu allora che Faith notò che anche Wanda aveva tracciato dei dildi di fuoco e li aveva spediti dietro quelli di Brian.

In qualche modo, Wanda era riuscita a guadagnare terreno su Abby, e ora si trovavano solo a mezza lunghezza di un'auto di distanza. I dildi infuocati galleggiavano sopra l'auto di Abby, all'apparenza in attesa di ordini.

"Guarda," disse Wanda mentre si allungava a premere un interruttore sul cruscotto dell'auto da golf. La canzone *I'm Too Sexy* cominciò a rimbombare dagli altoparlanti. Più in là, Faith riusciva appena a distinguere le sagome dei dildi, che si erano allineati di fronte all'auto di sua sorella e avevano cominciato a muoversi su e giù a ritmo di musica.

Abby, Yvette e Noel si misero a strillare dalle risate. Noel sollevò la mano e scagliò contro di loro una folata di aria, presumibilmente nel tentativo di allontanare i dildi danzanti, ma riuscì soltanto a farli gonfiare, con l'aria che alimentava il fuoco.

Faith lanciò un'occhiata a Brian. "Nessuno dimenticherà mai che tu hai evocato dei peni di fuoco, sai?"

Gli occhi dell'uomo brillavano di birbanteria. "Perché dovrei volere che qualcuno se lo dimentichi? Sarà una storia leggendaria."

"Oh. Mio. Dio!" Hanna indicò verso destra. "Guardate!"

Faith seguì il suo sguardo e si ritrasse per lo stupore quando vide gli uomini dell'altra auto piegati a novanta, i pantaloni alle caviglie mentre la luna si rifletteva sui loro posteriori.

"Sono proprio contento di non essere laggiù," disse Brian, rabbrividendo. "Certo, se fossi con loro non avvertirei questo desiderio intenso di sfregarmi gli occhi con la candeggina."

"Questa festa è assurda," disse Hanna, ansimando da tanto forte rideva.

Un'esplosione di ilarità giunse dall'auto di Abby proprio mentre Wanda cominciava a guadagnare terreno. Faith rimase ammutolita nel guardare Yvette che colpiva i dildi con una raffica del suo fuoco, facendoli spruzzare fiamme come se stessero eiaculando un attimo prima di svanire e trasformarsi in fumo.

L'auto si fermò e Wanda esultò col pugno in aria mentre gridava: "Sì! Ce l'abbiamo fatta! Perfetto, Brian. Te l'avevo detto che così avremmo distratto quelle pervertite."

Faith e Hanna si fissarono a vicenda, entrambe a bocca aperta. Quindi, Hanna buttò la testa all'indietro e rise fino alle lacrime.

Abby, Yvette e Noel corsero da loro, tutte animate, agitando le braccia e ridendo assieme a Wanda e Hanna.

"Faith?" chiese Brian.

"Sì?"

"Va tutto bene?" Gli occhi scuri dell'uomo scrutarono nei suoi. "Qualcosa non va, oppure semplicemente non ti trovi a tuo agio?"

Accidenti. Faith si prese mentalmente a calci da sola. Perché faticava tanto a divertirsi? La serata avrebbe dovuto farla sentire rilassata e a suo agio, grazie all'interesse che un bell'uomo stava dimostrando nei suoi confronti. Per non parlare del fatto che avrebbe dovuto stringersi i fianchi e ansimare per aver riso troppo, proprio come Hanna. Invece, Faith era turbata e incapace di levarsi dalla testa Hunter e la donna dai capelli corvini.

"Sono solo stanca. Ho avuto una giornata lunga," disse, costringendosi a sorridere mentre guardava le sue sorelle e i loro uomini correre verso il fiume. Gemette. "Temo di sapere quello che stanno facendo."

"Dai, Faith!" chiamò Hanna, levandosi la maglietta. "Vieni a fare una nuotata."

"Mi sa che avevi ragione." Brian la guardò incuriosito. "Non ti interessa?"

Avrebbe dovuto. Accanto a lei c'era un uomo magnifico che probabilmente ci sarebbe stato, ma tutto ciò che Faith voleva fare era andarsene a letto. "Mi sa di no. Aspetterò qui fino a quando non si stancheranno. Ma tu dovresti andare con loro. Me la caverò."

"No. Ho un'idea migliore. Aspetta qui. Torno subito." Brian uscì dall'auto e si incamminò verso il fiume. Dopo aver parlato con Clay, che era ancora a riva, tornò con un sorrisetto soddisfatto. Le tese la mano. "Dai. Ti accompagno a casa."

"Cosa? Come?" chiese Faith mentre si lasciava aiutare a scendere.

Brian mostrò una chiave e accennò con il capo all'auto di Lin, che era già stata spostata sul terreno asciutto. "Ti porto a casa e poi torno a prendere i miei amici."

Per poco Faith non si mise a piangere per il sollievo. "Sei il mio salvatore."

"Sì? Che ne diresti di lasciare che il tuo salvatore ti porti a cena venerdì?" chiese l'uomo mentre salivano a bordo dell'auto di Lin.

La domanda la colse alla sprovvista, ma quando Faith si voltò verso di lui, quella fossetta apparve di nuovo e lei udì la propria voce dire: "Mi piacerebbe molto."

CAPITOLO 5

Hunter girò attorno al grande fienile nella proprietà di Lincoln Townsend. C'era una finestra da cambiare, diverse assi erano marcite e il tetto perdeva. Si rivolse a Lin e disse: "Certo che posso sistemarlo. Nessun problema."

"Ottimo," disse Lin. "Questo dovrebbe darti da fare per un po'. Dopo, potrebbe servirmi una mano per un po' di cose, dallo spaccare la legna al sistemare l'impianto di irrigazione. È più che altro roba da tuttofare, nulla a che vedere con i lavori di lusso che hai fatto per Faith, ma se ti va, sei assunto."

La spa elegante che Hunter aveva costruito per Faith era il genere di progetto sul quale lui avrebbe voluto davvero lavorare. Il lavoro aveva messo in luce le sue abilità e c'era qualcosa di soddisfacente nel trasformare uno spazio vuoto in qualcosa di bellissimo. Ma siccome Hunter aveva lasciato il paese mesi prima e cancellato tutti gli impegni, doveva pur ricominciare da qualche parte. Ricostruire un fienile non era un lavoro affascinante, ma era un lavoro per Lincoln Townsend. L'uomo era amato da tutto il paese e se si fosse diffusa la voce che Hunter stava lavorando per lui, avrebbe fatto miracoli per la sua reputazione. "Certo che mi va. Ci sarebbero problemi se qualcuno volesse ingaggiarmi per qualche lavoretto supplementare?"

"Assolutamente no. Finché ti presenterai puntuale e farai quello che devi fare, il resto del tempo è tutto tuo," disse Lin.

"Perfetto. E non si preoccupi: prendo sul serio gli impegni." Hunter tese la mano all'uomo più anziano.

Lin afferrò la mano di Hunter e la strinse in una presa molto più ferma di quella che Hunter si sarebbe immaginato da un uomo dall'aria così fragile. Quando mollò la presa, disse: "Potresti aver bisogno di convincere il resto del paese dell'ultima affermazione prima che qualcuno decida di assumerti. La signorina Maple ha dovuto ingaggiare un forestiero per finire quegli scaffali e i Pelsh hanno finito per rifarsi i pavimenti da soli. La gente è un po' scontenta."

Hunter annuì; se l'era aspettato. Aveva contattato i suoi clienti per informarli che aveva dovuto allontanarsi a causa di un'emergenza e si era scusato, ma non era stato esattamente tempestivo. Lo shock e il dolore erano stati troppo forti perché gliene importasse qualcosa. La mancanza di comunicazione da parte sua aveva affossato i suoi affari a Keating Hollow. Ma lui era sicuro che non fosse nulla da cui non poteva riprendersi. "Capisco. Hanno tutto il diritto di essere scettici, dopo il modo in cui me ne sono andato l'estate scorsa, ma ora mi sono stabilito definitivamente a Keating Hollow. Vedranno."

"E Faith?" chiese Lin.

Hunter voltò di scatto la testa e rimase così stupito dalla domanda da fare un passo indietro. "Scusi? Cosa intende con 'e Faith?'"

L'uomo si accigliò. "Non avevi accettato di lavorare per lei sullo spazio aperto? Il pozzetto e un muro di sassi, o qualcosa di simile."

Hunter fu invaso dal sollievo quando si rese conto che non avrebbe dovuto spiegare le sue intenzioni nei confronti di Faith al padre di lei. Non che lui sapesse quali fossero, quelle intenzioni. Sapeva solo che voleva vederla, trascorrere del tempo con lei e convincerla in qualche modo a dargli una seconda possibilità. "Sì, ma mi era sembrato di capire che fosse già stato tutto fatto."

Lin scosse la testa. "No. Quando te ne sei andato, lei ha sospeso tutto. All'inizio, aspettava che tu tornassi, ma poi, dopo aver consultato mezza dozzina di specialisti e averli liquidati tutti, ha deciso di mettere da parte il progetto fino a quando non avrebbe avuto il tempo di trovare un impresario di talento. Ma ora che sei tornato..." L'uomo fece spallucce. "Potrebbe essere un'occasione per sistemare le cose."

Hunter serrò i denti. Perché la donna gli aveva detto che i lavori erano già stati fatti? Aveva detto così, vero? Tutto ciò che Hunter ricordava era di averle sentito dire che non aveva progetti aperti, al momento. *Accidenti,* pensò lui. Faith gli aveva di fatto detto che non voleva assumerlo. La determinazione penetrò nelle sue ossa mentre ripensava ai progetti di cui avevano parlato per lo spazio esterno. Beh, Faith non era costretta ad assumerlo. Ma ciò non gli avrebbe impedito di tenere fede alla parola data. Era improbabile che lei gli impedisse di lavorare gratis, no? Non la Faith che lui conosceva. La donna che aveva creato A Touch of Magic non era il tipo da prendere decisioni stolte. E rifiutare della manodopera gratuita solo perché ce l'aveva con l'impresario non era nel suo stile.

"Non lo sapevo," disse a Lin. "Lo consideri fatto. Mi

impegno a concludere il prima possibile il lavoro alla spa e qualunque altra cosa di cui Faith abbia bisogno."

"Ottimo." Lincoln si ficcò le mani nelle tasche e accennò con il capo al fienile. "Ho un conto aperto al ferramenta. Chiamerò per dire a Harold che tu lavori per me e di mettermi in conto tutto il materiale necessario. Hai bisogno di qualche attrezzo speciale?"

Hunter scosse la testa. "Nossignore. Ho tutto quello che mi serve nel furgone."

"Ottimo. Puoi cominciare domani." Lincoln Townsend saltò a bordo dell'auto da golf incrostata di fango e mosse una mano. "Salta su. Ci sono crostata di more e caffè fresco in casa."

Lo stomaco di Hunter brontolò al pensiero della crostata e lui si chiese quando aveva mangiato l'ultima volta. La sera prima? Quella mattina? Riemerse in superficie il vago ricordo di aver trangugiato una fetta di pane tostato mentre usciva di corsa di casa per andare a iscrivere Zoey a scuola. Avevano trascorso tutta la mattinata alla scuola, dopodiché Hunter era corso a casa Townsend senza fermarsi a pranzare.

"Hai fame, McCormick?" chiese Lin mentre manovrava con attenzione l'auto attorno a una sequoia caduta che bloccava il sentiero che portava alla casa.

"Credo di sì." Hunter lanciò un'occhiata alla sequoia. "Vuole che gliela rimuova? Sembrerebbe che sia lì da un pezzo."

"Da quando è arrivato quel temporale, un paio di mesi fa. Lo hanno definito qualcosa di simile a un uragano. Abbiamo perso altri quattro alberi in fondo al frutteto, ma quelli possono aspettare. Quello lì, invece," aggiunse Lin, indicando con il pollice, "è insopportabile. Non mi dispiacerebbe se tu te ne occupassi."

"Certo. Se vuole, posso pensarci anche oggi," disse Hunter.

"Domani voglio cominciare presto a lavorare sul tetto, prima che il tempo cambi nel pomeriggio, per cui arriverò presto."

Lin lanciò un'occhiata ad Hunter, annuì e disse: "Credo che lavorerai bene." Parcheggiò l'auto vicino alla porta posteriore del suo capanno e scese. "Forza. Prima la crostata, poi penseremo a quell'albero."

~

HUNTER PARCHEGGIÒ qualche posto più in là rispetto a A Touch of Magic. Spense il motore e stava per saltare giù quando il suo telefono vibrò per un messaggio. Era Vivian... Di nuovo.

Stai arrivando? Ti aspettiamo a cena.

Hunter trasse un respiro profondo e lo esalò prima di rispondere. Aveva già detto a Vivian che sarebbe arrivato tardi. Dopo aver condiviso la crostata con Lin, aveva trascorso il resto del pomeriggio a rimuovere il tronco della sequoia. Poi era andato al ferramenta, procurandosi tutto quello di cui aveva bisogno per poter cominciare a lavorare sul fienile di prima mattina. Restava ancora una cosa da fare prima di chiudere la giornata.

Il telefono cominciò a squillare e il nome di Vivian comparve sullo schermo. Hunter chiuse gli occhi e pregò per avere pazienza. "Pronto?"

"Ah, bene. Ci sei. Zoey chiede quando torni a casa," disse la donna, il tono di voce infastidito quanto si sentiva Hunter.

"Probabilmente, ci vorrà un'oretta. Arriverò in tempo per leggerle una storia e rimboccarle le coperte." Hunter aprì la portiera del furgone e uscì in Main Street.

"Come mai così tanto? Ti avevo detto che avrei preparato la cena. Starai morendo di fame."

Hunter allontanò il telefono dall'orecchio e lo fissò per un istante. Quando, esattamente, Vivian aveva deciso di avere voce in capitolo su quello che lui faceva e su quando lo faceva? A parte Zoey, non c'era nulla a unirli. "Vivian, ti ho già detto che ho da fare. Non devi cucinare per me. Arriverò a casa quando arriverò. Va bene?"

"Ma Zoey–"

"Se la caverà benissimo. Devo andare." Hunter mise giù, chiedendosi se avesse commesso un errore nel portare Vivian a Keating Hollow. Ma come poteva essere un errore? si chiese pensando a Zoey. Vivian si comportava come se loro due fossero una coppia, cosa che Hunter avrebbe dovuto chiarire al più presto.

Ma in quel momento, era un'altra la donna con cui doveva parlare. Una donna che non era riuscito a togliersi dalla testa nel corso dell'ultimo anno. Si fermò per osservare i quadri dai colori vivaci nella vetrina e sorrise quando si rese conto che erano animati. Faith aveva seguito il suo suggerimento e aveva trovato qualcuno che incantasse i quadri in modo che si muovessero in maniera sottile. Un quadro raffigurava una donna che teneva in mano una rosa avvizzita. Ma quando Hunter si avvicinò, la donna soffiò sulla rosa e i petali si ravvivarono e ripresero colore. Nell'altro quadro, un uomo reggeva una candela spenta. A un cenno della sua mano, la candela si accese, illuminando una scritta che diceva: *Regalati un tocco di magia.*

Due donne uscirono dalla porta, entrambe brillanti sotto la luce dei lampioni.

"È il massaggio migliore che abbia mai ricevuto," disse una di loro con un sospiro carico di contentezza. "I nodi alle spalle sono spariti e io mi sento più giovane di dieci anni."

"Ti hanno fatto lo scrub con lo zucchero?" chiese l'altra. "La mia ragazza ha usato il limone. Ho un profumo così buono che vorrei versarmi della tequila addosso e abbeverare qualcuno."

"Non credo che funzioni così," disse ridendo la sua amica.

"Lo so e non mi importa!" Le due donne ridacchiarono mentre camminavano lungo il marciapiedi, dirette verso l'Incantation Café.

L'attività di Faith era un enorme successo. Hunter lo aveva sempre saputo. Un campanello invisibile suonò mentre lui entrava dalla porta. La musica bassa e scampanellante era rilassante e si abbinava al profumo pulito di citronella nell'aria. La zona della reception era calda e tutto dell'ambiente era invitante.

Una minuta donna latino-americana si alzò dalla sedia dietro la scrivania e disse: "Salve. Posso aiutarla?"

"Sì, sono qui per vedere Faith," rispose Hunter.

Una piccola ruga apparve sulla fronte della donna quando lei si accigliò leggermente. "Mmm, ha un appuntamento, signor…" La donna sollevò lo sguardo, aspettando che Hunter si presentasse.

"McCormick, e no, non ho un appuntamento. Se Faith è impegnata con un cliente, posso aspettare."

"Non sono impegnata," disse Faith. "Ma stiamo per chiudere. È importante?"

Hunter si voltò e la trovò sulla soglia che dava sul retro della spa. La tensione della giornata svanì mentre la guardava. Gli splendidi capelli biondi della donna erano ammucchiati sulla testa in un nodo elegante, lasciando qualche ciocca a incorniciare il viso. Le sue guance erano rosee e i suoi occhi brillavano dal fastidio. Hunter sapeva di essere la causa del fastidio e guardava con ansia alla sfida che sarebbe stato sostituirlo con il piacere.

Hunter le rivolse un sorriso sbarazzino. "Credo di sì. Hai un momento? Se hai fretta, ti aiuto a chiudere."

"Faith," disse l'addetta all'accoglienza, con un entusiasmo forse eccessivo. "Fai pure. Penso a tutto io."

"Lena," disse Faith in tono di ammonizione. "Ce la faccio." Tornò a rivolgere la sua attenzione ad Hunter. "Ti concedo cinque minuti." Ciò detto, girò sui tacchi e svanì nell'oscurità.

Hunter non esitò. La seguì, già sapendo dove era diretta. Aveva trascorso sei mesi della sua vita con lei. E sebbene non avessero avuto l'opportunità di portare la loro relazione più in là di un civettare amichevole, ora che Craig non c'era più, Faith era l'unica persona a cui lui si sentiva affine. Con l'eccezione di Zoey, naturalmente.

Dopo aver percorso il corridoio, Hunter svoltò a sinistra e aprì la porta del cucinino, che era stato fornito di una varietà di snack salutari e una macchinetta del caffè. Faith era già seduta al bancone, in attesa che il suo espresso fosse pronto. Hunter girò attorno al bancone, si abbassò, afferrò la scatola di dolci che sapeva avrebbe trovato e le diede una barra all'acero.

Faith guardò per un attimo la ciambella rettangolare e ridacchiò. "Mi dimentico sempre che conosci le mie debolezze."

"Abbiamo lavorato insieme per sei mesi." Hunter le diede il bicchierino di espresso, prese una ciambella glassata e si sedette accanto a lei. "La spa ha un aspetto fantastico."

"Grazie, ma è soprattutto merito tuo," disse Faith, lo sguardo fisso nel bicchierino.

"Sei stata tu ad avere l'idea. Io ho solo piantato qualche chiodo."

Faith si voltò e scosse la testa. "Smettila di fare il modesto. Non sei credibile."

"No? Beh, facciamo così. La tua zona esterna non è ancora

stata realizzata. Sono venuto a dirti che comincerò a lavorarci questa settimana."

L'espressione divertita di Faith svanì quando i suoi occhi lampeggiarono di rabbia. "Cosa? Ti ho già detto che non siamo interessati a fare dei lavori. Dovresti parlare con mio padre. È lui ad avere dei progetti in sospeso."

"Già fatto." Hunter accennò con la mano ai jeans sporchi di terriccio. "Abbiamo rimosso un albero e domani comincerò a lavorare sul suo fienile." Sporgendosi leggermente in avanti, incrociò lo sguardo di Faith e disse: "Faith, non sono qui per chiederti lavoro. Sono qui per finire quello che ho cominciato."

Dapprima, gli occhi azzurri di Faith arsero di indignazione, ma mentre loro due continuavano a fissarsi a vicenda, l'atmosfera cambiò. All'improvviso, al posto dell'animosità, fu il calore a scoppiettare fra di loro e Hunter dovette trattenersi dall'attirarla a sé e baciarla fino a quando il fuoco che si rifletteva contro di lui non sarebbe finito fuori controllo.

Faith sbatté le palpebre e l'incantesimo si ruppe. Dopo essersi schiarita la voce, disse: "Ci stiamo ancora facendo una clientela e non possiamo permetterci quei lavori, per il momento. Grazie, ma sarà per un'altra volta. Probabilmente, sarebbe meglio rinviare all'autunno." Faith fece spallucce. "Dovremo vedere come andrà la spa."

"Puoi permetterti il costo dei materiali?" chiese lui.

"Probabilmente, ma tant'è." Faith si alzò dalla sedia. "Grazie per essere passato, ma è stata una giornata lunga e devo prepararmi per un cliente che arriverà fuori orario."

La donna fece per andarsene, ma Hunter si allungò ad afferrarle delicatamente il polso, fermandola. "Non ti farò pagare la manodopera, Faith."

Lei lo guardò accigliato. "Perché faresti una cosa del genere?"

"Perché ti ho delusa e voglio farmi perdonare. E poi, delle referenze mi farebbero comodo. Sono tornato definitivamente e ho bisogno di ricostruirmi una clientela. Dato che tu sei l'unica a Keating Hollow per cui ho lavorato, voglio assicurarmi che la tua sia un'esperienza fantastica."

Faith lo fissò con un'espressione indecifrabile.

Hunter avrebbe voluto premerle il palmo della mano contro la guancia, attirarla a sé e baciarla fino a quando tutto il resto non fosse svanito… fino a quando l'unica cosa importante sarebbe stata essere l'uno fra le braccia dell'altra.

"Non posso farti lavorare gratis," disse Faith, scuotendo la testa. "Non è la mia politica."

Le parole di Faith lo riportarono alla realtà e Hunter appoggiò un gomito sul bancone. "Ma io ci guadagnerei le referenze."

Faith sollevò gli occhi al cielo. "Ti darò delle referenze per il lavoro che hai già fatto alla spa. In fondo, non sei mica scappato via senza finire quello per cui ti avevo ingaggiato. Te lo meriti. Questo posto è bellissimo."

"Ti ringrazio, ma non ho finito. Ti avevo detto che avrei costruito il muretto di sassi e il pozzetto per il fuoco. Se li vuoi ancora, sono disposto a darteli. Ci vorrà solo una settimana, più o meno. Normalmente sarei più veloce, ma devo anche lavorare per tuo padre."

Faith sospirò profondamente. "Perché non ti fai dare da lui le referenze? La sua parola è oro colato, da queste parti."

"Lo farò, ma quello che sto facendo per lui è soprattutto lavoro da bassa manovalanza. Quello che voglio davvero fare è creare luoghi di lusso. Trasformare uno spazio da un guscio vuoto in un'opera d'arte mi entusiasma. E la tua attività è perfetta per questo."

La donna serrò le labbra in una linea sottile e distolse lo sguardo. "Non credo che sia una buona idea."

Frustrato da quell'opposizione tanto tenace, Hunter si alzò e le prese una mano, tenendola delicatamente. "Faith, qual è il vero problema? Il fatto che non mi pagherai per il lavoro? O che non mi vuoi attorno?"

Trattenne il respiro mentre attendeva la risposta. Non era stata sua intenzione metterla in difficoltà, ma le parole gli erano uscite di bocca spontaneamente. *Beh, meglio saperlo, in un modo o nell'altro,* pensò.

"Non è…" Faith scosse la testa. "Non mi sembra giusto non pagarti."

Sollevato per il fatto che la donna non lo aveva mandato a quel paese, Hunter rilassò le spalle e le rivolse un sorriso sbarazzino. "Che ne dici di uno scambio? Io farò i lavori per lo spazio aperto, tu pagherai il costo dei materiali e mi compenserai con dei servizi. Massaggi, scrub, trattamenti facciali, qualunque cosa tu creda possa rivitalizzare il mio corpo dopo che avrò usato i muscoli per tutto il giorno."

"Vuoi essere pagato in massaggi?" Faith passò lo sguardo su di lui e qualcosa di molto simile al desiderio lampeggiò per un attimo nei suoi occhi. Ma poi la donna sbatté le palpebre e tutto finì.

"Perché no? È probabile che ne avrò bisogno."

Lentamente, un sorriso si allargò sulle labbra della donna mentre ridacchiava. "Sei inarrestabile, sai?"

"Lo sono quando voglio qualcosa," disse lui.

"E vuoi solo una referenza?" chiese Faith, arrivando dritto al punto.

Ecco una delle cose che a lui piacevano di più di lei: Faith era diretta quando aveva qualcosa da dire. Lui detestava i giochetti e ammirava la schiettezza della donna. "Credo che sappiamo entrambi che non è così, Faith. Uno di questi giorni, manterrò la promessa di quella cena che non abbiamo mai avuto."

Senza dire una parola, Faith ritrasse la mano e si incamminò verso la porta. Si fermò, si guardò alle spalle e disse: "Ti ringrazio per l'offerta di ristrutturare lo spazio esterno. Menzionerò la tua dedizione a concludere il lavoro nelle referenze. Ma non corteggiarmi, Hunter. Dal mio punto di vista, la tua vita sembra un po' affollata."

"Faith, non è–" cominciò a dire Hunter, ma la donna uscì dalla porta, lasciando che essa si richiudesse delicatamente alle sue spalle.

Accidenti. Hunter pensò di seguirla, ma cosa avrebbe potuto dire? La sua vita era *davvero* un po' affollata, anche se non come pensava a lei. E Hunter non poteva esattamente spiegarglielo. Non ancora. Entrambi avevano bisogno di un po' di tempo. Dopo aver dato una pulita al bar, uscì silenziosamente sul retro e, sebbene il sole fosse già calato, percorse il perimetro della zona e cominciò a prendere appunti.

CAPITOLO 6

"Il cliente ti aspetta in sala relax," disse Lena, dando una cartella a Faith. La giovane receptionist stava fissando con ansia l'orologio sulla parete e Faith ebbe un sussulto. Aveva dimenticato che Lena aveva un appuntamento.

"Grazie, Lena. Scusa se ti ho fatto fare tardi. Vai pure. Ci penso io."

Il sollievo sciolse le spalle di Lena mentre lei esalava il fiato. "Non sono ancora in ritardo, ma se rimango qui ancora un po', probabilmente Rhys mi darà buca." La ragazza tirò fuori la borsetta da un cassetto e corse verso la porta. "Domani mattina alle otto, giusto?"

"Domani mattina alle otto," confermò Faith mentre cercava di assimilare quell'informazione. Lena aveva un appuntamento con Rhys? Lo stesso Rhys che era l'aiutante di Clay al birrificio di suo padre? Si morse il labbro inferiore, chiedendosi quando fosse successa quella cosa. Era il caso di dirlo a Hanna? La sua migliore amica aveva una cotta per Rhys da che Faith aveva memoria. Scoprire che l'uomo usciva con Lena, probabilmente, l'avrebbe distrutta... se non altro temporaneamente. Faith decise che glielo avrebbe detto, ma di persona, con vino e biscotti.

Dopo che Lena fu corsa fuori, Faith si recò all'ingresso e girò il cartello sulla scritta "chiuso." Mentre si dirigeva verso la sala relax, abbassò lo sguardo sulla cartella, per scoprire chi fosse il suo cliente misterioso.

Brian Knox. L'uomo con cui aveva appuntamento venerdì sera.

"Perfetto," borbottò. Di solito, non aveva l'abitudine di fare massaggi agli uomini che frequentava. C'erano troppi rischi, considerate le dinamiche. Ma non poteva tirarsi indietro. Stando alla scheda di accettazione, Brian aveva preso appuntamento all'ultimo minuto, dopo essersi stirato la schiena nel corso della giornata. Faith non poteva cacciarlo quando, molto probabilmente, era in grado di alleviare il suo dolore.

Quando arrivò alla porta della sala relax, bussò delicatamente. "Brian, sei pronto?"

"Sì," grugnì l'uomo.

Titubante, Faith aprì la porta e trovò l'uomo avvolto in uno degli spessi accappatoi della spa, appoggiato al lettino per i massaggi.

Brian le lanciò un'occhiata colma di dolore. "Non sono riuscito a sdraiarmi."

"Accidenti." Faith posò la scheda sullo scaffale che percorreva la parete e raggiunse Brian. "Mi hanno detto che hai problemi di schiena."

L'uomo annuì. "Ho fatto un movimento sbagliato e mi sa che mi sono schiacciato un nervo. Riesco a malapena a muovermi."

Faith passò lo sguardo su di lui. "Almeno sei riuscito a spogliarti. È un buon inizio."

Brian scoppiò in una risata priva di umorismo. "I miei vestiti sono ancora ammucchiati sul pavimento dello spogliatoio maschile. Non so come farò a rivestirmi."

"Non preoccuparti." Faith gli rivolse un sorriso rassicurante mentre tutta la sua trepidazione all'idea di massaggiare un uomo che frequentava volava via dalla finestra. Brian soffriva parecchio; impossibile che avesse preso quell'appuntamento con intenti romantici. Quella consapevolezza la rilassò e lei entrò in modalità massaggiatrice. "Ti sistemo io."

"Non so come farai, visto che non riesco nemmeno a sdraiarmi sul lettino," disse l'uomo, prendendo bruscamente fiato.

"Fatichi anche a respirare, eh?" chiese gentilmente Faith mentre allontanava Brian dal lettino e premeva un pulsante che lo fece abbassare leggermente.

"A volte, se mi muovo male." L'espressione di Brian era così patetica che Faith si ritrovò combattuta fra il dispiacere e l'ilarità.

Ma quando l'uomo fece una smorfia, l'empatia ebbe finalmente il sopravvento e lei si spostò alle sue spalle, passandogli delicatamente una mano lungo la schiena. Nonostante l'accappatoio, non fu difficile per lei trovare i muscoli offesi. La parte inferiore della schiena dell'uomo irradiava un calore intenso, che era come un faro per la sua magia.

"Accipicchia," mormorò Faith. "Ti sei proprio rotto, eh?"

"Stavo guardando Skye per Jacob e Yvette e, quando mi sono chinato per sollevarla da terra mentre giocava, mi si è bloccata la schiena. Mi sono ritrovato per terra, con lei che rideva di me."

"Ti sei dimenticato di piegare le ginocchia," disse Faith con un sorriso gentile.

"Sto invecchiando, ecco qual è il problema. Nessuno ti dice che, dopo i trent'anni, il tuo corpo comincia a cadere a pezzi."

Faith non riuscì a trattenersi. Rise. "Ah sì? Sei già sul viale del tramonto alla tenera età di trent'anni? Dovremmo procurarti un deambulatore."

"Ho trentacinque anni e in questo momento il deambulatore sembrerebbe la soluzione perfetta," disse sbuffando l'uomo.

"Trentacinque? Sei *davvero* vecchio," scherzò lei. "Ma aspettiamo a ordinare il deambulatore, d'accordo? Prima vediamo cosa posso fare." Faith sollevò il lenzuolo dal lettino. "Siediti, se ce la fai. Se no, puoi appoggiarti a me."

"Sì, ce la faccio," disse Brian, sussultando quando piegò le ginocchia quanto bastava per sedersi sul bordo del lettino.

"Ottimo. Puoi scivolare un po' più indietro?"

L'uomo fece come lei aveva chiesto, stringendo i denti nel muoversi.

"Ottimo. Adesso ti aiuto a sdraiarti sul fianco. Poi ti faremo sdraiare bocconi, in modo che io possa mettermi al lavoro."

Faith lo aveva già fatto in passato. E siccome Brian era deciso di farsi servire da lei, fece come lei chiedeva senza opporre troppa resistenza. Ma non ci voleva una strega per capire che l'uomo soffriva parecchio. Il suo volto era arrossato dallo sforzo e tutti i suoi muscoli erano tesi e compensavano per la lesione alla schiena. Comunque, lei riuscì a farlo sdraiare sul ventre e, con alcuni accorgimenti, a fargli togliere l'accappatoio. Faith faticò a non fissare il suo sedere perfetto.

Cavolo, pensò mentre lo copriva con un lenzuolo, senza riuscire a trattenersi dal dare una seconda occhiata. Dio, Brian era bellissimo. Lei non riusciva a capire perché non fosse più attratta da lui che da Hunter. Forse aveva solo bisogno di tempo. La gente non diceva forse che il passaggio dall'amicizia all'amore creava le relazioni più durature? Ma lo stesso sarebbe valso anche per lei e Hunter.

"Faith?" chiese Brian.

"Eh?" Faith abbassò lo sguardo sull'uomo sdraiato sul lettino, con la metà inferiore del corpo coperta dal lenzuolo. Brian aveva voltato la testa nella sua direzione e la stava osservando.

"Che ti è successo? Per un attimo, sembravi persa."

Faith inghiottì una risata nervosa. Non poteva certo dirgli che aveva espresso il desiderio che lui la eccitasse. "Stavo solo cercando il modo migliore per alleviare la tua sofferenza."

Falsissimo. Lei sapeva già cosa fare.

"Credi di poterlo fare?" chiese lui.

"Assolutamente." Faith prese una boccetta della lozione curativa che sua sorella Abby aveva preparato per lei e se ne mise un po' sulla mano. "Dicono che le mie mani siano magiche."

"L'ho sentito. Quando ho chiamato i guaritori, Gerry mi ha raccomandato di venire da te. Ha detto che, molto probabilmente, anche se fossi andato da lei, mi avrebbe detto la stessa cosa. Ha detto che parleremo della gestione del dolore solo se tu non riuscirai ad aiutarmi."

Gerry Whipple e suo marito Martin erano i guaritori del paese. E come la maggior parte delle streghe, preferivano che i loro clienti provassero dei rimedi olistici prima di prescrivere loro dei farmaci. "Credo che rimarrai piacevolmente sorpreso. Ora rilassati mentre mi metto al lavoro. Se devo aggiustare la pressione, fammelo sapere."

"Va bene. Cerca di non farmi male."

Faith ridacchiò. "Farò del mio meglio."

Da giovane, Faith si era sempre considerata una strega piuttosto mediocre. Le sue sorelle avevano sviluppato i loro poteri con grande facilità e maneggiavano con scioltezza i loro elementi. Ma Faith, la strega dell'acqua della famiglia, non era mai stata molto a suo agio nel maneggiare l'acqua. Era in grado di farlo, ma era raro che l'elemento facesse esattamente quello che lei gli chiedeva. Qualcosa riusciva a fare, ma i suoi incantesimi non duravano mai a lungo. Aveva trovato la sua strada solo quando aveva iniziato a studiare la massoterapia.

La prima volta in cui le aveva posato le mani su una delle sue compagne di corso, era successo qualcosa. Mentre lavorava sui muscoli dell'altra ragazza, si era resa conto di percepire ciò di cui il corpo aveva bisogno per guarire. Non era in grado di manipolare i fluidi corporei; semplicemente, riusciva a visualizzare il problema nella sua mente e ciò le permetteva di trovare e agire con grande efficacia sulle zone problematiche.

Faith passò con calma le mani sulla schiena di Brian, cominciando dalla cima e scendendo verso il basso. L'uomo si era decisamente stirato un muscolo e schiacciato un nervo, ma il problema non era solo la schiena. L'uomo era teso dappertutto, la qual cosa probabilmente aveva contribuito all'incidente.

"Brian," mormorò Faith, "sei molto teso. È una novità?"

"No, ma va peggio del solito." Brian grugnì sottovoce mentre lei gli massaggiava i muscoli attorno alle scapole.

"Hai cambiato stile di vita? Fai qualcosa di diverso?" Premendo i palmi di entrambe le mani sulla schiena dell'uomo, Faith usò il peso del corpo per applicare pressione e fece scivolare lentamente le mani verso il fondoschiena di Brian, cercando di aiutarlo a rilassarsi prima di mettersi al lavoro sul serio.

"Diciamo così. Sto costruendo una casa non lontano da quella di Jacob."

"Oh, wow. Sì, è decisamente una novità. D'accordo, sembra che io abbia del lavoro da fare." Faith si allungò e premette il pulsante di avvio dello stereo. La musica rilassante colmò la stanza mentre la magia di Faith formicolava sulla punta delle sue dita. Poi, lei si perse nel suo lavoro, concentrandosi sul muscolo irritato che era la fonte dei problemi di Brian.

Un'ora dopo, le sue braccia e le sue dita erano affaticate da un lavoro ben fatto. Faith coprì Brian con il lenzuolo e disse: "Ti ho lasciato dell'acqua sul piano. Alzati con calma e, quando sei pronto, ci vediamo qui fuori."

"Dai, Faith, sei la mia salvatrice," disse Brian con un sospiro soddisfatto. "Mi hai salvato da una notte insonne di automedicazione. Grazie."

Lei gli sorrise. "Figurati, Brian. Sono lieta di averti potuto aiutare."

Un quarto d'ora dopo, Brian uscì dalla stanza sul retro, con un'espressione di gioia assoluta sul volto.

"Ma ciao," disse lei. "Hai un aspetto mille volte migliore di quello che avevi quando ti ho trovato appoggiato al lettino."

"*Sto* mille volte meglio, grazie a te." Brian tirò fuori alcune banconote e le spinse attraverso il bancone. "Tu sei magia allo stato puro, Faith Townsend."

Faith guardò le banconote senza prenderle. "È troppo, Brian. È il doppio della tariffa."

"Te lo meriti," disse l'uomo mentre si infilava il portafogli nella tasca posteriore. "Mi hai letteralmente salvato il culo."

Faith prese le banconote e gliene restituì alcune. "Questo è quello per cui hai pagato. Prendi il resto e vai a mangiare qualcosa o come preferisci."

Brian la guardò accigliato il denaro. "Solo se vieni con me."

Lei lanciò un'occhiata all'orologio. Erano già le sette passate e doveva presentarsi in ufficio presto la mattina dopo. Inoltre, aveva appena trascorso gli ultimi ottanta minuti a toccare il corpo nudo di Brian. Uscire con lui non le sembrava la scelta più responsabile. Gli rivolse un sorriso stentato e disse: "Questa sera non posso. Ma grazie per l'offerta. E poi, dovresti andare a riposare la schiena e reidratarti. Meglio evitare che tu ti faccia di nuovo del male."

"Dobbiamo mangiare tutti e due," insistette l'uomo. "Eddai, Faith. Tanto, al Cozy Cave ci vado comunque."

Proprio in quel momento, lo stomaco di Faith brontolò e le sue guance avvamparono dall'imbarazzo.

"Ah! Visto? Hai fame. Dai, Faith. Hai bisogno di mangiare qualcosa."

"Va bene. Ma andiamo solo a cena; poi devo tornare a casa." Faith mise i soldi che le aveva dato Brian nella cassa, prese il cappotto e gli andò incontro all'ingresso.

"Vuoi insinuare che il mio intento non sia onorevole?" chiese lui.

"Brian, mi hai chiesto se volevo stendermi con te sul lettino dopo che avevo finito di massaggiarti. Non fare l'angioletto." Faith gli tenne aperta la porta e lo seguì in strada.

"Ehi, era comodo," disse lui, ostentando castità.

"Ci scommetto." Faith sbuffò e tirò fuori le chiavi dalla tasca della giacca.

Mentre le chiudeva la porta, Brian si chinò a raccogliere qualcosa. "Ehi, Faith, ti è caduta questa."

Lei si voltò e vide la lettera che si era ficcata nella tasca la sera prima. Quella dove non era indicato il mittente. "Grazie. Me ne ero dimenticata." Faith prese la busta e la aprì, pensando che doveva trattarsi di pubblicità o di qualche ente di beneficenza che chiedeva una donazione. Ma quando tirò fuori la lettera, vide che era scritta a mano e sussultò alla vista della firma.

"Cosa c'è?" chiese Brian. "Brutte notizie?"

Lei lo guardò mentre lo shock puro la paralizzava. "No. È di mia madre."

CAPITOLO 7

"Zio Hunter, zio Hunter," chiamò Zoey mentre correva per casa. "La mamma ci ha preparato la colazione."

Hunter era seduto alla scrivania che aveva spostato in salotto quando aveva accolto Vivian e Zoey in casa sua. Si era alzato presto e si era messo al lavoro sui progetti per l'oasi all'aperto di Faith. Si appoggiò allo schienale della sedia mentre la ragazzina girava di corsa l'angolo, i capelli scuri sospesi alle sue spalle. La gioia gli gonfiò il cuore quando lei gli balzò in grembo, passandogli le braccia attorno al collo.

"Ha fatto gli waffle," disse Zoey, illuminandosi in viso. I suoi occhi scuri brillavano di felicità, cosa che lui non vedeva spesso da quando Craig se n'era andato.

"Sei proprio contenta," disse lui, avvolgendo la bambina fra le braccia mentre si alzava e la portava in cucina.

Vivian, che indossava un tailleur elegante, portava un grembiule ed era in piedi vicino al tavolo, intenta a riempire due tazze di caffè. La tavola era apparecchiata e in ciascun piatto c'era già uno waffle al centro. Inoltre, la donna aveva preparato bacon, uova strapazzate e pane tostato.

Hunter mise Zoey su una sedia e fissò stupito Vivian. "Hai cucinato per un reggimento."

"Ma certo. Zoey ha bisogno di carburante prima di andare a scuola, per cui ho preparato da mangiare per tutti." La donna sorrise serenamente e si sedette accanto alla figlia.

Hunter passò lo sguardo sull'offerta elaborata, chiedendosi se Vivian avesse cucinato così anche prima dell'incidente di Craig. Era rimasto con loro per cinque mesi a Las Vegas e non l'aveva vista preparare nulla di più complesso di un panino al formaggio grigliato. Era stato lui a cucinare per loro due. Era il minimo che potesse fare mentre Vivian affrontava la perdita del marito.

"Grazie." Hunter si sedette e cominciò a mangiare, servendosi doppia porzione di tutto. Il suo lavoro richiedeva molte calorie e lui aveva spazio in abbondanza nello stomaco. Dopo aver divorato tutto ciò che aveva sul piatto, si mise comodo e sorseggiò il caffè. "È stato fantastico. Grazie, Viv."

"Prego." La donna si chinò su Zoey e disse: "Vai a prenderle lo zaino, tesoro. È quasi ora di andare a scuola."

Zoey si alzò dalla sedia e corse nella camera da letto che condivideva con la madre.

Vivian si ravviò i capelli scuri e rivolse ad Hunter un sorriso carico di contentezza. "È bello cucinare di nuovo per la mia famiglia. Non mi sentivo così normale da mesi."

"Ehm... bene." Hunter aveva notato le parole che Vivian aveva scelto di usare: *la mia famiglia*. Aveva incluso anche lui in quel quadretto, non solo Zoey, e Hunter non sapeva come reagire. Sapeva benissimo che Vivian avrebbe gradito dare inizio a una relazione con lui e far sì che Hunter prendesse il posto di Craig, ma sebbene lui fosse più che disponibile a fare tutto il necessario per prendersi cura di loro, non intendeva avere più rapporti di altro genere con Vivian. Una relazione romantica era l'ultima cosa che voleva avere con lei. C'era un motivo per cui avevano rotto, tanti anni prima. Scelse di ignorare l'insinuazione e disse: "Ti trovo bene. Vai a cercare lavoro, oggi?"

Vivian posò la tazza sul tavolo e annuì. "Mi sento troppo elegante, ma l'alternativa è la gonna e le previsioni danno neve. Non voglio ritrovarmi a camminare per il paese con le gambe nude."

"Neve?" chiese lui, che già si era voltato a guardare fuori dalla finestra. La giornata era grigia e leggermente piovosa; solo una pagliuzza di sole si riversava sul suo prato immacolato.

"Solo una spolverata, ma non voglio correre il rischio." Vivian si alzò e cominciò a sparecchiare.

Hunter si allungò a prenderle delicatamente la mano, fermandola. "Rilassati. Ci penso io. È il minimo."

L'espressione di Vivian si addolcì e ad Hunter tornò in mente perché era stato attratto da lei, tanti anni prima. La donna nascondeva una morbidezza, sotto il suo guscio duro, che solo pochi eletti avevano il privilegio di vedere. Quando lei la rivelava, l'uomo in questione si sentiva come se fosse il suo mondo. Solo Hunter ricordava che Vivian aveva usato quella capacità per manipolarlo e spingerlo a fare cose che non voleva. Aveva voluto che lui andasse a lavorare per una corporazione e investisse nell'attività di suo padre. Non aveva mostrato il minimo rispetto per il suo desiderio di lavorare in proprio come imprenditore edile. Anzi, aveva sempre avuto l'impressione che ritenesse il mestiere di Hunter al di sotto di lei.

Craig Chambers era stato il marito perfetto per Vivian. Era

andato a lavorare nell'azienda informatica del padre di lei come account manager. Tutti dicevano che era piuttosto bravo, ma poi, la compagnia del padre di Vivian aveva passato dei guai e l'uomo era stato costretto a venderla. Craig aveva perso il lavoro e, dieci mesi più tardi, era morto a causa dell'incidente.

Era stato un periodo difficile per la famiglia e, fra la necessità di attingere ai risparmi e le spese mediche dopo la morte di Craig, a Vivian era rimasto solo il valore della casa. Non era molto, ma era sufficiente a ricominciare daccapo. Hunter sperava solo che la donna sarebbe stata pronta a voltare pagina al più presto.

Perché qualunque cosa lei pensasse di volere con lui, ciò che Vivian aveva da offrire non era il genere di relazione che Hunter voleva. Lui voleva una compagna che lo accettasse per quello che era e appoggiasse i suoi sogni senza giudicarli. Vivian non era quella donna. Avrebbe sempre voluto qualcosa di più, anche se si fosse convinta di essere felice con una vita semplice. Hunter sperava solo che, quando lei avesse voltato pagina, sarebbe rimasta nei paraggi, in modo da farlo restare nella vita di Zoey.

"Grazie," mormorò la donna. "Visto? Siamo una bella squadra."

Lui le lasciò la mano e, senza dire una parola, si mise a sparecchiare.

"ZIO HUNTER," disse Zoey, tirandogli la mano. "Devi venire a vedere la mia nuova classe. È fantastica!"

Hunter ridacchiò e si lasciò trascinare nella scuola della ragazzina. Era il secondo giorno di Zoey e lei era felicissima.

La scuola era molto diversa da quella di Las Vegas, dato che a Keating Hollow offrivano anche corsi per imparare a controllare la magia. Nella maggior parte delle scuole non era così, ma Keating Hollow era stato fondato da streghe oltre cent'anni prima, ed era una tradizione che né la politica né i tagli erano riusciti a cancellare.

"Zoey!" Una bambina minuta dai riccioli castani raggiunse di corsa la bambina e le afferrò l'altra mano.

"Ciao, Daisy. Lui è mio zio Hunter," disse Zoey, indicandolo.

"Salve," disse cortesemente la bambina. Poi, si rivolse subito a Zoey. "Sei in ritardo. Dobbiamo sbrigarci o ce lo perderemo!"

"Oggi accendono l'albero di Natale!" esclamò Zoey, voltando la testa mentre le due bambine correvano verso lo spazio aperto al centro della scuola.

Hunter ridacchiò mentre le seguiva. Adorava che Zoey avesse già fatto amicizia. Se fosse riuscita a inserirsi senza problemi, sarebbe stato meno probabile che Vivian la facesse spostare di nuovo a breve termine.

Gli scolari erano disposti a cerchio attorno a un grandissimo abete del Colorado. Quattro insegnanti erano in piedi nelle vicinanze, con le bacchette in mano.

Bacchette? Da quando le streghe di Keating Hollow usano bacchette? Hunter udì un ticchettio di tacchi alti alle sue spalle e si voltò per vedere Vivian che percorreva il corridoio come una modella sulla passerella. Era completamente diversa da qualunque persona vivesse o lavorasse a Keating Hollow. Era troppo impostata. Dal completo sexy, ai tacchi, al trucco, era grossomodo dieci passi più avanti rispetto a tutti gli altri. Era bellissima, certo, ma dava anche l'impressione di una che si stava sforzando troppo.

"Sapevi che in questa scuola usano le bacchette? Non è un

po' pericoloso per i bambini?" le chiese Hunter quando lei si fermò accanto a lui. Le bacchette contenevano potere e incantesimi antichi. L'ultima cosa di cui i bambini avevano bisogno era che uno di loro scatenasse un incantesimo potente che non era in grado di controllare.

"È solo per fare impressione e per aiutarli a concentrarsi. Non preoccuparti: ho già chiesto io. Nessuno trasformerà Zoey in unicorno. Anche se a lei potrebbe piacere," disse ridacchiando Vivian.

Hunter incrociò le braccia e guardò i quattro insegnanti muovere le bacchette e dire all'unisono: "In nome dei doni dei nostri elementi, chiediamo che gli dei ci benedicano con la guarnizione dell'albero."

Tutti gli scolari ripeterono la frase.

Il silenzio colmò l'aria gelida. Era così tranquillo che Hunter ebbe quasi la certezza che un insegnante avesse lanciato una malia sui bambini. Ma poi un uccellino cinguettò e gli insegnanti cominciarono ad agitare le bacchette. Una bottiglia d'acqua si sollevò a mezz'aria e si inclinò e l'acqua cominciò a riversarsi. Prima che essa potesse toccare terra, un'insegnante fece scattare il polso e l'acqua si sollevò in aria, si separò e formò due dozzine di ghiaccioli. Un altro scatto del polso e i ghiaccioli trovarono ciascuno un posto sull'albero. Ciascun insegnante sfruttò il proprio elemento per decorare l'albero e nel giro di pochissimo tempo, l'albero fu colmo di fiamme magiche che scoppiettavano su candele bianche, poinsezie in fiore che non avevano bisogno di essere innaffiate e cigni posticci in miniatura che si erano animati e ora se ne stavano appollaiati sui rami.

I ragazzini strillarono ed esultarono mentre venivano condotti nelle aule. Zoey corse da Hunter e Vivian, diede a ciascuno un abbraccio e un bacio sulla guancia e corse dai suoi compagni di classe, che avevano già cominciato a entrare in un'aula vicina.

Hunter appoggiò una mano in fondo alla schiena di Vivian e la guidò verso l'ingresso della scuola. "Sembra felicissima."

Vivian annuì. "Almeno questo va bene."

"Signori McCormick!" chiamò la donna che Hunter riconobbe come la preside, accorrendo da loro.

"Non siamo–" Hunter stava per dire che loro due non erano sposati e che né Vivian né Zoey portavano il suo cognome, ma Vivian lo interruppe.

"Salve, Janice. La cerimonia era perfetta," disse Vivian.

"Grazie. Ha un grande successo tutti gli anni. Volevo solo dirvi che siamo felicissimi di avere Zoey. È una bambina deliziosa. Ha già fatto amicizia con Daisy, la figlia di Noel Townsend. Brava gente, i Townsend." La preside sorrise ad Hunter. "Ma lei lo sa già, vero? Ho sentito dire che sta lavorando per Lin. Quell'uomo è davvero fantastico."

"È vero," disse Hunter.

"Devo scappare. Fateci sapere se possiamo fare qualcosa per rendere l'inserimento più facile a Zoey." La preside li salutò agitando le dita e si allontanò.

"È stato proprio carino," disse Vivian mentre si incamminavano verso il furgone di Hunter.

Hunter tacque mentre le apriva la portiera. Quello che era successo lo aveva inquietato. Perché la preside li aveva trattati come se fossero una coppia? Continuò a rimuginare mentre inseriva la marcia e si dirigeva verso il cuore del paese. Alla fine, non ce la fece più. "Viv, perché la preside crede che siamo sposati?"

"Ah." Vivian agitò una mano con fare noncurante. "Quando ho compilato le carte per Zoey, ho usato il tuo cognome. Ho pensato che sarebbe stato più facile che cambiarlo più tardi."

Hunter parcheggiò il furgone in uno spazio sulla Main Street e la fissò confuso. "Cosa stai dicendo? Perché dovresti fare una cosa del genere?"

"Lo sai benissimo," disse spazientita Vivian. "Dai, Hunter. Lasciami in pace. Sto solo cercando di fare la cosa giusta."

"Cancellando ogni traccia di Craig?" ruggì Hunter, per poi saltare giù dal furgone. Aveva bisogno dell'aria fresca per raffreddare i bollenti spiriti. Craig non meritava quello che Vivian gli stava facendo. Era stato il padre di Zoey per sette anni della sua vita. Lei non poteva cancellarlo solo perché ciò le rendeva la vita più facile.

"Hunter, per favore," disse la donna, mettendosi accanto al furgone con le braccia incrociate in un gesto difensivo. "È già abbastanza difficile. Stavo solo cercando di... Non lo so. Mi sembrava la cosa giusta. In fondo, adesso siamo come una famiglia. E se diamo tempo al tempo..." La sua voce vacillò e lei distolse lo sguardo, ma non prima che lui notasse le lacrime nei suoi occhi.

Hunter emise un sospiro di frustrazione e trasse un respiro profondo, cercando di calmarsi. Raggiunse Vivian e usò due dita per sollevarle il viso in modo che lo guardasse. "Viv, non puoi cambiare le cose come se niente fosse. Non credi che Zoey si confonderà troppo? È sempre stata una Chambers. Non può diventare una McCormick come se niente fosse."

"Lei è felice di essere una McCormick," disse Viv mentre una singola lacrima le scorreva lungo il viso. "Craig capirebbe."

Hunter ne dubitava fortemente. Anzi, era abbastanza sicuro che il suo amico si stesse rivoltando nella tomba. Una fitta acuta di dolore lo attraversò mentre il suo cuore si gonfiava all'idea. Non poteva permettere che Vivian si comportasse in quel modo. Non era giusto per Craig o per Zoey.

"Vivian, ascolta, devi tornare alla scuola e assicurarti che sappiano che il cognome di Zoey è Chambers. Quello è il suo cognome ufficiale e noi non siamo sposati né lo saremo mai. Devi smetterla di pensare che qualunque cosa tu voglia si avvererà."

"Perché ti opponi?" chiese Vivian, guardandolo negli occhi con uno sguardo di grande sincerità. "Craig non c'è più. Non lo stai tradendo. E Zoey merita di avere un padre."

Hunter digrignò i denti, pregando per avere pazienza. "Zoey ce l'ha, un padre!" disse a denti stretti, voglioso di strangolare Vivian. "Sai che non la abbandonerò e che non andrò da nessuna parte, ma Craig merita di vivere nei suoi ricordi e tu stai cercando di cancellarlo. Non te lo permetterò."

"Non sto cercando di cancellarlo," disse Vivian a voce molto bassa. "Sto solo cercando di fare la cosa giusta per mia figlia."

"Anch'io," disse Hunter, chiudendo gli occhi e cercando di riprendere il controllo. "Ma devi smetterla di cercare di forzare questa cosa, Vivian. Tu e io non staremo mai insieme come vuoi tu. Io non sono... Non è quello che sto cercando."

"Vuoi dire che *io* non sono quella che stai cercando," disse la donna con uno sbuffo carico di irritazione.

Era vero, ma Hunter non avrebbe voluto metterla così. Alla fine, scelse di dire la verità. "Mi dispiace, Viv. Il fatto è che mi interessa un'altra persona."

"Faith, vero? Quella bella bionda con cui parlavi in libreria. È la proprietaria della spa, vero?" Il suo tono di voce era neutro, privo di emozioni.

Hunter non prese nemmeno atto della sua domanda. Invece, si chinò e la baciò teneramente sulla guancia. "Mi dispiace, Viv. Per favore, parla con la scuola in modo che non ci siano altri fraintendimenti. Io devo andare a lavorare." Hunter risalì sul furgone, abbassò il finestrino e disse:

"Chiamami se avete bisogno di un passaggio per tornare a casa."

Vivian lo fulminò con lo sguardo. "Non preoccuparti. Troverò una soluzione."

"D'accordo. L'offerta rimane," esclamò Hunter, fingendo che Vivian non stesse cercando di pugnalarlo con gli occhi. Poi imboccò la strada, diretto verso la fattoria di Lincoln Townsend.

CAPITOLO 8

Faith era seduta a un tavolo d'angolo dell'Incantation Café, stringendo la lettera che le aveva spedito sua madre. L'aveva letta almeno due dozzine di volte, ma sembrava incapace di assimilare completamente le parole scribacchiate sulla pagina e la rilesse, esprimendo il desiderio che il legame fra madre e figlia prendesse vita. Ciò non accadde. Come avrebbe potuto? Faith non vedeva sua madre e non aveva sue notizie da ventun anni.

Sua madre aveva abbandonato la famiglia quando Faith aveva solo cinque anni, ma lei ricordava quel giorno d'autunno come se fosse stato il giorno prima. Gabrielle Townsend era stata una donna bellissima. Aveva folti capelli biondo miele, occhi azzurri come l'oceano e un qualcosa di evanescente che faceva sì che Faith se la ricordasse come una specie di angelo.

Quel giorno, pur essendo il compleanno di Abby, era cominciato esattamente come tutti gli altri, se non per il fatto che la loro madre aveva indossato pantaloni della tuta e una felpa macchiata invece dei soliti jeans eleganti e camicetta vaporosa. Di solito, quando una di loro compiva gli anni, la loro madre serviva alla festeggiata la torta a letto. Ma quella mattina, Gabrielle sembrava essersene dimenticata e nessuno aveva fatto gli auguri a Abby.

Era stata Yvette a costringere le ragazze a salire in auto e a ricordare alla loro madre che doveva portarle a scuola. Noel era furiosa per qualcosa e lei e Yvette avevano litigato lungo tutto il tragitto fino alla scuola mentre la loro madre, che di solito non tollerava scenate del genere, aveva ignorato il bisticcio. Quando Gabby le aveva lasciate a scuola, Faith aveva le orecchie che fischiavano per tutte le grida.

Faith ricordava di essere rimasta sul marciapiede assieme a Abby mentre guardavano la vecchia Volvo svanire lungo la strada. Faith era turbata, ma allora non se ne era resa conto. Sapeva solo che avrebbe voluto disperatamente tornare a casa e accoccolarsi accanto a sua madre.

Due ore più tardi, Faith era scoppiata a piangere e aveva chiesto che l'infermiera chiamasse sua madre. Doveva vederla. Doveva andare a casa.

Quando nessuno era riuscito a calmare Faith, avevano fatto come lei aveva chiesto e chiamato Gabby perché la venisse a prendere.

Ma nessuno aveva risposto e Gabby non era venuta a prendere Faith. Era stato suo padre, Lin, ad arrivare un'ora più tardi e a sollevare Faith fra le sue braccia. Suo padre le aveva asciugato le lacrime e l'aveva portata a casa. Faith era corsa in casa e aveva cercato sua madre dappertutto, ma Gabby non si vedeva da nessuna parte. Era stato allora che Faith aveva avuto l'orrenda sensazione che non avrebbe più rivisto sua madre. Lo aveva capito prima ancora che Lin trovasse l'armadio della mamma vuoto e il conto corrente svuotato. Prima ancora che Abby tornasse a casa e scoprisse che sua madre l'aveva abbandonata il giorno del suo compleanno.

Gabrielle Townsend le aveva lasciate senza dire una parola o fare il minimo accenno alla sua volontà di andarsene. Ma la cinquenne Faith aveva avuto una premonizione, quel giorno a scuola, ed era stata l'unica a rendersi conto, senza ombra di dubbio, che sua madre non sarebbe tornata.

Ventun anni dopo, Faith era del tutto impreparata alla lettera della donna. Aveva rinunciato a quel rapporto tanto tempo prima, ma ora esso era tutto ciò a cui riusciva a pensare. Sua madre le aveva scritto. Sapeva dove viveva la figlia minore e voleva ristabilire un contatto con lei. Voleva ricostruire un ponte.

Faith non aveva idea di cosa fare.

"Ciao, tu," disse Hanna, prendendo posto di fronte a lei. Le porse un cappuccino con schiuma extra. "Cosa c'è? Hai l'aria di una a cui hanno rubato il cane."

"Nessuno vorrebbe prendersi Xena. È un incubo avvolto in una palla di pelo," disse Faith. "Me la restituirebbero nel giro di un'ora."

Hanna ridacchiò, quindi sporse il labbro inferiore in un broncio esagerato. "Povera ragazzina. Ha solo bisogno di crescere un po'. Scommetto che si rivelerà un cane fantastico."

"È quello per cui continuo a pregare." Faith fece scivolare la lettera che aveva in mano nella direzione di Hanna. "Questa mi è arrivata qualche giorno fa."

Hanna prese la lettera, vi diede un'occhiata e sussultò. "Santa polenta, Faith. È davvero tua mamma?"

"C'è scritto così." Faith esalò il fiato e nascose il volto fra le mani. "Non so cosa fare."

Fra loro due cadde il silenzio mentre Hanna leggeva la lettera. Una volta finito, la posò sul tavolo e lisciò le grinze che si erano formate quando Faith aveva stretto il foglio.

"Allora?" chiese Faith. "Cosa credi che dovrei fare?"

"È tua madre. Mi sa che dovresti rispondere." Hanna abbassò nuovamente lo sguardo sulla lettera. "Lo hai detto alle tue sorelle?"

Lei scosse la testa. "Non ancora. Non so cosa dire. Come faccio a dire alle mie sorelle che mia madre mi ha scritto una lettera e mi ha chiesto di non dire loro che ho avuto sue notizie? E poi, vorrei avere una buona idea di quello che voglio fare prima di parlare con loro. Non voglio che qualcun altro cerchi di decidere per me. Hai presente?"

Nella lettera, Gabby aveva scritto di voler prendere contatto separatamente con ciascuna delle sue figlie e aveva chiesto a Faith di non dire alle sue sorelle che si erano sentite. Faith non era per nulla a proprio agio. Prima di fare qualunque cosa, voleva avere una conversazione con le sue sorelle e con suo padre.

"Ha senso," disse Hanna. "E poi, è una richiesta irragionevole. Chiunque conosca le sorelle Townsend sa che voi quattro vi guardate sempre le spalle a vicenda."

"Sì, almeno da quando Abby è a casa," disse Faith. Abby si era trasferita dopo aver preso il diploma ed era rimasta via per quasi un decennio. Mentre Faith e Yvette erano rimaste in contatto con lei, Abby e Noel avevano avuto degli screzi. Ma le quattro erano molto unite, ora, e nascondere alle altre quella faccenda non era un'opzione. "Credi davvero che dovrei chiamarla?"

"Se non lo facessi, te ne pentiresti?"

Faith chiuse gli occhi e cercò di ignorare la sofferenza allo stomaco. Era inutile. Conosceva già la risposta. "Sì. Avrei sempre il dubbio."

Hanna allungò una mano e coprì con essa quella di Faith. "So che deve essere devastante per te. Ma dillo alla tua famiglia e insieme ne uscirete."

"E se lei non fosse la persona che ricordo?"

Hanna le rivolse un sorriso tetro. "Tesoro, sono passati vent'anni. Certo che non è la persona che ricordi."

"Argh. Hai ragione. Quello che voglio dire, è... e se non fosse una brava persona? Se fosse una di quelle persone che odiano i bambini e che pubblicano meme pieni di odio su Facebook?"

Hanna ridacchiò. "La blocchi e la ignori, come tutti gli altri."

"Sì, ma se non fosse palese? Se la incontrassimo e lei sembrasse a posto, ma all'improvviso scoprissimo che vuole solo dei soldi, oppure manipolarci, o qualcosa del genere? Non lo so, Hanna. Non ho una bella sensazione." Se c'era una cosa che Faith aveva imparato quando sua madre l'aveva lasciata tanti anni prima, era che doveva fidarsi dell'istinto.

"Oh, tesoro. So che è difficile," disse Hanna. "Puoi permetterle di rientrare nella tua vita o no, ma ricordati che sei *tu* ad avere il coltello dalla parte del manico. Non aver paura a mettere dei paletti. È stata lei a lasciarvi, ricordi? Se dovesse rivelarsi indegna della tua fiducia, non sei costretta ad avere un rapporto con lei."

"Hai ragione." Faith si appoggiò allo schienale della sedia. "Il primo passo è indire una riunione di famiglia, giusto?"

Ma Hanna non rispose. Era impegnata a guardare fisso fuori dalla vetrina.

"Cosa c'è?" Faith si sporse in avanti, seguendo lo sguardo di Hanna.

"Hunter e la sua ragazza," disse l'altra. "Wow, stanno litigando di brutto."

"Lui giura che non stanno insieme," disse Faith mentre guardava Hunter accigliarsi con Vivian. I due ebbero uno scambio di battute, ma poi Hunter parve intenerirsi leggermente mentre parlava alla donna e chinava la testa per baciarla sulla guancia. "Mi sa che mentiva." Faith si appoggiò allo schienale della sedia e incrociò le braccia. "Perché gli uomini sono così porci?"

"Dai. Non sono tutti terribili," disse Hanna, lanciando un'occhiata alla sua amica. "Le tue sorelle sembrano cavarsela bene."

Faith scoppiò a ridere. "Ci sono voluti soltanto dieci anni e qualche mela molto marcia." Il matrimonio di Yvette era crollato quando suo marito si era reso conto di essere gay. Il primo marito di Noel, un giorno, era uscito di casa ed era tornato sei anni dopo. Ed Abby aveva lasciato il paese subito dopo il diploma, lasciandosi alle spalle l'uomo che amava, perché non era riuscita a venire a patti con il fatto di aver avuto potenzialmente un ruolo accidentale nella tragica morte della sua migliore amica, Charlotte. "Preferirei che il mio primo tentativo andasse un po' meglio."

"Devi solo scegliere una persona che non ti deluderà. Che ne dici di Brian? Sembra che tu gli piaccia parecchio. Non avete un appuntamento per venerdì?"

Faith annuì.

"È un bene, giusto?" Hanna prese il bicchiere e bevve un lungo sorso di caffè.

"Può darsi." Faith si stravaccò, detestando la sua mancanza di entusiasmo nei confronti della frequentazione con Brian. Se l'appuntamento non fosse stato eccezionale, avrebbe dovuto dirgli che potevano essere solo amici. Non voleva illuderlo quando era palesemente interessata a un altro. Un altro che era palesemente impegnato, checché ne dicesse. "Vorrei solo che lui mi piacesse di più, ecco."

Hanna annuì, l'espressione seria. "Come a me piace Rhys." sospirò. "Perché quell'uomo non riesce a vedere quello che ha di fronte agli occhi? Gli sono praticamente saltata addosso, l'altra sera. E sai cosa ha fatto?"

Faith si raddrizzò, ansiosa di ascoltare le disgrazie altrui. "Ha pensato che tu stessi scherzando?" Rhys reagiva sempre così quando qualcuno ci provava con lui mentre stava lavorando.

"Ah! Magari. Quando gli ho detto che ero libera sabato sera e che cercavo qualcuno con cui andare a ballare, mi ha detto di iscrivermi a Magical Connections. A quanto pare, è un sito di incontri per streghe. Ti sembra? Io indossavo quell'abitino da urlo e lui mi ha detto di iscrivermi a un sito di incontri. È cieco? Mi vede come una sorella minore? Non capisco!"

"Oh, tesoro. No. Non è così," disse Faith, rimproverandosi per non averglielo detto prima. "Non si tratta di te. Credo che lui esca con Lena, la mia receptionist."

"Lena? Davvero?" Hanna spalancò gli occhi e parve perplessa da quella nuova informazione. "Ma... un paio di settimane fa, lui mi aveva detto che non vedeva nessuna. Quando è successo?"

Faith si strinse nelle spalle. "Non lo so esattamente, ma ieri sera Lena doveva uscire con lui. Volevo dirtelo oggi, ma la faccenda di mia madre mi ha distratto. Mi dispiace."

"Beh..." Hanna si alzò e tirò indietro le spalle. "È una buona notizia."

"Perché?"

"Perché vuol dire che il mio abitino da urlo non è difettoso. Semplicemente, Rhys non è disponibile, al momento. Va bene così." Hanna rivolse a Faith un sorrisetto malizioso. "Mi limiterò a raddoppiare gli sforzi."

"Ma se lui frequenta già una persona–" esordì Faith.

Hanna liquidò l'obiezione con un gesto. "Due settimane fa, mi ha detto di essere single. Se hanno appena cominciato a vedersi, non è niente di serio. Sono ancora in tempo. Aspetta e vedrai come mi presenterò al pub questa sera." Sorrise a Faith. "Ti unisci a me?"

"Certo. Non vorrei mai perdermi lo spettacolo." Faith si alzò e circondò la sua amica con le braccia, stringendola forte. "Grazie per aver ascoltato. Ne avevo proprio bisogno."

"Quando vuoi, amica mia." Hanna la lasciò andare e si ritrasse. "Ora vai a trovare le tue sorelle. Credo che ti sentirai mille volte meglio dopo averglielo detto."

"Hai ragione. Lo farò." Faith la seguì fino alla cassa, rubò un biscotto dal contenitore e salutò Mary, la madre di Hanna. Quindi tirò fuori il telefono e chiamò suo padre. Lui meritava di essere il primo a sapere che Gabrielle stava per rientrare nelle loro vite.

CAPITOLO 9

Faith uscì dall'Incantation Café proprio mentre i fiocchi di neve cominciavano a imbiancare il terreno. Sollevò le mani aperte e fece una piroetta di gioia.

"Chi mai avrebbe detto che avrebbe nevicato a Keating Hollow?" chiese una familiare voce maschile dalle sue spalle.

Faith si voltò e vide che Brian si era incamminato verso di lei, il volto illuminato da un sorriso divertito. "Non è normale, ma qualche volta capita." Lei ricambiò il sorriso. "Cosa ci fai qui? Stai andando a prendere un caffè?"

L'uomo scosse la testa. "No. A dire il vero, stavo venendo da te."

"Oh? Alla spa?"

"Sì. Eri diretta là?" chiese Brian.

Faith strinse gli occhi e lo osservò. "È per via della schiena? Hai bisogno di un altro massaggio?"

"Mi piacerebbe moltissimo, ma solo perché è stato fantastico." Brian allungò una mano e afferrò quella di Faith. "Tu fai miracoli. È come se non avessi mai avuto problemi.

Questa mattina mi sono svegliato con più energia di quanta avessi da mesi."

Tutto lo stress della mattinata parve svanire di fronte alle lodi dell'uomo. Quello era il motivo per cui lei aveva scelto la massoterapia come professione. Adorava la possibilità di migliorare enormemente la qualità della vita di un'altra persona con un po' di cure e di attenzioni. *E di magia,* ricordò a se stessa; ma non lo aveva saputo quando aveva scelto quella carriera. "Queste sono le cose che mi piace sentire. Chiama Lena per prendere un altro appuntamento, anche solo di mantenimento. Costruire una casa non è uno scherzo."

"Lo farò. Ma più tardi. Ora ho bisogno del tuo aiuto per scegliere i pavimenti." L'uomo la attirò lungo Main Street, lontano dal bar e dalla spa.

"Cosa?" Faith rise. "Perché? Non puoi sceglierli da solo?"

Brian scosse la testa. "No. Non posso. E la tua spa… è bellissima, Faith. Ho bisogno del tuo aiuto. Dai, dammi una mano prima che io scelga delle mattonelle di vinile effetto pietra che staranno male con tutto, dai piani della cucina al divano di cuoio rosso."

"Cuoio rosso?" Faith inarcò entrambe le sopracciglia. "Cos'è, la fiera dello scapolo?"

"Visto? Ho davvero bisogno di aiuto. Salvami da me stesso, Faith. Salvami dallo 'scapolaggio' eterno per colpa dell'arredamento di pessimo gusto."

Faith sollevò gli occhi al cielo, ma il comportamento di Brian era davvero divertente. "Va bene. Andiamo a scegliere i pavimenti. Ma non discutere, d'accordo? Se scegli qualcosa fuori dal mio elenco di cose approvate, me ne vado."

"Davvero? Non posso esprimere la mia opinione?" chiese l'uomo, in tono scettico.

"Certo. Ma se non ti interessano i miei consigli, a cosa serve la mia presenza?"

Brian rise. "È giusto. Andiamo, allora."

"Andiamo," disse lei, di umore migliore. *È così che ci si sente quando si comincia a frequentare una persona? A tuo agio? È divertente? Facile?* Doveva ammettere che non faceva schifo. Il vento si sollevò e lei prese sottobraccio Brian, stringendosi a lui per scaldarsi.

L'uomo abbassò lo sguardo su di lei, le labbra curve in un sorrisetto soddisfatto. "Mi piace."

"Davvero?" Lei accentuò la presa sul braccio dell'uomo. "Sai una cosa, Brian? Anche a me."

FAITH ERA SEDUTA alla scrivania della spa, intenta a controllare la contabilità del mese. Gli incassi erano aumentati. Gli appuntamenti erano cresciuti del venticinque per cento. Se la crescita fosse continuata a quel ritmo, lei avrebbe dovuto assumere un altro terapista. *Sarebbe bello,* pensò. In quel modo, la sua agenda sarebbe potuta diventare un po' più flessibile. Avrebbe avuto più tempo da trascorrere con Brian, se avesse voluto.

L'unico problema era che non era sicura di volerlo. Non che lui non le piacesse. Le piaceva, molto. Era solo che sembrava più attratto da lei di quanto lei lo fosse da lui. Si erano divertiti molto a scegliere insieme i pavimenti, e poi delle mattonelle e i colori della vernice. Avevano scherzato e condiviso molte risate e per lo più erano stati d'accordo su ciò che sarebbe stato meglio nella casa dell'uomo.

Dopo che avevano finito, Brian l'aveva accompagnata alla spa. Mentre erano di fuori, lui l'aveva attirata a sé e aveva chinato la testa per baciarla. Ma prima che le sue labbra potessero toccare quelle di Faith, lei aveva scostato di scatto la testa e lui, con un certo imbarazzo, l'aveva baciata sulla mascella. Brian aveva liquidato la cosa con una risata, ma lei no. Si era sentita imbarazzata e frustrata per non averlo voluto baciare. Cosa c'era che non andava in lei? L'uomo era bellissimo e divertente ed era un ottimo partito.

Brian gestiva un ingrosso on-line di prodotti per spa. Aveva iniziato dopo aver aiutato la sua ex-ragazza a chiudere una spa di lusso oltre sei mesi prima. Lei si era ammalata e aveva dovuto rinunciare all'attività, ma fin quando essa era stata aperta, era stato Brian a occuparsi in maniera quasi esclusiva della gestione quotidiana. Nel corso di quel periodo, lui aveva imparato molto e nel giro di pochissimo tempo aveva aperto il suo ingrosso on-line. L'attività andava già benissimo.

Faith non riusciva proprio a capire perché non era attratta da lui. C'era qualcosa che non andava in lei? Sospirò e posò la penna. Erano ancora d'accordo per uscire a cena venerdì, ma lei stava pensando seriamente di annullare l'appuntamento. Non voleva illudere Brian, nel caso non fosse mai riuscita a ricambiare i suoi palesi sentimenti per lei.

Qualcuno bussò delicatamente alla porta e lei si alzò, aspettandosi di essere chiamata per un appuntamento tardo-pomeridiano. Non capitava di rado che i clienti si presentassero dopo il lavoro e lei aveva cercato di rendersi disponibile mentre si creava una clientela. Si recò alla porta e la aprì.

"Tu non sei Lena," disse a bassa voce mentre fissava Hunter e cercava di non sbavare. Per tutte le scope di saggina. L'uomo era appetitosissimo con i jeans a vita bassa, la maglietta nera che aderiva al petto muscoloso e il cinturone segnato dall'uso attorno alla vita.

"No, direi proprio di no. Hai un momento?" chiese l'uomo mentre entrava, costringendola a inoltrarsi nell'ufficio.

"Certo." Faith prese fiato per tranquillizzarsi e si appoggiò alla scrivania, cercando di comportarsi come se il desiderio non l'avesse appena colpita alla testa con la forza di una martellata. "Che succede?"

L'uomo sollevò la mano e le mostrò un paio di mattonelle di pietra che lei non aveva notato in precedenza. "Ho bisogno di sapere quale preferisci."

"Ah, giusto." Faith prese le mattonelle e le appoggiò sulla scrivania. Una era grigio ardesia, con una venatura grigio chiaro, mentre l'altra era di un rosso mattone scuro, con sfumature arancioni e gialle. "È per il patio?"

L'uomo scosse la testa. "È per la panchina e il pozzetto. Pensavo di usare qualcosa di un po' più leggero per il patio, in modo da creare un contrasto, ma voglio che tu scelga prima il pozzetto, dato che sarà il pezzo forte dell'ambiente."

"Giusto." Faith fissò le mattonelle; sapeva già qual era la sua preferita, ma voleva sapere cosa ne pensava Hunter. Più di una volta lui le aveva impedito di commettere un errore, indicando i potenziali problemi con le sue scelte. "A te quale piace?"

L'uomo le si mise accanto e appoggiò una mano sulla mattonella rossa. "Questa richiama le sequoie, ma non è moderna come l'ardesia. Dipende tutto dal tuo pubblico di riferimento: si tratta di artisti, amanti della natura o cittadini che preferiscono linee pulite e distrazioni minime?"

Faith gli sorrise. "Quella non è un'opinione, Hunter."

Lui ridacchiò. "Hai ragione. Non lo è."

Si fissarono negli occhi a vicenda e a Faith il tempo parve fermarsi. L'elettricità crepitò fra di loro e, prima che lei si rendesse conto di quello che stava facendo, premette la mano contro la mascella ruvida di Hunter e si sporse.

Le sue labbra sfiorarono quelle dell'uomo e lui bisbigliò "Faith" un attimo prima che le sue braccia le circondassero la vita e lui la attirasse a sé.

Faith era perduta. Il calore di Hunter, il suo tocco, la ruvidezza della sua mascella non rasata la travolsero e il desiderio prese il sopravvento. Era quello che lei aspettava dalla sera in cui lui aveva lasciato Keating Hollow, cinque mesi prima. Lei non aveva desiderato altro che stare fra le sue braccia e provare di nuovo *quella* cosa.

Il bacio cominciò timido, delicato, ma poi lei schiuse le labbra, invitando Hunter. La passione prese il sopravvento quando lui approfondì il bacio, facendole piegare leggermente la schiena, assaporando, stuzzicando e divorando.

"Faith! Una persona di nome Vivian è venuta a cercarti," chiamò Lena proprio mentre la porta si spalancava. "Oh! Oops. Scusate. Torno dopo."

La porta si chiuse sbattendo e Faith, ancora fra le braccia di Hunter, lo fissò, ammutolita dallo shock.

Lui le sorrise. "È stato inaspettato."

Il suono della voce dell'uomo la sottrasse al silenzio e lei lo respinse gentilmente, bisognosa di rivendicare il suo spazio personale. "Mi dispiace. È stato… Non avrei dovuto."

Lui si accigliò. "Perché no?"

Lei accennò con la mano alla porta, poi fra di loro. "Tu lavori per me e… e Vivian? E come mai lei è venuta a cercarmi?"

Hunter lanciò una breve occhiata alla porta chiusa prima di riportare l'attenzione su di lei. "Tanto per cominciare, io non lavoro *per* te. Sto solo facendo un favore a un'amica. In secondo luogo, cosa c'entra Vivian? Non è affar suo con chi io scelgo di trascorrere il tempo. E non è affar suo chi bacio." Le labbra dell'uomo si contrassero in un minuscolo sorriso mentre abbassava lo sguardo su di lei. "Per quanto riguarda il motivo della sua presenza, immagino che voglia sapere se tu hai bisogno di una rappresentante di commercio. È in giro a cercare di costruirsi una clientela."

Faith si sedette sull'orlo della scrivania, cercando di orientarsi. Quel bacio le aveva scosso seriamente il cervello. E lei non poteva nemmeno biasimare Hunter. Era stata lei a fare la prima mossa. Cosa le era venuto in mente? Nulla. Non aveva pensato. Era quello il problema. Si schiarì la voce. "Come può non essere affar suo? Vivete insieme."

Hunter serrò le labbra in una linea sottile e scosse la testa. "Dividiamo una casa, ma dormiamo in camere separate. Faith, lei era la moglie del mio migliore amico. Le sto solo aiutando fino a quando Vivian non riuscirà a rimettersi in sesto. Non c'è nulla fra noi. Te lo giuro."

Il sollievo la invase, facendole girare leggermente la testa. Grazie agli dèi lei non era l'amante. Faith non era interessata a condividere un uomo. Ma poi le ritornò in mente il litigio a cui aveva assistito e il bacio. Anche se si era trattato di un bacio sulla guancia. "Sei sicuro? Ecco… Vi ho visti questa mattina, fuori dall'Incantation Café. Sembrava che aveste litigato e poi fatto la pace."

Hunter si lasciò cadere sulla sedia di fronte e si passò una mano fra i capelli folti. La frustrazione che emanava colmò la stanza, spingendo Faith a cambiare posizione a disagio. L'uomo chinò il capo per un attimo. Quando, finalmente, incrociò di nuovo il suo sguardo, la sua espressione era pura determinazione. "Ascolta, normalmente non rivelerei queste cose, perché per quanto mi riguarda, non c'è nulla. Davvero. Ma fra me e te c'è qualcosa e io non voglio sabotarlo comportandomi in maniera anche solo vagamente disonesta."

La paura si contrasse nel ventre di Faith. Era giunto il

momento. Hunter stava per dirle che lui e Vivian erano solo amici con benefici, o che avevano una relazione aperta, o qualche altra cosa che lei non avrebbe potuto accettare. Non era in grado di creare un rapporto con qualcuno che aveva già un rapporto con un'altra, indipendentemente da come loro lo definissero.

L'uomo si allungò e le prese la mano. Lei avrebbe voluto ritrarsi, ma la gentilezza di Hunter, combinata con la ruvidezza delle sue mani callose, le mandò un brivido di desiderio lungo la spina dorsale e non riuscì a costringersi a respingerlo. Non ancora. Poteva almeno ascoltarlo, no?

"Vivian si trova in una condizione di grande vulnerabilità, in questo momento," esordì l'uomo.

Faith si irrigidì, preparandosi a sentire un discorsetto su come lui avesse solo cercato di consolare l'altra donna e da cosa fosse nata cosa.

"Faith," disse Hunter, dandole una strizzatina alla mano, "non è come pensi tu."

Lei si produsse in una risata brusca. "Oh, e cos'è che starei pensando?"

"Ce l'hai scritto in faccia. Pensi che io stia con lei. Non è così."

"Ci sei mai stato?"

Hunter distolse lo sguardo, concentrandosi sulla finestra alle spalle di Faith.

Lei ebbe un tuffo al cuore. "Ci sei stato, vero? Non posso biasimarti. Capita spesso che qualcuno cerchi conforto nelle persone più vicine, in un momento di lutto. Quanto tempo fa è finita?"

"Più di sette anni fa," disse Hunter, questa volta sostenendo il suo sguardo. "Ci siamo frequentati per un po', prima che lei si mettesse con Craig. È durata più o meno un mese, poi è finito tutto. Questa mattina abbiamo litigato perché Vivian sembra convinta che dovremmo ricominciare da dove ci eravamo fermati tutti quegli anni addietro. Crede che sarebbe più facile per Zoey. Io continuo a ripeterle che non succederà."

Faith si raddrizzò e sbatté le palpebre, cercando di comprendere quella nuova informazione. "Tu... uscivi con lei?"

Hunter annuì. "Per un breve periodo, anni fa."

"E ora le stai soltanto... aiutando per il tuo amico?" chiese Faith, chiedendosi perché l'uomo avesse sentito il bisogno di riportare la ex a Keating Hollow. Quella donna non aveva dei parenti da qualche parte?

"Diciamo così." Hunter si sporse in avanti, le mani giunte. "Craig mi aveva chiesto di essere il padrino di Zoey circa un anno dopo la sua nascita. È in quella veste che aiuto Zoey. Per quanto riguarda Vivian, siamo solo amici. La sua famiglia non è molto stabile, in questo momento. Lei voleva andarsene da Vegas, per cui, quando le ho detto che avevo intenzione di tornare qui, lei e Zoey sono venute con me. È tutto qui, Faith. Non c'è nulla di cui preoccuparsi, a parte le aspettative irrealistiche di Vivian. Sono libero di frequentare chi voglio. E spero che mi permetterai di portarti fuori venerdì sera."

"Venerdì?" Dèi, Faith avrebbe voluto dire di sì. Non c'era motivo per non credere alla spiegazione di Hunter. Era arrivata a fidarsi di lui nel periodo in cui l'uomo aveva lavorato per lei e lo considerava una persona onesta. Se Hunter avesse mentito, lei lo avrebbe scoperto presto. Era impossibile tenere un segreto nel paesino di Keating Hollow. Se Hunter stava con Vivian e al tempo stesso frequentava Faith, i pettegolezzi sarebbero girati in men che non si dica.

"Sì, venerdì. Che ne dici di andare a cena? Potrei portarti al Cozy Cave, oppure potremmo andare a Eureka, se preferisci."

Faith aveva una pulce nell'orecchio che le stava dicendo

qualcosa riguardo a venerdì. Si era dimenticata qualcosa. Aveva già un impegno? Mancava ancora una settimana all'addio al nubilato. Aveva una cena in famiglia? Qualcosa in programma con Hanna? "Credo che-oh!" Fece una smorfia. Le era tornato in mente l'appuntamento con Brian. "Ho già un impegno venerdì."

Hunter le rivolse un'occhiata incuriosita. "Hai un appuntamento?"

Faith annuì. Non voleva cominciare qualunque cosa stesse cominciando con una menzogna. "Con Brian, l'amico di Jacob. Ma sabato sono libera."

"Vada per sabato," disse Hunter, suonando divertito. "Passo a prenderti alle sette. E questa volta, Faith, nulla me lo impedirà. Contaci."

"Lo farò. Ma se mi dai buca un'altra volta… comincerò a prenderla sul personale." Faith sorrise ad Hunter; ogni suo riserbo riguardo alla relazione fra lui e Vivian era stato tranquillizzato. Certo, la situazione era leggermente fuori dall'ordinario, ma lei lo ammirava per aver sostenuto la famiglia del suo amico. Era proprio il genere di buona azione che si sarebbe aspettata da lui.

Hunter si alzò e la sollevò leggermente dalla scrivania. "Faith, in un modo o nell'altro, io ci sarò." Abbassò la testa e le sfiorò le labbra, per poi mormorare: "Assicurati di dire a quello con cui uscirai che ha un rivale."

CAPITOLO 10

Hunter si chinò di fronte al suo piccolo cottage e fece cenno a Zoey di montargli in spalla. "Dai. Facciamo il cavalluccio."

La bambina lanciò un gridolino e gli buttò le braccia al collo.

Hunter agganciò le braccia dietro alle ginocchia della piccola e la fece saltellare mentre risaliva i gradini della veranda. "Com'è andata a scuola? Hai imparato a trasformare i tuoi compagni di classe in rospi?"

La bambina ridacchiò. "Noooo. Quello succede solo nelle favole."

"Oh. Capisco. Beh, allora ne hai baciato qualcuno che si è trasformato in principe?" Hunter fece scattare la serratura ed entrò nella piccola anticamera.

"Zio Hunter," disse la bambina, suonando proprio come la madre quando era esasperata. "Non è reale."

"Davvero? Ah. D'accordo, allora cosa hai fatto oggi?" Hunter posò Zoey di fronte a una delle sedie della sala da pranzo e andò in cucina. Dopo aver tirato fuori delle bistecche dal frigorifero, andò a lavarsi le mani al lavandino mentre Zoey parlava a ruota libera della sua nuova amica Daisy e della lezione di magia del giorno.

"Dovevamo trasformare una scodella d'acqua in ghiaccio, ma né io né lei ci siamo riuscite. Un altro bambino ce l'ha fatta dopo aver infilato le dita nella scodella, ma nessuno è riuscito a ritrasformare il ghiaccio in acqua e hanno dovuto mandarlo dalla guaritrice prima che gli venivano i geloni."

Hunter inarcò le sopracciglia. "Non potevano semplicemente sciogliere il ghiaccio con dell'acqua calda?"

La bambina scosse vigorosamente la testa. "Non funzionava niente. Le sue dita hanno cominciato a diventare blu."

"Ahia," disse Hunter mentre saltava la carne. "La guaritrice è riuscita a liberarlo?"

"Non è stato necessario. È venuto fuori che quel bambino stava mantenendo l'incantesimo per saltare la verifica di matematica." Zoey levò gli occhi al cielo. "Che scenata." Continuò a chiacchierare dei suoi compagni di scuola mentre Hunter preparava la cena.

Il rumore della porta d'ingresso che si apriva attirò l'attenzione di Hunter e quando lui sollevò lo sguardo dall'aglio che stava tritando, vide Vivian appoggiata allo stipite della porta della cucina. Gli occhi della donna erano colmi di amore mentre guardava la figlia raccontare animatamente la sua giornata. Vivian gli lanciò un'occhiata e loro due si scambiarono un sorriso. Non c'era nulla di meglio che vedere Zoey che prosperava nel suo nuovo ambiente.

"Mamma!" esclamò Zoey quando vide la madre. "Sei tornata!"

Vivian fece un passo avanti e spalancò le braccia e, quando Zoe vi si buttò in mezzo, lei la sollevò e la fece roteare. "Mi sei mancata, amore mio."

"Anche tu mi sei mancata, mammina." Zoey tuffò il viso contro la spalla di Vivian.

Un'emozione forte attraversò Hunter mentre le guardava. Una vaga immagine di sua madre che lo abbracciava in una calda giornata estiva gli strattonò i ricordi e lui sorrise. Ecco come avrebbe dovuto essere la vita di Zoey. Sicura, stabile, piena di amore. E per quanto ciò sembrasse assurdo, quello era anche il motivo per cui Hunter sapeva che lui e Vivian non sarebbero mai potuti stare insieme. Zoey meritava dei genitori che si amavano con tutto il cuore, come avevano fatto quelli di Hunter prima dell'incidente.

Il dolore vecchio e sbiadito lo trafisse al cuore mentre ripensava ai suoi genitori. Erano stati persone semplici, residenti del paesino noto come Keating Mountain. Suo padre era il proprietario della taverna del paese e sua madre un'insegnante. Ma poi, una sera, una bufera e un furgone impazzito carico di tronchi avevano tolto loro la vita e Hunter aveva perso entrambe le uniche persone che gli avessero mai voluto bene.

"Hunter?" La voce di Vivian penetrò fra i ricordi.

"Eh?"

La donna indicò alle sue spalle. "Credo che le bistecche siano cotte."

"Cosa?" Hunter si voltò e imprecò. La cucina si stava riempiendo di fumo e lui non se n'era nemmeno accorto. Si allungò a spegnere la griglia. "Porca di quella... Magari sarebbe meglio uscire a cena."

Vivian ridacchiò. "Certo. Lascia che mi cambi."

Zoey corse in cucina, diede un'occhiata alle bistecche carbonizzate e disse: "Anche papà bruciava sempre la carne. È stato lui a insegnarti a cucinare?"

Una risata profonda sfuggì dalle labbra di Hunter mentre si

chinava a sollevarla. "No, piccola mia. È il contrario. Io gli ho insegnato tutto quello che sapevo. Probabilmente, è per questo che tua madre lo aveva bandito dalla cucina."

"È colpa tua, allora?" chiese Vivian, rientrando in cucina. Indossava un maglione, dei jeans e degli stivali di cuoio. I suoi capelli scuri erano legati in una coda di cavallo e le sue guance erano rosee, il che la faceva sembrare più giovane di dieci anni. Hunter non la vedeva così rilassata da molto tempo. Da prima ancora che perdesse Craig.

Le sorrise. "Sì. Mi assumo la piena responsabilità." Hunter portò Zoey dalla madre, le passò un braccio attorno alle spalle e la attirò in un abbraccio. "Sembra che tu abbia avuto una bella giornata."

"Sì. Sono passata praticamente da tutte le attività del paese per cercare di trovare dei clienti. Ho fatto una sosta persino alla spa di Faith Townsend, ma lei era troppo impegnata per parlare con me."

Hunter avvertì una fitta di senso di colpa. Era lui il motivo per cui Vivian a non aveva avuto modo di parlare con Faith, ma non era dispiaciuto. La loro era stata una conversazione necessaria e li aveva finalmente convinti a dare una speranza alla loro relazione. Non sarebbe mai tornato indietro.

"Ma va tutto bene. Sua sorella Abby mi ha assunta in prova per vedere se potrò aiutarla ad allargare il suo giro di distribuzione di lozioni, saponi e pozioni. Se funzionerà, sarà molto redditizio. Sapevi che ha già un nutrito numero di clienti che ordinano per posta? Non sembrerebbe, a giudicare dal piccolo studio in cui lavora, ma la sua attività ha molto successo."

"Sapevo che se la cavava bene, ma non che avesse successo. È incredibile. Congratulazioni. Sono certo che la stupirai con tutta la merce che riuscirai a muovere." Hunter le diede un abbraccio di fianco. "Ben fatto, Vivian."

"Ben fatto, mamma!" scimmiottò Zoey.

Vivian rise. "Grazie, signorina. Ora dai un bacio alla mamma."

Hunter porse la ragazzina alla madre e, per la prima volta da quando avevano perso Craig, ebbe la sensazione che sarebbe andato tutto bene.

FAITH ENTRÒ nella casa di suo padre con la lettera di sua madre in tasca e Xena, il cane indemoniato, che correva in cerchio attorno a lei. Per quanto ne sapeva Faith, erano trascorsi vent'anni dall'ultima volta che suo padre aveva avuto notizie della moglie e Faith non voleva essere quella che l'avrebbe reintrodotta nella sua vita se lui non voleva averci nulla a che fare. Qualunque cosa avrebbe fatto per quanto riguardava sua madre, voleva l'approvazione paterna.

"Papà?" chiamò mentre entrava in salotto. La televisione era accesa e sullo schermo si svolgeva un film con John Wayne. C'era una coperta blu sul divano e una tazza di caffè vuota sul tavolino.

"Faith? Sei tu?" chiamò suo padre dal corridoio. "Arrivo subito."

Xena si lanciò lungo il corridoio, abbaiando e ringhiando come se ci fosse un intruso.

Faith la lasciò perdere e andò in cucina a preparare la cioccolata calda, quella vera, con cioccolato fuso e latte intero.

"Xena, pazza che non sei altro," sentì dire a suo padre. "Seduta. Seduta e fai la brava."

L'abbaiare si interruppe.

"Brava," disse Lin. "Sapevo che eri capace."

L'abbaiare riprese immediatamente e un attimo dopo Xena tornò di corsa in cucina, mettendosi a correre attorno ai piedi di Faith.

"Vedo che l'addestramento aiuta," disse ridacchiando Lin. "Se non altro, sa cosa vuol dire *seduta*."

Faith sospirò quando Xena afferrò con la bocca il tappeto di fronte al lavandino della cucina e cominciò a trascinarlo fuori dalla stanza. "Ci sono margini di miglioramento."

Lin si chinò a salvare il tappeto dalla piccola shih tzu scatenata. "Imparerà."

"Dicono tutti così." Faith mescolò la cioccolata e si morse il labbro inferiore, non sapendo da che parte cominciare.

"Cosa c'è, piccola?" chiese gentilmente suo padre. "Qualcosa non va. Lo capisco dalla ruga che hai sulla fronte."

Faith si premette due dita sopra le sopracciglia. "Non c'è nessuna ruga, vero?"

Suo padre rise e aprì lo sportello del forno. Il profumo di biscotti allo zenzero appena fatti riempì la stanza. Dopo averne messi alcuni su un vassoio, Lin li appoggiò sul piano e diede due tazze a Faith. "Versane un po' anche a me, per favore."

"Certo." Faith riempì le tazze e aggiunse uno spruzzo di panna montata a ciascuna.

Lin prese una tazza e si accigliò. "Faith, cosa c'è?"

La conosceva davvero bene. Gli occhi di Faith si riempirono di lacrime. Invece di dire qualcosa, lei tirò fuori la lettera e gliela diede.

Suo padre le rivolse un'occhiata incuriosita e chiese: "Che cos'è?"

"È arrivata questo fine settimana." Una singola lacrima scorse lungo il viso di Faith, ma lei riuscì a mantenere un tono di voce fermo. "Non so come reagire."

Lincoln Townsend si concentrò sulla lettera e Faith colse il momento esatto in cui si rese conto che era della sua ex-moglie. Lin prese bruscamente fiato e si irrigidì. Gli ci volle qualche istante per restituirle la lettera.

Faith lisciò la carta per avere qualcosa da fare mentre attendeva la risposta paterna.

Lin si concentrò sulla cioccolata calda, si portò la tazza alle labbra, ma poi la mise giù senza bere un sorso. Alla fine, si voltò verso di lei e disse: "Cosa hai intenzione di fare?"

Faith gli rivolse un sorriso triste. "Speravo che me lo dicessi tu."

Lin si allungò e posò la mano avvizzita sulla sua, stringendo delicatamente. "Figlia mia, non posso decidere per te. Lo sai. Devi fare quello che ti dice il cuore."

Faith si voltò verso di lui, le lacrime ora asciutte. "Il cuore mi dice di ascoltare il tuo, papà. Non voglio invitarla di nuovo nelle nostre vite se così facendo ti farà del male."

L'emozione balenò nei profondi occhi azzurro-grigi di suo padre e Faith fu sicura di aver visto dell'umidità. Ma l'uomo sbatté le palpebre e i suoi occhi si schiarirono. "La mia relazione con lei è finita molto tempo fa e mi piace pensare di essere guarito a sufficienza da far sì che, se lei vuole cercare di creare un rapporto con voi ragazze, io me la caverò benissimo."

Faith annuì. Apprezzava che Lin fosse disposto a mettere da parte i propri sentimenti per le sue figlie. "Grazie, papà. Significa molto per me."

Tacquero entrambi e Faith si chiese se davvero volesse vedere sua madre. Che genere di persona abbandonava la famiglia come se nulla fosse, senza mai tornare indietro? Per non parlare del fatto che sua madre non voleva che Faith ne parlasse alle sue sorelle. Le faceva venire mal di stomaco. “Devo dirlo a Abby, Noel e Yvette, vero?”

“Sì,” disse Lin senza esitazione. “Meritano di sapere che ti ha contattata.”

Faith sospirò e appoggiò la testa al piano della cucina.

Lin le accarezzò i capelli e disse: “Va tutto bene, Faith. Non devi incontrarla se non vuoi.”

“Lo ha detto anche Hanna,” mormorò Faith.

“Glielo avevi già detto?”

Faith sollevò la testa. “Sì. Avevo bisogno di qualcuno con cui parlare e lei... beh, lei è il mio punto di riferimento.”

Lin le rivolse un sorriso gentile. “Ma certo, tesoro. Credo solo che tu debba dirlo alle tue sorelle al più presto. Se dovessero scoprirlo da qualcun altro... beh, Noel non la prenderebbe bene.”

“Non la prenderà bene comunque,” disse Faith, che tuttavia aveva già tirato fuori il telefono e stava mandando un messaggio di gruppo.

Avete da fare? Potete venire a casa di papà? È importante.

Noel rispose immediatamente, chiedendo se papà stava bene. A Noel Townsend era stato diagnosticato un tumore poco più di un anno prima. Il loro padre aveva subito dei trattamenti e gli ultimi esami erano andati molto bene. Ma Lin era ancora debole per la chemioterapia e i medici avevano detto che il suo sistema immunitario sarebbe rimasto vulnerabile per un po'.

Noel si morse il labbro inferiore e rispose: *Papà non c'entra. Riguarda la mamma.*

I messaggi delle sue sorelle giunsero rapidamente, chiedendo ciascuno cosa c'entrasse la mamma ed esigendo risposte.

Invece di rispondere, Faith scrisse: *Ne parleremo quando arriverete qui. Papà e io abbiamo biscotti e cioccolata calda.*

Quindi, Faith spense il telefono. Non intendeva affrontare quella discussione al cellulare.

"Vieni, tesoro." Lin si alzò dalla sedia e la baciò sulla sommità del capo. "Portiamo questi biscotti sul divano e finiamo di vedere quel film con John Wayne."

Faith ridacchiò. Suo padre non cambiava mai e a lei piaceva proprio così. "Xena, vieni, bella. È l'ora delle coccole."

La cagnolina corse fuori dalla cucina e saltò sul divano, impadronendosi della coperta di suo padre. Dopo aver usato le zampe per ammucchiarla per bene, girò su se stessa tre volte e si sdraiò proprio al centro del suo nido.

Faith scosse la testa di fronte alla ridicolaggine del cane.

"Qualcuno sa come mettersi comodo," disse Lin, sedendosi accanto alla cagnolina. Faith prese posto dalla parte opposta del cane, si infilò i piedi sotto il sedere e attaccò il vassoio di biscotti che suo padre aveva posato sul tavolino.

Lin lanciò un'occhiata al vassoio. "Faranno meglio a sbrigarsi, o resteranno solo le briciole."

Faith fece spallucce. "Non è colpa mia se sono lente."

Lin rise e alzò il volume della televisione.

CAPITOLO 11

"No. Non credo che dovresti chiamarla," disse Noel mentre camminava avanti e indietro nel salotto di Lincoln.

Un fuoco ardeva nel caminetto, scacciando il gelo della notte di novembre, ma non bastava a scaldare Faith. Le sue viscere erano fredde come il ghiaccio e lo erano sin dal momento in cui Noel era entrata in casa.

"Sta cercando di manipolare Faith, la più piccola. Quella che ha meno ricordi di ciò che è accaduto. No. Non importa quello che ha da dire," esclamò rabbiosa Noel.

"Noel," mormorò Abby. "So che sei arrabbiata, ma–"

"Certo che sono arrabbiata! E dovresti esserlo anche tu, Abby. Se n'è andata il giorno del tuo compleanno. Non se lo ricordava nemmeno!"

Gli occhi di Abby si riempirono di lacrime e lei distolse lo sguardo.

Yvette, che fino a quel momento aveva taciuto, si alzò in piedi. "Credo che Faith debba decidere da sola."

"Vette!" Noelle la guardò storto. "Questa è una decisione di famiglia. E io dico di non fare nulla a meno che non ci sia un accordo unanime."

Yvette scosse la testa. "Sai che non funzionerà. Come ti sentiresti se la mamma ti avesse scritto una lettera e noi ti avessimo detto di non risponderle?"

"Inzupperei la lettera di vodka e le darei fuoco," disse Noel, la voce piatta e priva di calore.

Faith era sicura che lo avrebbe fatto sul serio. Chissà se sua madre sapeva la stessa cosa sulla seconda figlia? Era difficile immaginarlo, ma Noel era sempre stata quella con la miccia corta. Inoltre, era il tipo che portava rancore e il più grande rancore che Noel portava era quello nei confronti di Gabrielle Townsend. Non che Faith potesse biasimarla. Anche lei era arrabbiata. Più di quanto si fosse resa conto. Ma ora che Noel si stava sfogando, Faith riconobbe il risentimento sobbollente che era cresciuto dentro di lei.

"Io la chiamerei," disse Yvette, sollevando una mano per arrestare le obiezioni di Noel. "Voglio sentire quello che ha da dire in sua difesa. Voglio sapere cosa c'era di così terribile nella sua vita qui da spingerla ad abbandonarci. Tutte quante."

Abby afferrò la mano di Yvette, dandole un supporto morale silenzioso.

"Il motivo ha importanza?" chiese Noel, lasciandosi cadere su una delle grandi poltrone di Lin.

"Alcune di noi hanno bisogno di risposte, anche se non sono quelle che vorremmo sentire," disse Abby. "Per avere pace."

"La pace è sopravvalutata," disse Noel, appoggiandosi il dorso della mano sugli occhi.

"No, non lo è," disse a bassa voce Yvette, lanciando un'occhiata al loro padre, che era in piedi vicino al caminetto e taceva. "Tu che ne pensi, papà?"

Lin fece spallucce e scosse la testa. “Non ha scritto a me.”

“Lui non vuole sentirla,” sbraitò Noel. “Fidatevi di me. Lo ha lasciato solo con quattro bambine. Cos’altro c’è da sapere?”

Faith guardò Noel con gli occhi stretti e, non per la prima volta, pensò che sua sorella era forse la più traumatizzata di tutte. Prima, la loro madre le aveva abbandonate e non era più tornata, e poi il suo primo marito aveva fatto lo stesso. Xavier, l’ex-marito di Noel, era rientrato nelle loro vite un anno prima. Era venuto fuori che non aveva lasciato volontariamente lei e Daisy, ma ciò non cambiava il fatto che Noel aveva seri problemi legati all’abbandono.

“E se scoprissimo che non voleva andarsene?” chiese Faith. “Non vorresti saperlo?”

Noel si accigliò. “Come Xavier, vuoi dire?”

Faith annuì.

“Ti ricordo che Xavier se n’è andato di sua spontanea volontà, perché non è riuscito a essere onesto con noi. Solo più tardi, quando è stato drogato, la sua memoria è stata alterata. Io non credo assolutamente che la mamma non abbia avuto scelta e, onestamente, da quando ho Daisy, non riesco a capirla o a perdonarla. Io voto di no; non contattarla. Non ho altro da dire.”

“Abby?” chiese Yvette. “Tu che ne pensi?”

Abby aveva le lacrime agli occhi quando si rivolse a Faith. “Io la chiamerei. Quali che siano le sue ragioni, buone o cattive, voglio sapere. Voglio chiudere questa faccenda.”

“Un voto a favore e un voto contrario,” disse Faith. “Yvette? Qual è il tuo parere?”

Yvette chinò il capo. Quando sollevò lo sguardo, incrociò quello di Noel. “Capisco perfettamente il tuo punto di vista, Noel. L’idea di abbandonare Skye mi fa venire mal di stomaco e non capisco come una donna possa lasciare i suoi figli. Ma devo ammettere che vorrei sapere che cosa ha da dire nostra madre. Non per lei, ma per me, in modo da dare un senso a quello che ha fatto. Io voto per chiamarla."

"Due voti a favore, uno contrario," disse sottovoce Faith.

Abby si sedette accanto a lei. "Sembrerebbe che la decisione ricada interamente sulle tue spalle, sorellina. Qualunque cosa tu voglia fare, noi ti sosterremo. Giusto, Vette? Noel?"

"Certo," disse Yvette, sedendosi accanto a Faith.

Tutte e tre rivolsero l'attenzione a Noel e la fissarono. Lei le guardò da sotto la mano e gemette. "Non vi serve la mia approvazione."

"Sì, invece," dissero all'unisono le altre tre.

Yvette le sorrise. "Tu sei una di noi. Quello che pensi è importante per noi."

"Argh!" Noel si alzò. "D'accordo. Chiamala. Ma dille di non contattarmi. Quello che ho da dire non le piacerebbe." Scosse la testa e andò da Lin. "Buona notte, papà. Mi dispiace che tu debba affrontare tutto questo. So quanto fa male."

Lin la prese fra le braccia e le diede un bacio sulla tempia. "Ho lasciato perdere quella relazione molto tempo fa, tesoro. Sono preoccupato solo per voi ragazze. Non voglio vedervi di nuovo ferite."

Noel annuì e lo abbracciò molto forte. "Non preoccuparti per me." Noel accennò con il capo alle sue sorelle. "È di quelle tre mollaccione che devi preoccuparti."

Lin ridacchiò. "Lo so benissimo."

Faith camminava avanti e indietro nel suo ufficio. Il nervosismo faceva fare le acrobazie al suo stomaco. Non aveva mangiato nulla, se non una pasta presa all'Incantation Café, e lo zucchero non aveva fatto che alimentare la sua ansia. Come poteva prendere il telefono e chiamare sua madre come se niente fosse? Non sapeva nemmeno se sarebbe riuscita a formulare le parole. E cosa avrebbe detto, poi? *Ciao, mamma. Grazie per esserti ricordata di avere delle figlie.*

Perché era così stressata? Non doveva dire nulla, no? Era stata sua madre a iniziare il contatto. Faith avrebbe potuto chiamarla e limitarsi a vedere cosa lei aveva da dire, giusto? Sapeva che avrebbe dovuto farlo, ma non poteva. Non da sola, comunque. Prese il telefono, ma invece di chiamare sua madre, chiamò Abby.

"Faith?" Sua sorella rispose dopo il primo squillo. "Ti senti bene? Hai parlato con lei?"

"No. Hai da fare?" chiese Faith, cercando di ignorare la nausea che le tormentava lo stomaco.

"Non per te. Di cosa hai bisogno?"

"Potresti venire qui e... Non lo so. Tenermi per mano? Credevo di farcela da sola, ma sono così nervosa che mi viene da vomitare."

"Tu sì che ti vendi bene, sorellina," la prese in giro gentilmente Abby. "È proprio quello che volevo fare oggi: tenerti i capelli mentre parli con la madre che ci ha piantato in asso."

Faith sapeva che sua sorella stava solo cercando di risollevarle il morale, ma le parole le erano uscite di bocca con una nota di risentimento.

"Scusa, Faith," disse subito Abby. "Non mi è uscita come avrei voluto. Arrivo subito. Hai bisogno che porti qualcosa? Cioccolato? Vino? Una bambolina voodoo?"

Faith rise con le lacrime agli occhi. "Solo te stessa. Poi facciamo un salto al birrificio."

"Sto arrivando."

Si salutarono e Faith si lasciò ricadere sulla sedia. Abbassò la testa sulla scrivania e cercò di non pensare ad altro che alla Chocolate Stout festiva che sapeva essere alla spina al birrificio Townsend. Non aveva appuntamenti in programma per quel pomeriggio. Se avesse voluto annegare nella birra, sarebbe stata libera di farlo.

Giunse un bussare alla porta, seguito dalla voce nervosa di Lena. "Faith? C'è qualcuno che chiede di te."

Ovviamente. Essere imprenditrice significava non avere tempo per piangersi addosso. "Arrivo." Aprì la porta e si ritrovò di fronte alla sua reception e si torceva le mani. "Cosa c'è, Lena?"

"Stai… ehm, cambiando il personale?" chiese Lena.

"Eh?" Faith la fissò confusa. "No. Perché me lo chiedi?"

"Allora non stai assumendo?"

Faith si accigliò. "Non ufficialmente. Se il giro d'affari continua ad aumentare, avremo bisogno di un altro terapista, ma non ho nessun progetto. Non ancora."

Lena esalò un lungo sospiro di sollievo e sorrise a Faith. "Ottimo. Non so cosa stia succedendo, ma la donna che ti aspetta alla reception continua a parlare di come trasformerà questo posto e dice che, quando avrà finito, tu le bacerai i piedi. Pensavo che volessi assumere una nuova responsabile del personale o qualcosa di simile."

Quella era la posizione che Faith aveva promesso a Lena una volta che l'attività si fosse espansa al punto da necessitare di un personale al completo. "Assolutamente no." Rivolse a Lena un sorriso rassicurante. "Non ti permetterò di sfuggire così facilmente al nostro accordo. Dicevo sul serio quando ho detto che il lavoro sarebbe stato tuo non appena avremmo preso piede."

"Grazie," disse Lena, il sollievo che lampeggiava negli gli

occhi scuri. "Sembrava così sicura di sé che sono andata nel panico."

Faith prese Lena sottobraccio e disse: "Dai. Vediamo cosa sta succedendo."

"Lei si chiama Vivian," disse Lena. "Era passata l'altro giorno, ricordi? Ma tu eri troppo… occupata con Hunter."

"Vivian?" *Quella Vivian? La Vivian di Hunter?*

"Sì. Mi pare che abbia detto che si sia appena trasferita da Las Vegas."

Oddèi. Era *davvero* la Vivian di Hunter. Cosa ci faceva alla spa? Faith moriva dalla curiosità mentre attraversava la porta della reception.

Vivian indossava eleganti pantaloni neri, stivali di cuoio alla moda e una fluente camicetta di seta che pendeva da una spalla. I suoi lucidi capelli neri erano stati piastrati, facendola assomigliare a una modella.

Accipicchia, è stupenda, pensò Faith, e avvertì un'ondata di gelosia mentre si avvicinava alla donna con la mano tesa per salutarla. "Ciao, Vivian. Che sorpresa rivederti."

Vivian prese la mano di Faith in entrambe le sue e disse: "La tua spa è bellissima. Congratulazioni. Mi sembra di capire che tu abbia aperto solo quest'estate."

Faith lasciò cadere la mano di Vivian e annuì. "Sì. È stata una sfida, ma molto gratificante."

"Non ne dubito." La donna si guardò attorno e si concentrò sul pentacolo intagliato a mano appeso sotto al caminetto a gas. "Vedo il tocco di Hunter dappertutto. È stato lui a disegnare quel pezzo per farlo riprodurre all'artista, vero?"

Faith rimase a bocca aperta dalla sorpresa. Era una riproduzione del pentacolo appeso a casa Townsend, che Hunter aveva disegnato per l'artista che gli aveva dato vita. "Sì. Come fai a saperlo?"

Gli occhi di Vivian brillarono mentre lei si sporgeva e bisbigliava: "È per via dell'albero al centro. Lo ha già disegnato in passato. Credo si tratti di una riproduzione dell'albero che aveva nel cortile da bambino. Lui e Craig avevano costruito una casa su quell'albero e hanno trascorso la maggior parte degli anni dell'adolescenza a usarla per nascondersi dai loro genitori."

Faith fissò il pentacolo e avvertì un'ondata di umile gratitudine. Era lo stesso albero che Hunter aveva usato quando l'aveva aiutata a disegnare il logo dell'attività. La faceva sentire più vicino a lui; speciale, in qualche modo. "Wow. Non ne avevo idea."

"È proprio una cosa da Hunter," disse Vivian con un sorriso sommesso. Poi la donna raddrizzò le spalle e si trasformò in una versione più energica e animata di se stessa mentre raccoglieva una bottiglia della lozione fatta a mano da Abby e annuiva in segno di approvazione. "Hai degli ottimi prodotti. Tua sorella ti ha detto che lavoro come sua rappresentante di commercio, ora?"

"Davvero?" chiese Faith, stupita. "Da quando?"

"Solo da ventiquattr'ore, e ho già trovato un nuovo cliente a Eureka."

"Wow. Notevole," disse Faith, chiedendosi dove la donna volesse andare a parare.

Non dovette aspettare a lungo per scoprirlo. Vivian si recò alla reception, appoggiò un gomito sul banco e disse: "Se mi dai la possibilità, potrò fare la stessa cosa per te."

Faith si accigliò. "Ma noi non vendiamo prodotti. Non di nostra produzione, perlomeno. Vendiamo servizi."

"Esatto." Vivian si guardò attorno. "Questo posto è bellissimo ed elegantissimo, ma un po' di traffico in più non farebbe male."

Essendo un giorno infrasettimanale nel periodo fra il Ringraziamento e Natale, c'era poco turismo a Keating Hollow, il che significava che la spa era tranquilla. Avevano avuto qualche cliente in mattinata, ma nel pomeriggio, il luogo sembrava essersi trasformato in una città fantasma. E Faith doveva ammettere che, se la situazione non fosse migliorata a dicembre, lei avrebbe faticato a pagare alcuni fornitori a gennaio.

"Stiamo cercando di trovare dei modi per aumentare la clientela locale," disse Faith.

"Fantastico." Vivian le sorrise radiosa. "Qui entro in gioco io. Se vuoi, mi piacerebbe vedere cosa posso fare per procurarti clienti da Eureka e dagli altri paesi vicini, tanto gli abitanti del posto quanto i turisti. Persone che non frequentano abitualmente Keating Hollow e che non sanno della vostra esistenza o che non hanno ancora provato i vostri servizi. Naturalmente, lavorerei su provvigione, ma sarebbe un ottimo affare per voi, dato che mi paghereste solo in caso di successo."

Faith era stata pronta a dire di no a Vivian qualora lei le avesse chiesto di assumerla come dipendente. L'azienda non aveva risorse sufficienti. Ma si ritrovò incapace di rifiutare un'offerta su base esclusivamente provvigionale. Non si poteva negare che la spa aveva bisogno di traffico per rimanere aperta. Faith sarebbe stata sciocca a rifiutare.

"Come faremo a sapere che le prenotazioni dei clienti sono dovute ai tuoi sforzi?" chiese.

"È un sì?" chiese Vivian, il cui sorriso si allargò.

"Credo di sì. Dovremo delineare alcuni dettagli, come ad esempio i termini delle tue commissioni e come fare in modo che il tuo lavoro venga accreditato, ma di primo acchito, sembrerebbe che valga la pena."

"Ottimo!" Vivian batté le mani. "Andiamo nel tuo ufficio a discutere dei dettagli?"

"Assolutamente." Faith aprì la porta del retro a Vivian e si rivolse a Lena. "Abby sta arrivando. Mandala pure da me quando arriva."

"Nessun problema, capo," disse Lena, tornando al suo posto. "Ehi, i rappresentanti non diventano responsabili del personale, vero?"

Faith scoppiò a ridere. "Non da A Touch of Magic. Non preoccuparti. Anzi, ora che abbiamo Vivian, se saremo fortunati, verrai promossa prima del previsto."

CAPITOLO 12

Ci volle pochissimo per stabilire i termini del contratto e proprio mentre Vivian stava uscendo dall'ufficio, Abby arrivò con due cappuccini fumanti dell'Incantation Café.

"Tieni," disse Abby, dandole il bicchiere. "Bevi questo prima. Ti aiuterà."

"Abby, non credo che la caffeina mi aiuterà a calmarmi," disse Faith, salutando Vivian mentre l'altra donna imboccava la strada.

"No, ma il brandy lo farà." Abby ammiccò e rivolse un cenno del capo a Vivian. "Si è fatta fare un massaggio?"

Faith scosse la testa. "No. Ci farà da rappresentante e ci troverà dei clienti mentre promuove i tuoi prodotti."

"Davvero? È fantastico." Gli occhi di Abby si illuminarono. "Mi ha già trovato un cliente molto importante. Credo che ti piacerà molto."

A Faith, Vivian piaceva già. Apprezzava l'entusiasmo con cui promuoveva la propria attività e adorava il suo essere estroversa, tratto che lei non possedeva. L'unica cosa che la metteva leggermente a disagio era il modo in cui Vivian parlava di Hunter. C'erano ammirazione e rammarico nel tono della donna, il che le dava la certezza che Vivian provasse qualcosa per lui. Forse sarebbe stato piuttosto imbarazzante frequentare Hunter e lavorare con la donna che forse era innamorata di lui.

"Sì, sembrerebbe un tipo fantastico," disse Faith, bevendo un lungo sorso del cappuccino corretto. Il liquido la scaldò fino alle dita dei piedi. Sollevò il bicchiere in un finto saluto. "È stata un'ottima idea."

"Prego," disse Abby, prendendo posto di fronte alla scrivania. "D'accordo. Fallo. Via il dente, via il dolore. Chiamala e vedi che cosa vuole."

Faith gemette, rimpiangendo di non aver buttato via la lettera senza parlarne con nessuno. Se lo avesse fatto, non avrebbe dovuto affrontare quella situazione. Ma sapeva, nel profondo di sé, che se ne sarebbe pentita. Bevve un altro sorso di cappuccino e digitò il numero di sua madre. Aveva trascorso così tanto tempo a fissare la lettera che lo aveva imparato a memoria.

Il telefono cominciò a squillare e il panico colmò il petto di Faith. Il cuore le martellava contro la gabbia toracica e, se Abby non fosse stata lì a tenerle la mano, era sicura che avrebbe lanciato il telefono dall'altra parte della stanza. Come le era venuto in mente?

"Pronto?" La voce all'altro capo della linea era al tempo stesso familiare e sconosciuta. Era trascorso così tanto tempo da quando Faith aveva udito quella voce tenera e argentina che era quasi sicura di essersela immaginata. "Pronto?" disse di nuovo, questa volta con tono leggermente gracchiante.

"Mamma?" squittì Faith. "Sei tu?"

Silenzio.

Faith fissò Abby. Riusciva a malapena a respirare. Magari sua madre aveva cambiato idea e non voleva più parlare con lei. Aveva forse mandato la lettera in un momento di debolezza? Voleva–

"Faith?" chiese Gabrielle con un sussurro debolissimo. "Faith, bambina mia, sei davvero tu?"

"Sì, mamma. Sono io. Ho ricevuto la tua lettera." Non sapeva che altro dire.

"Oddea." C'erano delle lacrime nella voce di Gabby, a cui seguì un singhiozzo sommesso. "Mi hai chiamato. Non pensavo che mi avresti chiamato. Grazie."

"Prego?" disse lei, una risposta che era più che altro una domanda.

Sua madre continuò a singhiozzare sottovoce mentre Faith indicava il telefono e mimava con le labbra a Abby: *Sta piangendo.*

"Ottimo. Dovrebbe," disse Abby, in tono più velenoso di quello che lei avrebbe mai creduto possibile.

"C'è qualcuno con te, tesoro?" chiese Gabrielle.

"Sì. C'è Abby." Faith non spiegò il perché. Per quanto la riguardava, sua madre non meritava spiegazioni.

"Oh. Capisco." Le lacrime erano svanite dalla voce di sua madre, ma Faith la sentì prendere fiato per farsi forza. "Anche Yvette e Noel sanno che ti ho scritto?"

"Sì."

Ancora silenzio.

Tutto il nervosismo di Faith volò via quando la rabbia prese il sopravvento. Strinse il telefono talmente forte che si stupì di non averne crepato la scocca. Poi disse di getto: "Cosa vuoi da me? Perché hai scritto a me e non alle mie sorelle?"

"Nulla... Io–"

"Devi pur volere qualcosa. Altrimenti, saresti rimasta al tuo posto." Faith si spinse via dalla scrivania e cominciò a camminare avanti e indietro. "Sono passati più di vent'anni. Cosa c'è? Hai bisogno di soldi? Ti sei appena svegliata da un coma? Stai male?"

Cancro. La parola lampeggiò nella mente di Faith, che serrò le labbra. Non voleva conoscere la risposta. Avevano già un genitore che stava affrontando quel male terribile.

"No, no. Niente del genere. Voglio solo... Vorrei vederti," disse Gabby, la cui voce sfumò come se il vento avesse portato via il suono.

"Perché?" Era una domanda onesta. Faith non aveva idea di cosa potesse volere sua madre ora, dopo tutti quegli anni.

"Perché mi mancano le mie figlie," disse sua madre, la voce di nuovo greve di lacrime. "Ho sbagliato, Faith. Ho sbagliato tutto. Voglio solo vederti... vedere se c'è un modo per farmi perdonare da te e dalle tue sorelle."

A Faith vennero le lacrime agli occhi, non perché il suo cuore dolesse per la madre che le aveva abbandonate, ma perché così non era. Il suono delle lacrime della mamma non la commuoveva per niente. Non le toccava il cuore. Era completamente anestetizzata.

"Lascia che ci parli io," disse Abby.

Faith annuì e disse a sua madre: "Ti passo Abby."

"Abby," disse la loro madre, con una malinconia inconfondibile.

Faith sbuffò e ficcò il telefono in mano a Abby. Aveva bisogno di aria, di respirare. L'ufficio era troppo soffocante. Doveva uscire da lì.

"Mamma?" sentì dire a Abby.

Era troppo. Se Faith non fosse uscita da lì, avrebbe perso la testa. Senza dire una parola, uscì di corsa dalla stanza, sbattendo la porta. Si diresse verso l'esterno, bisognosa di aria fredda per evitare che le scoppiasse la testa.

Non appena uscì di corsa dalla porta, l'urlo le lacerò i polmoni, un urlo che non si era resa conto di aver trattenuto. Era un suono devastante persino alle sue stesse orecchie. Si piegò in due e tirò fuori vent'anni di dolore, angoscia e confusione.

Quando l'urlo, finalmente, svanì, Faith cadde in ginocchio e singhiozzò.

"Faith?" La consapevolezza di Faith registrò la bassa e rilassante voce maschile, ma lei era troppo sconvolta per prenderne atto.

Sapeva che Hunter era alle sue spalle, una mano sulla sua schiena, l'altra che le teneva gentilmente la mano.

"Va tutto bene, Faith," mormorò l'uomo. "Butta fuori tutto."

Le lacrime giunsero rapide e violente e il corpo di Faith fu scosso dai singhiozzi. "Lei... ci ha abbandonate."

"Chi vi ha abbandonate?" L'uomo le scostò i capelli dalla spalla, con gesti attenti e premurosi.

"Nostra... madre. Ci ha abbandonate e... non è più tornata." Faith si voltò e lo guardò, il cuore sconvolto dal dolore e dall'emozione pura e semplice. "Ci. Ha. Abbandonate. E adesso..." Scuotendo la testa, serrò le palpebre. Avrebbe voluto gridare di nuovo. Ma sapeva che l'unico modo per andare avanti era pronunciare le parole. Pronunciarle ad alta voce. Tirarle fuori. "Non ci voleva abbastanza bene per restare. Ora vuole essere perdonata e io...io non ce la faccio. Non so come si fa."

L'uomo spalancò gli occhi. "Hai sentito tua madre?"

Lei annuì e si appoggiò a lui. Aveva bisogno di provare qualcosa che non fosse dolore.

Hunter la circondò con le braccia e se la mise in grembo. Premendo un palmo ruvido contro la sua guancia, la fissò negli occhi e disse: "Non devi fare nulla che tu non voglia. Lo sai, vero?"

"Sì. Razionalmente, lo so. Ma qui dentro," disse Faith, indicandosi il petto, "c'è una bambina dal cuore spezzato che vuole la sua mamma."

Con le braccia ancora strette attorno a lei, l'uomo la cullò lentamente avanti e indietro mentre le lacrime le scorrevano in silenzio sul viso. "Vuoi parlare di quello che è successo?"

"Quando?" Faith scoppiò in una risata triste. "Allora o adesso?"

"Tutte e due. Nessuna. Quello che vuoi." Hunter premette le labbra sulla testa di Faith e le diede un bacio delicato.

La sua dolcezza, il modo in cui la faceva sentire amata e al sicuro, la tranquillizzarono, e le lacrime smisero di scorrere. Il contrasto fra il calore dell'uomo e il freddo dell'aria, all'improvviso, la fece sentire viva e acutamente consapevole di lui e del fatto che avrebbe voluto farsi toccare ovunque.

Faith si schiarì la voce, si spinse delicatamente via da Hunter e si alzò in piedi. Il suo volto cominciò a scaldarsi per l'imbarazzo e lei fissò oltre le spalle dell'uomo mentre diceva: "Mi dispiace, Hunter. Non avrei dovuto gridare." Emise una risata nervosa. "Per fortuna non c'erano clienti, eh?"

Anche lui si alzò e la osservò con un'espressione bizzarra sul viso. "Faith, cos'è successo?"

Lei sospirò, rassegnata al fatto che gli doveva un qualche genere di spiegazione. Hunter non le avrebbe permesso di rientrare nella spa come se nulla fosse successo. Per lei sarebbe stato lo stesso, se lo avesse visto avere una crisi del genere. "Mia madre, che non vedo e non sento da grossomodo vent'anni, mi ha scritto in una lettera che voleva che io la contattassi. Dopo aver parlato con mio padre e con le mie sorelle, oggi ho deciso di chiamarla. E quando lei ha detto che non vuole altro che essere perdonata, non ce l'ho fatta. Ho perso la testa. Sono andata in crisi."

"È molto difficile, soprattutto perché tua madre è sparita quando eri molto piccola," disse Hunter, ficcandosi le mani nelle tasche. "Che cosa le hai detto?"

"Niente. Ho passato il telefono a Abby e sono uscita qui per... Non lo so. Purgarmi, immagino."

"Non c'è nulla di male," disse Hunter. Quando lei non rispose, l'uomo aggiunse: "Non è la stessa cosa, ma anch'io ho perso mia madre. Avevo otto anni."

"Se n'è andata?" chiese Faith, sollevata di parlare dell'esperienza di qualcun altro. Non sapeva come affrontare i suoi sentimenti nei confronti di sua madre; sapeva solo che dentro di lei si era sviluppata una tempesta e che doveva sfogarla.

"È morta... assieme a mio padre. C'erano una bufera e un grosso camion."

"Mi dispiace tanto," disse lei, ed era sincera. "Deve essere stato devastante." Sebbene la madre di Faith fosse svanita di punto in bianco, se non altro lei e le sue sorelle avevano avuto papà e tutte erano pronte a giurare che fosse il padre migliore del mondo. Era difficile immaginare che fine avrebbero fatto senza di lui.

"Sì." Hunter la trascinò gentilmente attraverso il patio e la fece sedere su una panchina – una panchina che prima non c'era.

Faith si guardò attorno, prendendo finalmente atto dell'ambiente circostante. Il patio era stato coperto di grandi mattonelle di un bel caldo, mentre il pozzetto per il fuoco era stato costruito con mattonelle rosse e arancioni. L'uomo aveva anche installato una panchina ricurva sulla sinistra, simile a quella su cui erano seduti loro. Era un disegno stupefacente. I colori si adattavano alla perfezione alle sequoie che crescevano attorno alla proprietà e che già di per sé attiravano l'occhio. "Hunter," disse lei con voce sommessa. "È magnifico. Non riesco a credere che tu abbia già fatto tanto."

Gli occhi dell'uomo scintillarono nella luce del tardo pomeriggio quando lui le rivolse un sorriso compiaciuto. "Ti piace, allora?"

Faith si alzò e ispezionò la zona. Alle loro spalle c'era un muretto di sassi in costruzione che sarebbe stato probabilmente integrato da piante native della zona e da una cascatella. "Mi piace moltissimo. È molto più di quello che mi aspettavo."

Hunter la raggiunse e la prese per mano. "Volevo anche installare dei lampioni lungo il perimetro e dei faretti attorno ai gradini. Mi sono detto che dovrebbe essere rilassante di sera come di giorno."

Un filo di pace si dipanò dentro di lei mentre osservava l'ambiente, vedendo con gli occhi della mente l'immagine completa. Le si inumidirono gli occhi, ma questa volta per il puro apprezzamento e la gratitudine invece che per la tristezza. Hunter stava trasformando quello spazio nella visione di cui lei gli aveva parlato mesi prima che lui partisse per Las Vegas. "Sarà bellissimo. Potremo affittarlo per degli eventi. Feste, matrimoni, anniversari."

"Purché non faccia troppo freddo," disse Hunter, sollevando lo sguardo sul cielo.

"La strega del fuoco ha freddo?" lo prese in giro lei mentre si infilava fra le sue braccia.

Lui ridacchiò. "Non quando tu sei fra le mie braccia."

Il calore la attraversò e lei si sollevò in punta di piedi, premendo le labbra contro quelle di lui. "Grazie."

"Per cosa?" Hunter le accarezzò lo zigomo con il pollice, guardandola come se non volesse mai distogliere lo sguardo da lei.

"Perché sei qui con me. Non so perché, ma la tua presenza mi tranquillizza."

"Sai una cosa, Faith?" disse Hunter, la voce leggermente burbera.

"Cosa?"

"Tu fai lo stesso effetto su di me." Hunter abbassò la testa e la baciò, mandandole un formicolio fino alle dita dei piedi. Quando finalmente si staccarono, sorridevano entrambi come ragazzini mentre Hunter la riportava all'ufficio.

Quando arrivarono sulla porta, lei si fermò, non sapendo se fosse pronta per ciò che l'attendeva all'interno.

"Pensi di farcela?" chiese lui.

"Onestamente, non lo so." Faith si voltò verso di lui. "Ci credi che, quando avevo cinque anni, sono stata l'unica che non ha pianto quando ci siamo resi conto che nostra madre se n'era andata?"

Hunter inarcò entrambe le sopracciglia. "Starai scherzando."

Lei scosse la testa. "Avevo pianto prima, quando aveva avuto la sensazione che qualcosa non andasse, ma poi ho avuto una specie di premonizione che diceva che lei non sarebbe tornata e non lo so, magari non ero in grado di affrontare il trauma, per cui non ho pensato a lei. È come se l'avessi esclusa completamente dalla mia vita e dai miei ricordi. Lei se n'è andata e io ho fatto finta che non esistesse."

"Fino a questo momento," disse lui.

"Fino a questo momento. Non avevo idea di quanto io

stessa fossi arrabbiata. E a essere onesti, ora vorrei non averla chiamata. Non credo di volerla vedere." Faith si guardò fisso i piedi, vergognandosi di se stessa. Stava parlando di sua madre; nonostante ciò che la donna aveva fatto, non meritava se non altro l'opportunità di dare spiegazioni? Faith non ne era tanto sicura.

"Faith, ascolta," disse Hunter, premendo entrambe le mani contro le sue guance mentre la fissava intensamente. "So che non è nemmeno lontanamente la stessa cosa, dato che mia madre mi ha lasciato senza volerlo, ma posso dirti che farei qualunque cosa per vederla e parlarle ancora una volta."

"Hai ragione. Non è la stessa cosa," disse Faith in tono neutro. "E io non la vedo così. Non oggi, comunque."

"Capisco," disse Hunter, annuendo. "E condivido. Fidati, condivido. Ci sono persone nella mia vita che... beh, diciamo solo che anch'io ho dei parenti che mi hanno deluso e non scalpito dalla voglia di parlare con loro. Ma lascia che ti chieda solo una cosa: se questa fosse la tua ultima occasione di parlare con lei, ne approfitteresti o rimarresti contenta della tua decisione?"

"Vuoi sapere se ci rimarrei male se lei sparisse di nuovo?" Faith non credeva proprio.

"Sì... e no. Chiediti questo: se le succedesse qualcosa e tu non potessi parlare mai più con lei, non potessi mai avere risposte, non le permettessi mai di provare a fare ammenda, come ti sentiresti?"

Faith si appoggiò alla porta e incrociò le braccia. "Tu credi che dovrei incontrarla."

Hunter serrò le labbra in una linea sottile e sollevò una spalla in un cenno vago. "Non lo so." La attirò a sé e le premette una mano sul cuore. "Credo che dovresti cercare di fare qualunque cosa sia necessaria a tenere il tuo cuore integro."

"Porca miseria," bisbigliò lei, scacciando le lacrime. "Come faccio a sapere qual è la soluzione?"

Lui la baciò sulla tempia e disse: "Ascolta il tuo cuore. Lo capirai."

Faith lo abbracciò forte e bisbigliò: "Grazie."

CAPITOLO 13

Faith trovò Abby seduta alla scrivania, intenta a fissare il telefono che aveva in mano. Non sollevò nemmeno lo sguardo quando Faith entrò nell'ufficio e si chiuse la porta alle spalle. Il rumore dei suoi passi riecheggiò sui pavimenti di legno massello, attirando finalmente l'attenzione di Abby.

Gli occhi cerchiati di rosso di Abby incrociarono lo sguardo di quelli di Faith e lei disse: "È stata molto più dura di quello che pensavo."

Faith si appoggiò alla sua scrivania e appoggiò una mano su quella di sua sorella. "Non dirlo a me. Ho appena avuto una crisi di nervi."

Le labbra di Abby guizzarono in un piccolo sorriso. "Una crisi di nervi? Tu? Non è proprio da te, sorellina."

"Lo so. Povero Hunter. Ha dovuto rimettermi insieme."

"Hunter, eh?" chiese Abby, improvvisamente interessata. "Che sta succedendo?"

Faith si sentiva ancora le braccia dell'uomo attorno mentre diceva: "Abbiamo un appuntamento sabato."

"Oh, oh, oh! Dovresti vedere che faccia hai. Sei cotta." Abby sorrise da un orecchio all'altro. "Cotta e stracotta."

"Può darsi." Ma il pensiero di stare da sola con Hunter sabato la faceva gongolare.

"Aspetta un attimo, non dovevi uscire con Brian venerdì?" chiese Abby, aggrottando le sopracciglia in preda alla confusione. "Frequenti due uomini, ora?"

"No. Non frequento due uomini." Anche se, tecnicamente, forse era davvero così. "Credo che 'frequentare' sia esagerato."

"Per cui, venerdì esci con Brian e sabato esci con Hunter. Accipicchia, sorellina." Gli occhi di Abby brillavano di birbanteria. "Tieni il piede in due scarpe."

"Buona, tu. Non facevi gli occhi dolci a Clay mentre, tecnicamente, stavi ancora con quel tizio di New Orleans?"

Abby rise. "Può darsi. Ma di certo non sono uscita con tutti e due nello stesso fine settimana. Sono colpita, Faith. Sul serio. Trascorri mesi senza frequentare nessuno e ora sei contesa dagli uomini più belli del paese. Ben fatto, tesoro."

"Grazie. Credo," disse Faith, che ora provava una certa ansia al pensiero dell'uscita con Brian. Lui le piaceva, ma lei sapeva già che la persona con cui voleva davvero stare era Hunter. Fece una smorfia. "Non credo di essere fatta per certe cose. Probabilmente, dovrei cancellare l'appuntamento con Brian."

"Allora… Hunter ti piace così tanto?"

Faith annuì. "Anche di più."

Abby le rivolse un cenno del capo di solidarietà. "Ho capito. Buona fortuna."

"Grazie," disse Faith. Entrambe rivolsero la propria attenzione al telefono posato sulla scrivania. Faith si morse il labbro prima di chiedere: "Cosa ha detto?"

Abby afferrò i braccioli della sedia mentre la sua

espressione si faceva amareggiata. "Le dispiace. Per molte cose, a quanto pare. Per essersene andata. Per aver scritto solo a te. Per averti chiesto di tenere segreta la sua lettera." Abby sbuffò. "Ha detto che voleva rientrare lentamente nelle nostre vite, una alla volta, e che pensava che tu avresti potuto essere la più incline, perché sei sempre stata una bambina facile."

"Facile? Certo," disse Faith, imitando lo sbuffo di sua sorella. "Che faccia tosta. Le hai detto che a nessuna di noi interessano le sue scuse?"

"Diciamo così." Abby si appoggiò allo schienale della sedia con aria sconfitta.

"Cosa c'è, Abs?"

Sua sorella deglutì visibilmente e poi sputò fuori: "Le ho detto che può venire domenica."

"Che cosa? La mamma viene domenica? Dove?" Il cuore di Faith cominciò a martellarle contro la gabbia toracica. E se avesse avuto una nuova crisi?

"Le ho detto che può venire a casa mia." Abby chiuse gli occhi e si appoggiò allo schienale. "Non sapevo che altro dire."

"A casa tua, Abs? E Olive e Clay? Sei sicura di volerlo?" Olive era la figlia di Clay, nata dal suo primo matrimonio, nonché figliastra di Abby. Aveva appena compiuto dodici anni e presentarle una nonna che probabilmente sarebbe scappata via di nuovo non sembrava una buona idea.

"No, non sono sicura per niente di volerla in casa, ma non mi è venuto in mente nessun altro posto che non fosse un luogo pubblico. Dirò a Clay di portare Olive da sua madre." Abby aprì gli occhi, l'espressione sofferente. "Ho fatto bene, Faith? Non sapevo cosa dire. Ma una cosa che so per certo è che, quando sono finalmente tornata a casa, ero stanca di scappare. E l'unica cosa che volevo era ripristinare i contatti con la mia famiglia. Lei dice di volere lo stesso e se è vero..."

"La tua situazione non era nemmeno lontanamente simile a quella della mamma, Abby," disse con trasporto Faith. "Hai lasciato Keating Hollow, ma non hai mai lasciato *noi*. Mai. So che hai mantenuto le distanze per motivi tuoi, ma sapevamo sempre dov'eri e come raggiungerti."

"Lo so. Ma... Non sappiamo perché se ne sia andata e, Faith, io credo di aver proprio *bisogno* di saperlo. Per capire quello che è successo, ho bisogno che lei ci spieghi il motivo della sua fuga." Il suo telefono squillò, facendola sobbalzare. Lo tirò fuori dalla tasca e lesse un messaggio. "Devo andare a prendere Olive. È da una sua amichetta."

"Va bene," disse Faith, passandosi una mano fra i lunghi capelli biondi. "Grazie per essere venuta. Non ti ho dato molto preavviso."

Sua sorella la prese fra le braccia e la strinse forte. "È a questo che servono le sorelle maggiori." Quando Abby la lasciò andare, le rivolse un sorriso diabolico. "Ora tocca a te dirlo a Noel e Yvette."

"Cosa? No. Io lo dico a Yvette, ma Noel tocca a te," disse Faith, sollevando le mani e indietreggiando lentamente.

Abby sbuffò. "Per favore. Sei l'unica che potrebbe dirlo a Noel senza che lei accoltelli qualcuno con l'oggetto affilato più vicino." Attraversò di corsa la stanza, le chiavi già in mano. Un attimo prima di darsi alla fuga, disse: "Fossi in te, chiamerei Noel al più presto. Avrà bisogno di tempo per calmarsi." Soffiò un bacio a Faith. "Ti voglio bene."

La porta si chiuse alle spalle di Abby e Faith prese posto, fissando il telefono. Scuotendo la testa, lo prese in mano, maledisse Abby e chiamò Noel.

~

Hunter aveva i muscoli indolenziti per la fatica dopo la lunga settimana trascorsa a lavorare alla fattoria di Lin Townsend e alla spa di Faith. Il suo corpo gridava il bisogno di una doccia, di un pasto decoroso e di un bel sonnellino, ma Hunter aveva quasi finito di costruire l'oasi all'aperto di Faith e aveva bisogno della sua opinione sulle luci. Per non parlare del fatto che moriva dalla voglia di vederla, di toccarla e di circondarla di nuovo con le braccia.

Era un tardo venerdì pomeriggio e l'oscurità era già calata sul paese di Keating Hollow. Ma le stelle brillavano luminose e lui si chiese se sarebbe riuscito a convincere Faith a fare una passeggiata lungo il fiume. Al diavolo il corpo dolorante; Hunter non desiderava altro che trascorrere più tempo con lei. Bussò alla porta dell'ufficio e aspettò.

Nessuno rispose.

Hunter bussò di nuovo.

Quando non udì nulla provenire dall'interno, girò la maniglia e fece capolino con la testa. L'ufficio era buio. Faith se n'era già andata.

Deluso, accese la luce e si incamminò verso la scrivania di Faith, con l'intento di lasciarle un biglietto e i campioni in modo che lei li vedesse il mattino dopo. Ma mentre frugava alla ricerca di una penna e di un foglio di carta, Hunter vide un paio di vecchie foto sbiadite sulla scrivania – foto di una donna che lui conosceva. Della donna che lo aveva cresciuto da quando aveva nove anni.

Lasciò cadere le luci sul tavolo e avvicinò la foto alla luce per guardarla meglio. Fissò Gia, la ragazza di lunga data di suo zio, la donna che aveva amato e odiato per nove anni, fino a quando non aveva lasciato la casa di suo zio per andare a vivere da solo.

Cosa faceva Faith con una foto della sua pseudo-zia?

Hunter prese la seconda foto e imprecò. Gia era al centro dell'inquadratura, circondata da quattro bambine. Una delle bambine aveva i capelli scuri; le altre tre erano bionde. Hunter girò la foto e notò l'appunto scribacchiato sul fondo. Gabrielle, Yvette, Noel, Abby e Faith Townsend.

Lasciò cadere la foto e scosse la testa. Gia era la madre di Faith? Com'era possibile? Perché Gia avrebbe lasciato una persona come Lincoln Townsend e quattro splendide bambine per andare a vivere in mezzo al nulla con Mason McCormick? Ma Hunter aveva il sospetto di conoscere già la risposta. E non voleva che la donna riportasse i suoi guai a Keating Hollow.

Dopo aver lasciato un biglietto a Faith per quanto riguardava le luci, Hunter tirò fuori il telefono, scattò un'immagine della foto e inviò un messaggio a Vivian per farle sapere che sarebbe tornato a casa il mattino dopo. Poi si diresse dritto verso il furgone. Lo attendeva un lungo viaggio.

CAPITOLO 14

Il piccolo capanno sorgeva fra le sequoie, con una luce che brillava dalla finestra sulla facciata. La vecchia auto rotta e arrugginita ingombrava ancora il viale ghiaioso e un vecchio divano di cuoio macchiato d'acqua era posto nel cortile, adiacente a un vecchio cerchione che era stato trasformato in un pozzetto per il fuoco. Sembrava che la residenza dei McCormick fosse cambiata ben poco, nei quattro anni trascorsi dall'ultima volta in cui lui era tornato.

Hunter si fermò accanto a una vecchia Ford Bronco e spense il motore. Proprio mentre saltava giù, la porta d'ingresso del capanno si aprì e Gia apparve in veranda, avvolta in una coperta.

"Chi è?" chiamò la donna.

Fu allora che Hunter si accorse che aveva in mano un fucile a pallettoni. Levò gli occhi al cielo, sapendo benissimo che l'arma era probabilmente scarica e che Gia non aveva ancora imparato a usarla. Tuttavia, non la vedeva da quattro anni; tutto era possibile. "Sono io, Hunter."

"Hunter? Che ci fai qui?" La donna rientrò in casa, tenendogli aperta la porta.

"Devo parlarti." Hunter salì i gradini, stupendosi nel constatare che i vecchi montanti marci erano stati sostituiti da legno solido. Si guardò attorno e notò che l'intera veranda era stata ricostruita.

"È un po' tardi, non credi?" Gia si voltò e svanì nel capanno.

Hunter la seguì, ignorando la sua informazione, e si ritrovò in una casa pulita e ordinata, con un divano nuovo e poltrone abbinate. Il vecchio set da cucina in formica era sparito, sostituito da un tavolo in legno massello con sedie abbinate. Hunter rimase di stucco, assimilò il cambiamento e chiese: "Da dove arriva tutta questa roba?"

"L'abbiamo comprata." Gia si era tolta la coperta e se ne stava con la schiena appoggiata allo stesso, vecchio piano di mattonelle, guardandolo con aria scettica.

La cucina era identica a prima, con l'eccezione dei nuovi elettrodomestici in acciaio inossidabile. "Con quali soldi?"

"Mason è stato promosso." La donna estrasse una sigaretta dalla tasca del maglione e se la arrotolò fra le dita, senza accenderla.

"Alla compagnia forestale?" Hunter la osservò, alla ricerca dei segni distintivi della dipendenza da sostanze chimiche. Ma sebbene gli occhi della donna avessero un'aria stanca, erano lucidi e lei sembrava nel pieno possesso delle sue facoltà.

"Sì. È diventato supervisore."

Non c'era alcun orgoglio in quell'annuncio, solo una dichiarazione fattuale. E non per la prima volta, Hunter si chiese se Gia provasse davvero qualcosa per suo zio. "E tu? Prepari ancora le tue... pozioni?"

La donna scosse la testa. "Ho smesso. Aiuto Kimmy a coltivare i fiori nella serra del vivaio in paese."

"Niente affari loschi?" chiese lui, anche se la proprietà aveva un aspetto migliore di quanto lui l'avesse mai vista. E anche Gia. Nonostante il palese affaticamento, la donna aveva una carnagione rosata che non era molto diversa da quella di Faith e i suoi occhi azzurri erano limpidi e luminosi.

"Niente affari loschi," disse sospirando la donna. "Perché ti interessa? L'ultima volta che ti abbiamo visto, hai messo bene in chiaro che la nostra vita qui non ti interessa."

"Perché, Gabrielle, tu stai per inserirti nella vita di una persona a cui voglio bene e io non ho intenzione di permettertelo, a meno di non avere la certezza che sei pulita." Hunter vide lo stupore lampeggiare negli occhi della donna nel momento in cui lui pronunciò il suo vero nome e la incalzò. "Perché non mi hai detto chi sei?"

Gabrielle si fissò i piedi coperti dai calzini. "Mi sono lasciata alle spalle quella donna. Non aveva importanza."

"Certo che ne aveva. Eri lì dopo il funerale di Craig, che ascoltavi mentre raccontavo a zio Mason del lavoro che stavo facendo per Faith Townsend, mentre cantavo le lodi delle sue sorelle e di suo padre perché sono il cuore di Keating Hollow. E non hai detto nemmeno una parola riguardo al fatto che sei sua madre. Perché?"

Gia si morse il labbro inferiore, il che la fece sembrare una replica più anziana di Faith, e scosse la testa. "Non sono stata sua madre per oltre vent'anni."

"E tuttavia, l'hai contattata e vuoi riguadagnarti un posto nella sua vita," disse sarcastico Hunter. "Perché, Gia? Perché ora? Hai idea di cosa hai fatto a quella famiglia? Alle tue quattro figlie?"

"Certo che so cosa che ho fatto!" La donna si spinse via dal piano e avanzò a grandi passi verso di lui. "Credi che non viva tutti i giorni con il senso di colpa e il dolore di aver perso tutto? Avevo un marito che mi adorava e quattro bellissime bambine. E dove sono finita? Qui." Gia mosse una mano a indicare la casetta piccola e squallida. Nonostante i nuovi arredi, il capanno era ancora dimesso e necessitava di alcune importanti riparazioni. "Con un compagno che non mi ha mai amata. Voleva solo le pozioni che preparavo. E quando sei arrivato tu, un ragazzino dolcissimo che aveva perso la mamma e il papà, io ho pensato che tu fossi la mia occasione per compensare l'universo, per prendermi cura di te, per sommergerti con l'amore che avevo negato alle mie figlie. Ma tu..." La donna scosse con violenza la testa. "Tu non mi volevi. Non meritavo di prendere il posto di tua madre. Ho fallito. Ho fallito un sacco di volte. Ora sono pulita e voglio provare a ricominciare da capo. Chiedo troppo? È così, Hunter?"

L'emozione si dipanò dentro di lui, avvolgendosi come un serpente nelle profondità del suo stomaco. Ricordava il giorno in cui era venuto a vivere con loro. Era impresso a fuoco nella sua memoria ed era sempre presente quando gli tornava in mente quel giorno fatale di diciott'anni prima. Suo zio era venuto a prenderlo dalla baby-sitter e lo aveva portato in quel capanno. A quei tempi, c'era stato un letto solo. Gia aveva buttato un sacco a pelo sul divano di cuoio in salotto – quello che ora era fuori in cortile – e gli aveva detto di non fare rumore. Aveva un'emicrania.

La donna non aveva aggiunto altro mentre preparava una pozione in cucina. Quando la pozione era stata pronta, lei l'aveva trangugiata ed era svanita nella camera da letto con suo zio. Ne erano usciti tre giorni dopo. Lo avevano lasciato senza cibo. Senza conforto. Senza risposte.

Hunter aveva nove anni, era orfano e i suoi nuovi tutori erano tossicodipendenti. Per nove anni li aveva visti cercare di disintossicarsi, avere ricadute e cercare di disintossicarsi di nuovo. C'erano anche stati momenti di conforto, nei quali Gia era stata tenera e amorevole. Gli aveva insegnato a cucinare, lo aveva aiutato a fare i compiti e aveva accolto Craig come parte della famiglia. Poi, la coppia era tornata a far uso delle pozioni, sostenendo di averne bisogno per stare bene. Nel corso di quelle fasi, Hunter aveva trascorso la maggior parte del tempo a casa di Craig. Quando era a casa, gli toccava avere a che fare con creditori, spacciatori e il peggio della società, mentre suo zio e Gia trascorrevano il tempo in preda all'oblio.

"Non so cosa dire, Gia. Non è che non ti abbia dato una possibilità," disse lui.

"Già. Una possibilità," disse la donna in tono piatto.

Hunter non la contraddisse. Era stato un bambino in lutto bisognoso di adulti che lo facessero sentire al sicuro, ma non si era mai sentito così, nemmeno quando la coppia cercava di disintossicarsi. "Allora, cosa speri di ottenere da Faith?"

Lo sguardo penetrante degli occhi luminosi della donna incrociò il suo. "Non sono malefica, Hunter."

"Non ho mai detto che lo fossi."

"Sì che l'hai fatto. Solo, non ad alta voce." La donna si portò la sigaretta ancora spenta alle labbra e simulò un tiro. "Voglio andare a trovare le mie figlie. Fa parte della mia guarigione. Ti sarei grata se mi lasciassi in pace."

"Non credo di poterlo fare. Faith e io siamo... qualcosa."

Gia strinse gli occhi e lo fulminò con lo sguardo, come solo una madre ferocemente protettiva era in grado di fare. "Tu hai delle responsabilità nei confronti di quella donna, Hunter. Non puoi abbandonare lei e quella bambina per Faith."

Il fatto che Gia fosse a conoscenza della situazione con Vivian e Zoey era insopportabile. Se fosse stato per lui, l'avrebbe lasciata all'oscuro. Ma dopo l'incidente di Craig, Mason e Gia erano saltati sulla Bronco ed erano venuti a Vegas per dargli l'ultimo saluto. Mason era stato amico del padre di Craig prima che lui morisse e si era sentito in dovere di porgergli rispetto. Mentre i due erano lì, Vivian aveva detto loro dei suoi progetti di trasferirsi a Keating Hollow con Hunter ed evidentemente la coppia si era fatta l'impressione sbagliata.

Hunter avrebbe voluto girare sui tacchi e uscire in fretta e furia. Ogni suo istinto gli diceva che era giunta l'ora di andarsene. Ma non poteva. C'erano ancora delle cose da dire. "Il mio rapporto con Vivian non è affar tuo. Sono qui perché Faith ha bisogno di conoscere la verità e voglio assicurarmi che la sappia da te."

"Sa che ti ho cresciuto io?" chiese Gia.

Hunter emise uno sbuffo carico di derisione. Cresciuto? Che idiozia. Lui si era cresciuto praticamente da solo. Se c'era qualcuno che meritava riconoscimento, si trattava della madre di Craig, pur essendo venuta a mancare quando lui aveva solo quindici anni. "No. Ho scoperto solo questa sera che tu sei sua madre. Non ne abbiamo ancora parlato. Glielo dici tu o glielo dico io?"

"Glielo dirò io," disse la donna. "Le mie figlie meritano di sapere la verità da me."

Per un attimo, Hunter rimase senza parole. Gia non era mai stata il tipo da assumersi delle responsabilità, preferendo invece dare la colpa di tutto alle sue "emicranie" o a Mason o Hunter. O a chiunque altro fosse a portata di sputo. "Quando la vedrai?"

"Domenica pomeriggio." Le tremava leggermente la voce ed era difficile non provare almeno un minimo di compassione per lei.

Hunter aveva appuntamento con Faith, sabato. Non sapeva come avrebbe fatto ad arrivare a fine serata senza dirle che conosceva sua madre, che la conosceva meglio di lei. Ma era disposto a lasciare che Gia si muovesse secondo i suoi termini, purché fosse onesta. "Se domenica non le dirai tutto, lo farò io. Come ho già detto, siamo... amici e io non intendo tenerle segreti."

La donna chiuse gli occhi e annuì.

"Ottimo." Hunter si incamminò verso la porta, ma prima di uscire si voltò e disse: "Non mi piace essere usato, Gia. Assicurati che non accada più."

"Come?" chiese la donna, sollevando di scatto la testa.

"Non credere che io non mi ricordi di tutte quelle domande che mi hai fatto riguardo a Faith e alla sua famiglia. Avresti dovuto dirmi chi eri allora. Ti avrei dato i loro numeri, se lo avessi fatto."

"No, non lo avresti fatto," disse la donna, con certezza assoluta. "Tieni troppo a lei."

"Non hai idea di quello che provo per lei."

"No?" Gia strinse gli occhi mentre lo osservava. "Io credo di sì, altrimenti non avresti guidato fin qui per presentarti alla mia porta alle dieci di sera. Sei già mezzo innamorato di lei."

Hunter fece per negare, ma serrò la bocca e uscì senza dire una parola. La donna aveva ragione. Era mezzo innamorato di Faith e lo era da prima ancora di lasciare il paese, quell'estate. Sperava solo che, qualunque fosse la cosa che stava sbocciando fra di loro, sarebbe sopravvissuta alla tempesta che Gia avrebbe portato con sé al suo ingresso in paese.

CAPITOLO 15

Faith si cambiò cinque volte prima di optare per una combinazione di maglione rosso, gonna di lana nera e stivali al ginocchio. Prestò particolare attenzione al trucco e all'arricciatura dei capelli e fu comunque pronta trenta minuti prima dell'ora a cui Hunter sarebbe dovuto arrivare.

Si premette una mano sul ventre, cercando di calmare i nervi, e andò in cucina per versarsi un bicchiere di vino. Il suo telefono vibrò per la notifica di un messaggio e lei si accigliò, sperando che Hunter non le avesse scritto per cancellare l'appuntamento. Afferrò il telefono e trasse un sospiro di sollievo. Era Brian.

Mi dispiace che ieri non siamo riusciti a vederci. Magari possiamo metterci d'accordo per questa settimana.

Il senso di colpa la travolse e lei si sentì una persona orribile. Aveva cercato di chiamare Brian due volte per cancellare l'appuntamento, ma non era riuscita a trovarlo, e al terzo tentativo gli aveva lasciato un messaggio per dirgli che non sarebbe riuscita a venire. Non poteva illuderlo, sapendo che voleva stare con Hunter. Ma credeva di dovergli una spiegazione.

Rispose al messaggio: *Un caffè martedì dopo il lavoro?*

Facciamo una cena. Passo a prenderti alle 18.

Faith fissò il telefono e scosse la testa. Sembrava che alla fine sarebbe uscita con Brian, dopotutto. Non sapendo come cavarsi d'impiccio senza fare scenate, rispose *Vada per le 18.* E poi, Brian le piaceva e non c'era nulla di male nel cenare con un amico. Doveva solo assicurarsi che lui se ne rendesse conto.

Il suo bicchiere di vino era mezzo vuoto quando suonarono al campanello. Le sue viscere si tramutarono in pappetta mentre raggiungeva la porta praticamente in scivolata. Quando aprì, trovò Hunter appoggiato alla ringhiera della veranda, con una singola rosa rossa in mano. Uscì e gli sorrise.

"Hai un aspetto… incredibile," disse lui, passandole un braccio attorno alla vita e attirandola a sé.

"Anche tu." Faith si sporse e lo baciò, avvolta dal suo puro profumo mascolino.

"Alla faccia del saluto," disse lui, gli occhi che brillavano per le luci della veranda.

"Non capita tutti i giorni che un bell'uomo mi porti una rosa." Faith prese il fiore, afferrò la mano di Hunter e lo condusse in casa. Dopo aver messo la rosa in un vaso sottile, si voltò e inclinò la testa. "Vino? O è meglio andare al ristorante?"

Hunter lanciò un'occhiata alla bottiglia sul piano, dopodiché tornò a guardare lei con un'espressione amareggiata. "Per quanto mi piacerebbe restare qui e averti tutta per me, credo che probabilmente sia il caso di incamminarci verso il Cozy Cave." Le premette una mano sulla guancia, la fissò negli occhi e, con voce bassa e roca, disse: "Altrimenti, andrai a letto con la fame."

Il tono di voce dell'uomo le fece formicolare la pelle e lei fu tentata di mandare al diavolo la cena. Invece, gli rivolse un sorrisetto malizioso e disse: "Ne dubito, ma sarebbe un peccato perdersi la trota ripiena di granchio che la chef ha aggiunto ai piatti speciali."

"Conosci già i piatti speciali?" chiese ridacchiando Hunter.

Lei fece spallucce mentre lo prendeva per mano e lo accompagnava alla porta. "Katie, la chef, è venuta a farsi fare un massaggio alla spa questa mattina. Ho ricevuto una succosa soffiata."

Hunter premette una mano in fondo alla schiena di Faith mentre andavano al suo furgone. Era una piccola cosa, ma il suo tocco e la sua premura mentre le apriva la portiera la fecero sentire speciale, come se lei fosse davvero importante. E quando l'uomo salì sul furgone con lei, fu la cosa più naturale del mondo che le prendesse la mano e la tenesse fino al parcheggio di fronte al Cozy Cave.

Sebbene fosse palese a Faith che la loro reciproca attrazione era fortissima, la conversazione durante la cena si rivelò anch'essa sorprendentemente facile. Hunter la intrattenne con storie di un cliente che aveva un dinosauro gonfiabile a cui era molto affezionato e che si portava in giro per tutta la casa. Hunter lo aveva trovato seduto sul gabinetto, in piscina, persino con la testa che faceva capolino dal caminetto con un berretto da Babbo Natale. Lei gli parlò delle sue sorelle e della loro recente ossessione per le gare di auto da golf e lo fece piegare in due dalle risate quando descrisse il modo in cui Xena, il suo shih tzu di quattro chili, era riuscita a distruggere tre caricabatterie, mezza dozzina di scarpe, quattro cucce e il maglione preferito di Faith.

"Giuro che dev'essere il cane del demonio. L'ho portata a tutti i corsi nel giro di ottanta chilometri e lei è stata bocciata a tutti," disse Faith, sollevando le mani in un gesto di sconfitta.

"Ma tu le vuoi bene," disse Hunter con l'aria di chi la sapeva lunga.

Lei sospirò. "Assolutamente. Quando non mi sta distruggendo la casa, è la cosa più carina che esista. Ed è molto coccolona."

"Sei tu la cosa più carina che esista," disse lui, sorridendo.

Faith appoggiò un gomito sul tavolo e si mise il mento in mano. "Vai avanti."

Hunter rise e, all'arrivo del cameriere, ordinò caffè e la torta al cioccolato senza farina.

"Per me è lo stesso," disse Faith.

Hunter inarcò entrambe le sopracciglia. "Sono colpito. Non dividi il dolce."

"No. Dopo essere cresciuta con tre sorelle, ho imparato a prenderne una porzione tutta per me." Faith ammiccò e bevve un altro sorso di vino. "Non hai fratelli o sorelle?"

"No, sono figlio unico."

Quando l'uomo non aggiunse altre informazioni riguardo alla sua famiglia, lei si fece seria. "Mi hai detto di aver perso entrambi i genitori quando eri piccolo. Ti dispiace se ti chiedo dove sei finito? Dai tuoi nonni?"

Hunter prese la bottiglia di vino che avevano ordinato e riempì i bicchieri di entrambi. Dopo aver bevuto un paio di sorsi, disse: "No. Sono andato a vivere con mio zio e la sua ragazza." Fece una pausa e distolse lo sguardo prima di aggiungere: "Non erano esattamente il meglio che un bambino potesse volere."

A Faith dolette il cuore per il ragazzino che non solo aveva perso i genitori, ma che si era anche ritrovato in un ambiente ben poco affettuoso. "Mi dispiace. Non dobbiamo parlarne, se non vuoi."

"Non voglio," disse lui, accigliandosi. "Ma probabilmente, è meglio che tu sappia da dove vengo e in cosa ti stai ficcando prima che andiamo troppo in là."

"Vuoi che io sappia cosa mi attende?" chiese lei.

"Sì, diciamo così. Ti va?"

Faith incrociò lo sguardo turbato di Hunter, annuì e gli rivolse un sorriso di incoraggiamento. "Sì. Tu conosci già il mio passato; è giusto che io conosca il tuo."

"Va bene." Hunter si allungò e avvolse le dita attorno a quelle di Faith. "Da quello che ricordo, ho avuto dei genitori eccezionali. Erano amorevoli e mi hanno iscritto a ogni genere di cose, dal calcio alle lezioni di chitarra. Erano follemente innamorati l'uno dell'altra e del loro unico figlio."

"Suoni la chitarra?" chiese Faith. "Sai che è molto sexy, vero?"

L'uomo ridacchiò. "Mi dispiace deluderti, ma non tocco una chitarra dal mio nono compleanno."

"Accidenti, e io che avevo già in mente di diventare la presidente del tuo fan club," scherzò lei.

"La posizione è ancora vacante," disse Hunter con un barlume negli occhi.

"Lo terrò presente."

L'uomo tornò serio e le strinse le dita. "Quando sono andato a vivere con Mason e Gia, tutto è cambiato. Ti risparmio i dettagli, ma loro non erano buoni tutori. Erano entrambi tossicodipendenti."

Faith prese bruscamente fiato e spalancò gli occhi. "Sei cresciuto con dei tossici?"

Annuendo, Hunter disse: "È stato piuttosto brutto, Faith, ma se non altro avevo Craig e la sua famiglia."

"Vuoi dire il tuo amico che è appena scomparso?" chiese lei, che voleva assicurarsi di aver capito tutto.

"Sì. Era il mio migliore amico. Facevamo tutto insieme e io

trascorrevo parecchio tempo a casa sua. Sua madre era un angelo e senza di lei... beh, probabilmente non ce l'avrei fatta. Ma ce l'ho fatta e ho lasciato la casa di mio zio il giorno in cui ho compiuto diciott'anni."

"Dèi, Hunter. Mi dispiace tanto. Mi fa venire voglia di abbracciarti da piccolo e tenerti al sicuro."

"Puoi comunque abbracciarmi da grande," suggerì lui.

Faith rise. "Ci scommetto."

Il cameriere arrivò con i loro caffè e le torte. Faith mangiò due bocconi, chiuse gli occhi e gemette per il piacere.

"Continua così e ti trascino fuori in due secondi," la ammonì lui.

"Non oseresti." Faith prese un altro boccone in maniera spettacolare, atteggiandosi a un'espressione di pura estasi.

"Faith," mormorò Hunter.

Lei ridacchiò.

"Sei bellissima, lo sai?" chiese lui.

"Anche tu." Faith infilzò sulla forchetta un altro pezzo di cioccolato e aggiunse: "E anche Vivian."

Hunter posò la forchetta e si sporse in avanti, l'espressione nuovamente seria. "Ti ho già detto che non c'è nulla fra noi. Mi credi?"

Lei annuì. "Sì. Ma credo che lei voglia che ci sia qualcosa di più e questo mi rende un po' nervosa, dato che vive con te."

"Hai ragione," disse Hunter, stupendola ancora una volta con l'onestà con la quale approcciava la situazione. "Ti ho già detto che Craig era il mio migliore amico dai tempi dell'infanzia. Eravamo più fratelli che amici. Tu hai delle sorelle, per cui immagino che capisca quando ti dico che farei qualunque cosa per mio fratello, compreso prendermi cura di sua moglie e sua figlia."

"Cosa intendi esattamente con 'prendermi cura di sua moglie e sua figlia'?"

Hunter finì il caffè e disse: "Sai già che Zoey è la mia figlioccia."

"Me lo avevi detto."

"Ho intenzione di impegnarmi al massimo per fare per lei quello che avrebbe fatto Craig, per il resto della sua vita."

"E Vivian?" chiese Faith, sapendo già che la donna voleva più di quanto Hunter fosse disposto a darle. "Cosa succederà quando non otterrà quello che vuole?"

Hunter fece una smorfia. "Farà quello che farà. Crede di volere che io prenda il posto di Craig. Che diventi in un batter d'occhi suo marito e un padre per Zoey. Io sono più che disposto a farlo per quanto riguarda Zoey, ma quando si tratta di me e di Vivian, credo che lei sia semplicemente sconvolta dal lutto. Presto le passerà."

"Deve essere imbarazzante, considerato che vivete tutti nella stessa casa," disse Faith, a disagio per tutti con quella situazione.

Hunter la fissò dritto negli occhi mentre diceva: "Non sono assolutamente interessato a lei. Per noi sarà un problema se Vivian continua ad aggrapparsi alla speranza che prima o poi cambierò idea?"

Faith accentuò la presa sulla forchetta. Le dava fastidio che un'altra donna avesse preso di mira Hunter. Ma lui non aveva fatto nulla per indicare che non fosse meritevole di fiducia e l'istinto le diceva che l'uomo era sincero. "Non voglio mentire, Hunter. Mi dà fastidio. Lei vive sotto il tuo tetto e ora collabora con me. È complicato."

"Troppo complicato perché noi possiamo andare avanti?" chiese l'uomo.

Faith attese per un istante, quindi scosse la testa. Nulla le avrebbe impedito di approfondire qualunque cosa stesse succedendo fra di loro. “No. Ma non deludermi.”

“Non oserei.” Hunter le sollevò una mano e le baciò teneramente le dita. “Sei pronta ad andartene da qui?”

“Sì. Un'ultima cosa.” Sorridendo da un orecchio all'altro, Faith si allungò verso il piattino di Hunter e si ficcò in bocca quello che restava della sua torta.

CAPITOLO 16

Il mattino dopo, mentre entrava a casa di suo padre, Faith non riuscì a trattenere il sorriso sciocco che aveva sul viso. L'appuntamento con Hunter era stato perfetto. Avevano rivelato i loro segreti, avevano riso e avevano limonato come se non ci fosse un domani. Lei c'era arrivata vicina, ma alla fine non lo aveva invitato in casa. Avrebbe voluto. Accidenti, se avrebbe voluto. Ma quella relazione era intensa e lei temeva che, se avessero proceduto troppo in fretta, avrebbero preso fuoco in maniera spettacolare.

Hunter era stato riluttante ad andarsene quanto lei a rimandarlo a casa. Ma l'aveva baciata come si doveva, promettendo di richiamarla la sera dopo, e poi l'aveva lasciata con Xena ai suoi piedi, che le mordicchiava i lacci degli stivali.

"Papà!" chiamò Faith, girando per la casa. "Dove sei?"

Udì un suono sommesso provenire dalla stanza padronale e diede per scontato che suo padre stesse uscendo. Il bollitore sul fornello cominciò a fischiare e Faith andò in cucina per preparare una tazza di tè a entrambi. Cinque minuti dopo, quando suo padre non si era ancora fatto vedere, Faith prese entrambe le tazze e andò a mettersi accanto alla porta parzialmente aperta di suo padre.

"Papà? Il tè è pronto."

"Faith?" La voce dell'uomo era fioca e leggermente debole.

"Tutto a posto?"

"No," disse gemendo l'uomo.

Faith non esitò. Entrò nella stanza e si guardò attorno, cercando disperatamente suo padre con lo sguardo. "Papà, dove sei?"

Le parve di udire un grugnito e controllò nel bagno padronale. Lin non si vedeva da nessuna parte. "Papà!"

"Faith." Questa volta, lei colse la direzione da cui proveniva il suono e corse dall'altra parte del letto, trovando suo padre steso a terra con il piede a un'angolazione bizzarra. Lo stesso piede che si era lesionato quasi un anno prima.

"Papà! Oh, no, cos'è successo?" Faith posò le tazze sul comodino e si accovacciò accanto a lui.

"Credo di essere svenuto," disse l'uomo, fissandola. Il suo volto era così pallido che sembrava quasi grigio.

"Per tutte le scope di saggina," borbottò lei, allungandosi ad afferrarlo per le braccia e cercando di metterlo seduto. Ma non appena le sue mani toccarono la pelle di Lin, lei le ritrasse come se si fosse ustionata. I suoi occhi si riempirono di lacrime e, senza dire nulla a suo padre, Faith chiamò il 911.

L'operatrice rispose al primo squillo. "911, qual è la sua emergenza?"

Le parole di Faith erano attutite dai singhiozzi silenziosi che lei stava trattenendo. "Mio padre è svenuto. Si è slogato o fratturato una caviglia e sta molto male. Ha un tumore e credo abbia anche la polmonite."

L'operatrice confermò l'indirizzo e disse: "Sta arrivando un'unità. Ha bisogno che io resti al telefono con lei?"

"No, grazie," disse Faith. Ma quando chiuse la telefonata, rimpianse di non aver accettato l'offerta dell'operatrice. Premette una mano contro la fronte di suo padre e lui sussultò. "Troppo freddo?"

Lin le rivolse un minuscolo cenno del capo e Faith ebbe la sensazione che il cuore le sarebbe saltato fuori dal petto.

"Vado a prenderti una coperta," disse, non sapendo cos'altro potesse fare. Se avesse avuto il talento di Abby, avrebbe potuto preparare una pozione che avrebbe dato a suo padre quantomeno la forza per sedersi. Ma non lo aveva. Tutto ciò che era in grado di fare era percepire che c'era qualcosa di seriamente sbagliato in lui. Sbagliato al punto che, quando il medico avrebbe dato loro la notizia, sarebbe stato un colpo devastante.

Le sirene dell'ambulanza riempirono l'aria e Faith esalò il respiro che non si era nemmeno resa conto di aver trattenuto. Erano arrivati i soccorsi. Persone che avrebbero saputo cosa fare per suo padre.

Corse alla porta, la spalancò e diede ai soccorritori le indicazioni per la camera di Lin. "Pensa di essere svenuto. La sua caviglia è un disastro, ha un tumore e sono sicura al novantacinque per cento che abbia una polmonite."

"Sta tirando a indovinare o è magia?" chiese uno dei soccorritori.

"Sono una strega dell'acqua. Sono in grado di percepire se ci sono infezioni virali o batteriche in un corpo. La sua è una grave infezione batterica."

Mentre lei finiva di parlare, il corpo di Lin fu scosso da una serie di colpi di tosse che le gelarono il sangue. Suo padre era malato, molto malato, e Faith aveva paura.

"Grazie," disse il soccorritore, per poi inserire una flebo a suo padre. Qualche istante dopo, Lincoln Townsend era su una barella e lo stavano caricando sull'ambulanza. "Viene con noi?" chiese il soccorritore.

Lei annuì, saltò sull'ambulanza e chiamò Noel. Sua sorella rispose con un saluto secco, come se si aspettasse la sua telefonata. "Faith, non voglio vedere la mamma. Non mi interessa sentire quello che ha da dire. E poi, non c'è nulla che tu possa dire che mi possa far alzare dal divano."

"Noel," disse Faith con un singhiozzo soffocato. "Papà sta molto male. Siamo sull'ambulanza e stiamo andando all'ospedale. Puoi chiamare Abby e Yvette e dire loro di trovarci laggiù?"

La collera di Noel svanì mentre diceva: "Non preoccuparti, Faith. Ci penso io."

"Grazie," bisbigliò Faith, per non mettersi a singhiozzare di fronte a suo padre.

"Eh, Faith?" disse Noel. "Sto arrivando, tesoro."

FAITH CAMMINAVA AVANTI e indietro per il corridoio sterile dell'ospedale, le viscere annodate. Non riusciva a scrollarsi di dosso le sensazioni che aveva provato quando aveva toccato la pelle di suo padre. Il male di Lin si era presentato a lei sotto forma di una sfilza di emozioni sconvolgenti. Terrore, agitazione e disagio le erano penetrati fin nelle ossa. E poi, il senso di colpa per non poterci fare nulla. Lei era in grado di alleviare la sofferenza dei muscoli strappati o affaticati, ma era impotente contro le infezioni.

"Faith?" Noel corse da lei, la bocca serrata in una linea cupa. "Che succede?"

Afferrata sua sorella, Faith la abbracciò, stringendola per un lungo istante. "La guaritrice dell'ospedale è con lui. Ho chiamato gli Whipple. Martin sta arrivando."

Martin Whipple era stato il guaritore principale di Lin negli ultimi quindici anni. Lo avrebbe preso in cura dopo la valutazione iniziale. "E la sua oncologa?"

"Dicono di averla chiamata, ma io non l'ho ancora vista."

Noel trasse un respiro profondo e annuì. "D'accordo. Abby e Yvette stanno arrivando." Poi aggiunse: "Deve smetterla di fare così. Il mio cuore non ce la fa." Si riferiva a quell'occasione in cui loro padre era svenuto, qualche mese prima, a causa della disidratazione. Ma Faith sapeva che questa volta la situazione era molto più grave.

Faith fissò le doppie porte, esprimendo il desiderio che la guaritrice facesse ritorno. L'attesa la stava uccidendo.

"Dai," disse Noel, trascinando Faith lungo il corridoio. "Andiamo in sala d'attesa. Chiederò all'infermiera quanto ci vorrà prima di avere notizie."

Faith era troppo stordita per protestare. Suo padre, l'unica persona che le aveva sempre dato un sostegno incondizionato, stava molto male. Al punto da spaventarla. Faith era profondamente sconvolta. Era stata coraggiosa durante la chemioterapia, credendo che suo padre fosse abbastanza forte per sconfiggere il male. Lin aveva fatto buon viso a cattiva sorte ed era stato una roccia durante tutto l'ultimo anno. Ma trovarlo privo di conoscenza e avere per la prima volta la sensazione di quanto stava male la costringeva a prendere in considerazione la possibilità di perderlo.

Gli occhi le si riempirono di lacrime e il fiato le si mozzò su un singhiozzo silenzioso, facendole tremare tutto il corpo.

"Oh, Faith," bisbigliò Noel, per poi attirare con delicatezza sua sorella sul duro divano blu.

Faith si sedette accanto a lei, i gomiti sulle ginocchia e il volto nascosto fra le mani. "Mi dispiace," singhiozzò. "È solo che… quando l'ho toccato…"

Noel non disse nulla quando Faith non riuscì a pronunciare il resto delle parole. Non ne aveva bisogno. Tutte le sue sorelle conoscevano bene il dono di Faith, il suo potere e i limiti dello stesso. Noel accarezzò la schiena di sua sorella e bisbigliò: "Se la caverà. Deve."

"Perché?" chiese Faith, lanciandole un'occhiata di sottecchi.

Noel si premette un palmo sull'addome. "Si arrabbierà molto se non riuscirà a incontrare il suo prossimo nipote."

Faith spalancò gli occhi, ammutolita dallo shock. Il suo sguardo si posò sul ventre ancora piatto di sua sorella. Poi, le sue labbra si curvarono in un sorrisetto. "Non sapevo che tu e Andrew ci steste provando."

Noel ridacchiò. "Non direi che stessimo provando, ma non facevamo nemmeno nulla che potesse impedirlo."

Un filo di gioia cominciò a diffondersi attraverso l'ansia di Faith e lei passò un braccio attorno a sua sorella, stringendola. "Buona dea, Noel." Gli occhi di Faith si velarono di lacrime di gioia. "È un'ottima notizia. Sono felice per te. Daisy lo sa?"

Sua sorella scosse la testa. "Non ancora. Volevamo aspettare fino a dopo il matrimonio, ma voglio dirlo subito a papà. Mi sembra il momento giusto per vuotare il sacco."

"Ma certo." Faith si sentiva il cuore più leggero grazie alla notizia di sua sorella. Lei e Drew erano già dei genitori fantastici per la figlia di Noel, nata dal suo primo matrimonio. Faith era al settimo cielo al pensiero che la loro piccola famiglia si sarebbe allargata. "Sarà felicissima. Quasi quanto lo sono io di diventare di nuovo zia."

Noel le rivolse un sorriso sommesso. "Ne abbiamo di nipoti, eh?"

"Con il tuo, fanno quattro. Magari, questa volta avremo un

maschio." Un dolore sordo si formò nel ventre di Faith. Adorava le sue tre nipoti ed era davvero felice per Noel, ma non riusciva a non chiedersi quando sarebbe venuto il suo turno di diventare madre. Non aveva fretta, ma di certo le sarebbe piaciuto che all'orizzonte ci fosse più che una vaga speranza.

"Non so se sapremo cosa farcene di un maschio," disse ridendo Noel. "Il cromosoma X sembra scorrere potente nella nostra famiglia."

Aveva ragione, anche se due delle nipoti di Faith erano arrivate nella sua vita attraverso matrimoni precedenti. Tecnicamente, Olive e Skye erano solo parenti acquisite, ma nessuno le vedeva in quel modo. Una volta che qualcuno veniva accettato all'interno della famiglia Townsend, non si poteva tornare indietro.

"Noel! Faith!" esclamò Abby, seguita da vicino da Yvette. "Cos'è successo?"

Faith le informò, facendo del suo meglio per trattenere le lacrime. Il terrore che aveva vissuto nel momento in cui aveva toccato suo padre pulsava ancora dentro di lei e Faith era sicura che non sarebbe andato da nessuna parte fino a quando lei non avrebbe avuto la certezza che papà stesse migliorando.

"Yvette Townsend?" chiamò una donna che indossava un camice bianco. Aveva un portablocco in una mano e una penna nell'altra.

"Sì?" chiese la più anziana delle sorelle Townsend, alzandosi in piedi.

"Signorina Townsend." La donna tese la mano. "Sono la guaritrice Ricci. Ho un aggiornamento sulle condizioni di suo padre."

"Oh, grazie alla dea." Yvette accennò a Faith, Noel ed Abby.

"Loro sono le mie sorelle. Siamo ansiose di sentire quello che ha da dirci."

"Sediamoci," disse la donna con un sorriso gentile.

Faith la osservò, chiedendosi se il suo fosse un sorriso rassicurante o solidale. Non riusciva a capire. "Come sta? Ha una polmonite?" chiese di getto Faith.

La donna rivolse su di lei lo sguardo dei suoi brillanti occhi verdi. "È stabile. Era disidratato e faticava a respirare. Gli abbiamo messo una flebo salina e lo terremo attaccato all'ossigeno fino a quando la saturazione non migliorerà. Inoltre, abbiamo iniziato a somministrargli un potente antibiotico per combattere l'infezione."

"Dunque è davvero polmonite," disse Noel, sporgendosi in avanti.

"Non lo sappiamo ancora per certo," disse la guaritrice. "Ma è molto probabile. Abbiamo inviato un campione in laboratorio; lo sapremo fra qualche ora. In ogni caso, il trattamento è sempre lo stesso: antibiotici, fluidi e riposo in abbondanza."

"E il tumore?" chiese Abby, portandosi una mano alla gola. "È peggiorato? È quella la causa dell'infezione?"

"L'oncologa di vostro padre ha ordinato degli esami," disse la guaritrice. "Ma non c'è motivo di pensare che il tumore abbia qualcosa a che vedere con questa situazione. È molto probabile che il sistema immunitario di vostro padre non sia riuscito a combattere l'infezione per via della chemioterapia."

"Dunque è colpa del tumore, almeno indirettamente," disse Noel.

"È possibile." La guaritrice si alzò. "Ma tenete presente che le infezioni batteriche capitano molto spesso e vengono sconfitte altrettanto spesso. Ora come ora, l'unica cosa da fare è aspettare."

"Lui è sveglio? Possiamo vederlo?" chiese Faith.

"Probabilmente sta riposando, ma non appena l'oncologa avrà finito, i parenti più prossimi potranno fargli visita." La guaritrice fece un breve cenno del capo, girò sui tacchi e svanì in fondo al corridoio.

"Vado a prendere il caffè," disse Noel.

"Vengo con te," disse Yvette.

"Abby, Faith?" chiese Noel.

Abby scosse la testa e si lasciò ricadere su una delle sedie.

"Per me niente." Faith si recò alla postazione dell'infermiera. "Può dirmi quando potrò entrare da mio padre?"

L'infermiera registrò alcune informazioni e sparì. Qualche momento dopo, al suo ritorno, disse: "Adesso potete entrare."

Faith rivolse un cenno a Abby e, tenendosi per mano, le due donne entrarono nella stanza di suo padre.

Lincoln Townsend era attaccato a rumorose macchine e un paio di flebo, e aveva gli occhi chiusi.

"Sembra minuscolo," disse Abby. "Come se potesse svanire in un momento."

Il dolore sordo nella sua voce era uguale a quello che Faith provava da quando aveva trovato suo padre, qualche ora prima, e in qualche modo, ciò la faceva sentire meno sola. "Se la caverà benissimo," insistette Faith. "Guarda, le sue guance hanno già ripreso colore."

Abby si avvicinò al letto e prese la mano di Lin. Chinandosi, lo baciò sulla guancia. "Ehi, papi," mormorò. "Sai, se volevi fare una vacanza, saremmo potuti andare in spiaggia."

Faith ridacchiò. Era tipico di Abby cercare di alleggerire la situazione. Si spostò sull'altro lato del letto di Lin, ma non gli prese la mano. Non era ancora pronta a ciò che avrebbe potuto sentire quando lo avrebbe toccato. Per il momento, era sufficiente che suo padre avesse ripreso colorito.

"Sapete che non mi piacciono le mezze misure," bisbigliò Lin, le parole a malapena udibili.

"Questa era buona, papà," mormorò Abby. "Hai fatto prendere un colpo a Faith. Lo sai, vero?"

"Faith?" chiese Lin, che sembrava confuso.

"Sono qui, papà," disse Faith.

Lin voltò la testa di qualche centimetro verso destra e sbatté le palpebre. "Mi dispiace, tesoro."

"Non devi scusarti," disse lei, sapendo che Lin si riferiva a quando lei lo aveva trovato nella camera da letto. "Per fortuna c'ero io, eh?"

Lin chiuse gli occhi e lei vide le sue dita stringersi attorno a quelle di Abby. Il respiro dell'uomo si fece regolare, a indicare che si era già riaddormentato. Faith incrociò lo sguardo di sua sorella e notò le lacrime che scorrevano silenziose.

Abby si asciugò il viso con il dorso della mano e si alzò. "Devo chiamare Clay. Torno subito."

Faith guardò sua sorella uscire, quindi prese posto accanto a suo padre. Gli fissò la mano, frenata dalla paura e dall'ansia. Ma quello era l'unico modo per sapere se papà stava meglio, se le cure funzionavano. Faith pronunciò una preghiera silenziosa agli dèi e si allungò verso la mano di Lin.

Avvolse le dita attorno a quelle di suo padre e trattenne il fiato. Il terrore, l'agitazione e il disagio tornarono prepotentemente. Faith rimase immobile, i piedi inchiodati al pavimento, ordinando alle emozioni di riversarsi dentro di lei, pregando che, se le avesse prese per sé, in qualche modo suo padre non sarebbe stato costretto a sopportare il grosso del male. Era un tentativo futile. Lei non credeva davvero che la sua magia potesse alleviare la sofferenza di papà, ma aveva la sensazione che, se fosse in qualche modo riuscita ad addossarsi quel peso, lui avrebbe avuto più forza per combattere l'infezione.

Le lacrime le scorsero fuori controllo sulle guance mentre il dolore la percorreva. Non sapeva quanto a lungo fosse rimasta lì, stringendosi con entrambe le mani. Non poteva succedere davvero. Non potevano perdere Lincoln Townsend, il patriarca della famiglia, un pilastro di Keating Hollow e l'uomo migliore che lei avesse mai conosciuto.

Mentre papà dormiva, lei si portò la sua mano alle labbra e gli baciò le dita. "Ti voglio bene, papà," disse Faith, la voce rotta dall'emozione. "Riprenditi. Abbiamo bisogno di te."

Poi, Faith abbassò la testa e si concesse di piangere.

La porta si aprì e lei udì un leggero rumore di passi alle sue spalle, ma non sollevò lo sguardo. Non poteva. L'unica cosa importante era tenersi aggrappata a suo padre e non lasciarlo andare.

"Faith," disse Yvette, appoggiando le mani sulle spalle di Faith. "Dai, tesoro. Va tutto bene. Devi mollare la presa."

"Non posso," disse lei, scuotendo la testa. "Devo sopportare il dolore per lui."

"Faith." La voce di sua sorella si ruppe. Poi, Yvette ritentò. "C'è qui il guaritore Whipple. Deve visitare papà. Dobbiamo uscire per un minuto."

Faith sollevò lo sguardo e attraverso la vista sfocata, vide Martin.

L'uomo le stava rivolgendo un sorriso gentile mentre si allungava e dava un colpetto alla mano che ancora stringeva quella di Lin. "Lui sa che sei qui, Faith. Sa che gli stai prestando la tua forza. Per il momento, è sufficiente."

Yvette la allontanò delicatamente. "Dai, Faith. Ti abbiamo preso del tè e c'è qualcuno che ti sta aspettando."

"Non voglio vedere nessuno," disse Faith, che tuttavia posò la mano di suo padre sul letto e lasciò che Yvette la conducesse verso la porta.

"Fidati di me, tesoro. Credo che lui tu voglia vederlo."

Faith non riusciva a immaginare chi fosse quella persona, ma non gliene importava nemmeno. L'unico posto in cui voleva essere era accanto al capezzale di suo padre, in attesa che lui brontolasse per essere bloccato in ospedale quando aveva del lavoro da fare al frutteto. Ma quando Yvette la trascinò lungo il corridoio, lei lo vide lì, che aspettava.

Il suo cuore si riempì di amore, gratitudine e qualcosa di molto simile al sollievo.

Hunter spalancò le braccia e lei gli ricadde addosso, aggrappandovisi con tutta se stessa.

CAPITOLO 17

Non c'era voluto molto perché in paese si diffondesse la notizia che Lin Townsend era stato portato d'urgenza in ospedale. Hunter era passato a prendere un caffè all'Incantation Café e ancora prima di mettersi in fila, aveva sentito Rhys dire a Hanna che Clay lo aveva chiamato per dargli la notizia.

Hunter si era girato, era saltato sul furgone ed era corso in ospedale. Era stato da Lin il giorno prima, a lavorare sul vecchio fienile, e sapeva che l'uomo, pur non sentendosi in piena forma, era uscito lo stesso con l'auto da golf, a controllare il frutteto come faceva tutti i giorni. Hunter lo aveva sentito tossire e gli aveva detto che si sarebbe occupato lui di qualunque cosa fosse necessaria, ma Lin lo aveva liquidato, sostenendo di stare bene. Hunter gli aveva creduto.

Ora era palese che Lin si era sforzato troppo e Hunter si stava prendendo a calci per non essersene accorto. Alla vista del volto macchiato di lacrime di Faith, gli era parso di aver ricevuto un pugno nello stomaco. Yvette teneva la sorella per le spalle e sembrava che fosse lei a sostenerla mentre la indirizzava lungo il corridoio.

Poi Faith sollevò la testa e lo vide e un istante dopo era fra le sue braccia, aggrappandosi a lui con tutto quello che aveva.

"Ciao," bisbigliò Hunter, lisciandole i capelli con una mano. "Se la caverà."

Lei non disse nulla; si limitò ad accentuare la presa.

Hunter rimase dov'era a lungo, stringendola, essendo la forza stabilizzatrice di cui lei aveva bisogno in quel momento. Alla fine, lei si staccò e sollevò lo sguardo. Aveva gli occhi rossi, ma asciutti, ora.

"Grazie," disse, la voce un roco sussurro.

"Non hai nulla di cui ringraziarmi," disse lui, ed era sincero. Non avrebbe voluto essere altrove. Sapeva com'era perdere una persona cara e pregava che Faith non avrebbe dovuto vivere un simile dramma nel futuro prossimo.

"Sei troppo gentile." Faith non lo lasciò andare, ma allentò la presa quanto bastava per guardarsi attorno nella sala d'attesa. "Dove sono finite le mie sorelle?"

"Yvette e Noel sono con tuo padre. Abby è con Clay." Hunter le aveva viste muoversi per l'ospedale mentre stringeva Faith. "Probabilmente, dovresti mangiare e bere qualcosa."

"Non ho fame," disse lei, che già adocchiava la stanza del padre.

"Lo so, ma devi mangiare qualcosa." Hunter le rivolse un sorriso di solidarietà. "Se me lo permetti, posso salvarti dal cibo dell'ospedale. Oppure, se continui a opporre resistenza, è probabile che una delle tue sorelle ti costringerà a mangiare il piatto speciale con tacchino dell'ospedale."

Faith fece una smorfia e scosse la testa. "Il piatto speciale con tacchino? Dimmi che te lo sei inventato."

"Negativo. Esiste davvero. Ma dall'altra parte della strada c'è una gastronomia. Che ne dici?"

"D'accordo. Fammi strada."

"Ottima scelta." Hunter la prese per mano e insieme uscirono dall'ospedale. Hunter non riusciva a ricordare di essersi mai sentito così protettivo nei confronti di una persona, tranne che con Zoey, e si rese conto che, sebbene fossero usciti solo una volta, se Faith l'avesse permesso, lui non l'avrebbe mai abbandonata. Quel pensiero avrebbe dovuto spaventarlo, e invece lui si sentiva felice e soddisfatto, come se avesse appena trovato la persona che aveva cercato per tutta la vita.

FAITH NON SAPEVA cosa ci fosse in Hunter, ma quell'uomo la faceva sentire meglio con la sua sola presenza. Si era sentita svuotata e sicuramente aveva esagerato quando aveva lasciato che gli effetti del malore di suo padre si riversassero dentro di lei, ma una volta fra le braccia di Hunter, le era parso di rilasciare tutta quella sofferenza e quella tensione nell'universo. E sebbene fosse ancora preoccupata e ansiosa di rivedere suo padre, sapeva di aver bisogno di quella pausa e del cibo che Hunter l'aveva praticamente costretta a ordinare.

"Hai bisogno di carburante, Faith," disse lui. "Soprattutto se vuoi accamparti fuori dall'ospedale giorno e notte."

"Cosa ti fa pensare che io abbia intenzione di trascorrere la notte in ospedale?" chiese lei, per poi dare un morso al suo panino con insalata di granchio.

Hunter la guardò con aria poco fiduciosa.

Lei non riuscì a trattenere la risatina che le sfuggì dalle

labbra. "Va bene, hai ragione. Non ho intenzione di tornare a casa prima di avere la certezza che lui stia bene."

"Come immaginavo." Hunter si infilò una patina in bocca e gliene offrì alcune.

"Grazie." Faith mangiò due patatine e si fermò. Aveva ancora più di mezzo panino e un sacchetto di chips. "Credo di essere sazia."

Hunter lanciò un'occhiata al cibo che lei non aveva mangiato, ma non fece commenti. Si limitò a incartarle il panino e a rimetterlo nel sacchetto. "Puoi mangiarlo dopo, al posto del tacchino." Hunter fece per alzarsi da tavola, ma quando Faith non si mosse, tornò a sedersi. "Cosa c'è?"

"Perché sei venuto?" chiese Faith, guardandolo con gli occhi stretti. Non che non lo volesse lì. Lo voleva. Più di ogni altra cosa. Ed era quello il problema. Non era abituata a fare affidamento su un uomo che non fosse suo padre. Se Hunter era lì solo per un senso di obbligo nei suoi confronti o in quelli di Lin, poiché lavorava per loro, lei aveva bisogno di saperlo prima di lasciarsi trasportare.

"Non è chiaro?" chiese lui, guardandola così intensamente da darle la sensazione che la stesse fissando nell'anima.

"No," disse Faith, cercando di trattenersi dall'incrociare le braccia per sentirsi meno esposta.

Hunter le prese la mano e ne baciò il palmo. "Perché, Faith, è questo che fanno le persone quando i loro cari hanno bisogno di sostegno."

"Io sono uno dei tuoi cari?" chiese lei. Non era stupita, ma voleva sentirgli pronunciare di nuovo quelle parole.

"Credo che tu conosca già la risposta, ma in caso contrario, eccola... Mi sto innamorando di te, Faith. Non potrei starti lontano mentre soffri più di quanto avrei potuto farlo con

Zoey mentre il suo papà lottava per sopravvivere. Ecco quanto mi sei cara."

Le lacrime minacciarono di farle bruciare nuovamente gli occhi, ma lei le scacciò. Ne aveva già versate abbastanza. "Grazie. È bello averti qui."

"Vuoi parlarne?"

Lei fece spallucce. "Cosa c'è da dire? Mio padre sta male e tutti dicono che stanno facendo il possibile, ma io so che il trattamento non funziona, non ancora almeno. E sono furiosa perché non posso fare nulla per aiutarlo."

"Ma certo che lo stai aiutando. Il solo fatto di averti qui gli dà forza."

Lei si chiese per un attimo se loro si fossero detti la stessa cosa mentre aspettavano che Craig si svegliasse. Ma tenne per sé quel pensiero e sospirò. "Voglio dire che le mie mani sono inutili. Non posso eliminare l'infezione allo stesso modo in cui posso accelerare la guarigione dei muscoli doloranti."

"Capisco." Hunter le sollevò una mano e passò delicatamente un dito sulle linee del palmo. "Le tue mani sono magiche, Faith. La gente di Keating Hollow è fortunatissima ad averti, ma se ce l'hai con te stessa perché non puoi guarire tuo padre, ti stai facendo troppa pressione. Persino i guaritori non sono in grado di fare quello che suggerisci."

Faith sapeva che lui aveva ragione. I guaritori stavano riempiendo suo padre di pozioni antibiotiche e sostanze energizzanti. Senza dubbio, avrebbero chiamato dei guaritori in grado di imporre le mani, ma solo una volta che Lin avesse riacquisito forze, una volta che il suo corpo avrebbe avuto l'energia per aiutarsi da solo. "Lo so. È solo che... Non ce la faccio a vederlo così malato. Lui è l'anima della nostra famiglia, Hunter. Se dovesse..." Faith scosse la testa. "Non possiamo perderlo."

"Non lo perderete." La voce di Hunter era forte e sicura e le sue parole furono come un balsamo per il cuore dolorante di Faith. L'uomo si alzò e lei lo imitò. "Vediamo come sta."

"Hunter?" Lui si allungò e afferrò il sacchetto che conteneva il panino mangiato a metà. "Sì?"

"Sono felice che tu sia qui." Faith si sporse a baciarlo. Le labbra di Hunter erano calde e morbide ed erano esattamente quello di cui lei aveva bisogno. Quando Faith si staccò, gli sorrise. "E grazie per aver fatto finta che io non sia un disastro."

"Vedo solo una donna bellissima che non ha paura di mostrare le sue emozioni." Hunter la attirò in avanti e disse: "Andiamo prima che quel tizio cerchi di portarti via da me."

Faith lanciò un'occhiata all'individuo stempiato che stava affettando del formaggio. Costui la stava fissando con gli occhi spalancati e colmi di interesse. Faith sorrise ad Hunter. "Credo che potresti vincere in una rissa."

"Può darsi, ma non ho idea di che tipo di magia lui nasconda."

Faith rise e lo seguì fuori dalla gastronomia e di nuovo in ospedale.

Non ci volle molto prima di capire che qualcosa andava seriamente male. Non appena loro arrivarono in sala d'attesa, trovarono una tensione così densa che a Faith cominciò a venire l'orticaria. Yvette era in piedi vicino alla finestra, che fissava il parcheggio, mentre Abby stava scrivendo al cellulare a velocità smodata. Noel stava parlando con l'infermiera, il corpo che tremava per quella che Faith pensò dovesse essere rabbia.

"Che succede?" chiese Faith.

Abby sollevò lo sguardo dal telefono e lanciò un'occhiata eloquente a una donna seduta dall'altra parte della stanza.

Costei aveva i capelli biondo miele arricciati, che incorniciavano un volto familiare.

Faith emise un piccolo sussulto e avrebbe potuto giurare di aver sentito Hunter imprecare sottovoce, ma era troppo concentrata sulla donna che la fissava a sua volta. "Mamma?"

Gabrielle si alzò lentamente dalla sedia. Era magra, forse troppo, e sebbene si fosse palesemente presa la briga di acconciarsi i capelli, la sua chioma aveva disperatamente bisogno di un taglio e di una tintura. Ma era il suo sguardo a tormentare Faith. Era triste, con un tocco di stanchezza; il segno di una donna con un milione di rimpianti.

"Lei non dovrebbe stare qui," esclamò Noel. "Non riesco a credere che si sia presentata come se niente fosse dopo tutti questi anni." Si rivolse a Gabrielle. "Non sei la benvenuta."

"Noel, per favore," implorò Abby. "Non è il momento."

"No, infatti. Nostro padre sta male e non abbiamo il tempo per fare contenta lei." Noel riportò di scatto l'attenzione all'infermiera. "Lei non può vedere Lincoln Townsend, capito? Lui non vuole avere nulla a che fare con lei."

"Non puoi saperlo," disse Abby.

"Probabilmente, Noel ha ragione," disse Yvette, voltandosi finalmente a fissare la loro madre. "Dovremmo almeno aspettare che sia cosciente e chiederglielo."

"Noi non permettiamo l'ingresso a nessuno che non sia un parente stretto," disse l'infermiera. "Non dovete preoccuparvi."

"Sono la moglie," disse Gabrielle.

Tutti si voltarono a fissarla. Faith non riusciva a credere che quella donna avesse il fegato di rivendicare chissà quale privilegio coniugale dopo tutti gli anni che aveva trascorso lontana. E mentre stava lì a fissare la donna che aveva trascorso la maggior parte della vita a desiderare di rivedere,

Faith non provava nulla. Non rabbia, non rammarico e di certo non gioia. Era indifferente e ciò la intristiva.

"L'ex-moglie," ribatté Noel. "Ex. Papà ha denunciato l'abbandono del tetto coniugale più di quindici anni fa. Non puoi rientrare nella nostra vita, nelle nostre vite, e fingere che non sia successo nulla." Indicò l'uscita. "Dovresti andartene."

Gabrielle passò lo sguardo nella stanza, sulle sue quattro figlie, e Faith distolse il proprio. Non sopportava il tormento negli occhi di sua madre. Non in quel momento. Non quando tutte le sue energie erano concentrate su suo padre che giaceva in un letto d'ospedale.

"Capisco," mormorò Gabrielle. "Non volevo intromettermi. È solo che..." Scosse la testa. "Spero che Lin stia bene." Ciò detto, corse fuori dalla sala d'attesa.

Abby emise un flebile singhiozzo e, un attimo dopo, le corse dietro.

Faith, Yvette e Noel fissarono in silenzio la direzione in cui le due si erano allontanate. Poi Yvette sospirò e seguì Abby.

"E tu?" chiese Noel a Faith. "Vuoi permetterle di rientrare nella tua vita come se nulla fosse accaduto?"

Faith non apprezzava l'aggressione verbale da parte di sua sorella, ma sapeva da dove proveniva quella rabbia e la perdonò immediatamente. "No. Non credo," disse Faith. "Non ne ho la forza."

Noel chiuse gli occhi e annuì. Poi si rivolse all'infermiera e disse: "Mi dispiace. Non avevo idea che sarebbe venuta."

"Nessun problema, cara," disse l'infermiera. "Sono tutte cose già viste per noi."

"Ti senti bene?" le bisbigliò Hunter nell'orecchio.

Le si voltò e gli premette una mano sul petto. "Per quanto possibile."

Lui la fissò, all'apparenza scrutandole il viso alla ricerca di qualunque forma di turbamento emotivo.

"Lo giuro. Sto bene. Non ho la forza emotiva di pensare a lei, in questo momento. È stato strano vederla, ma non ho provato... nulla. Forse ho eliminato tutto l'altro giorno, quando ho parlato con lei."

Hunter le scostò una ciocca di capelli dagli occhi. Il suo tocco era così dolce che lei avrebbe voluto che non smettesse mai. Ma poi, l'uomo lasciò ricadere la mano e si tirò indietro. "Devo fare una cosa. Pensi di riuscire a cavartela?"

"Certo," disse lei, accigliandosi. "Non dirmi che devi lavorare a casa di mio padre o alla spa, perché–"

"Non è quello," disse lui, interrompendola. "Devo solo fare una telefonata. Torno subito."

Giusto. Probabilmente, doveva chiamare Vivian. Il pensiero le diede fastidio. Se non c'era nulla fra di loro, perché Hunter doveva sentirla? Si vergognò immediatamente. Probabilmente, c'entrava qualcosa Zoey. Hunter le aveva già detto che aveva intenzione di assumere il ruolo che sarebbe spettato a Craig. Aveva senso che comunicasse con Vivian. "Certo. Grazie per essere passato. Averti qui ha fatto davvero la differenza."

Hunter le rivolse un'occhiata perplessa. "Cosa ti fa pensare che stia per andarmene?"

"Ecco..."

Lui ridacchiò. "Faith, sono contento di aver fatto la differenza, ma non vado da nessuna parte. Devo solo sistemare una cosa. Ci ritroviamo qui, va bene?"

"Va bene."

Lei gli rivolse un sorriso timido. "Scusa. È stata una giornataccia."

"Lo so." Hunter si chinò, la baciò e se ne andò.

Faith si lasciò cadere su una delle sedie, improvvisamente esausta.

"Questa è una novità," disse Noel, prendendo posto accanto a lei.

"Già." Faith sospirò. "Ieri sera abbiamo fatto la nostra prima uscita ufficiale."

Noel passò un dito sulla guancia di Faith. "È per questo che hai il segno della barba?"

Faith si ritrasse di scatto. "Non ho nessun segno!"

"Come no, sorellina," disse ridendo Noel. Poi si voltò e la guardò. "Per la cronaca, ti sta bene."

Faith levò gli occhi al cielo. "Smettila. Sei imbarazzante."

"È a questo che servono le sorelle maggiori."

"Fidati, lo so." In quanto più piccola della famiglia, Faith era stata spietatamente presa in giro dalle sorelle per tutta la vita. Ma aveva anche goduto di tre sorelle maggiori che l'avevano difesa altrettanto spesso. Lanciò un'occhiata al corridoio che portava alla stanza di suo padre. "Sei andata a trovarlo di recente?"

"Solo qualche minuto prima che arrivasse Gabrielle. Gli hanno dato un sedativo per aiutarlo a dormire."

Faith non mancò di notare che Noel chiamava la loro madre con il nome di battesimo. Lei non era nemmeno pronta a parlarci, figurarsi a chiamarla "mamma". "Perché il sedativo? Dormiva da solo quando siamo stati da lui prima."

"La febbre lo rendeva irrequieto. Martin ha detto che, quando gli antibiotici cominceranno a fare effetto, gli incubi cesseranno."

Faith si alzò con l'intento di rientrare nella camera di suo padre, di sedersi accanto a lui mentre dormiva, ma uno sbadiglio gigante la colse e la sua vista cominciò ad appannarsi.

Abbassò lo sguardo su Noel. "Mi sa che mi prendo un caffè. Tu ne hai bisogno?"

Noel si portò due dita alla tempia e disse: "Sì. Grande. Nero."

"Capito." Faith si incamminò lungo il corridoio dell'ospedale, alla ricerca della mensa. Non sapendo dove andare, prese due svolte sbagliate prima di tornare indietro e ritrovarsi in una zona dell'ospedale a lei sconosciuta. Dopo aver consultato una mappa appesa alla parete, uscì dalle porte a vetri, con l'intento di attraversare il campus, e si fermò di colpo.

Sulla destra, vicino a una macchia d'alberi, vide sua madre e Hunter. Hunter era teso dalla testa ai piedi e aveva le mani chiuse a pugno. La sua rabbia era inconfondibile. Ma a cosa era dovuta? Al fatto che Gabrielle avesse interferito con lei e con la sua famiglia? Faith fece per incamminarsi verso di loro, ma si immobilizzò di nuovo quando sua madre alzò la voce e gli puntò un dito contro.

"E tu, Hunter?" disse Gabrielle, la voce che si diffondeva nell'aria decembrina. "Sei stato onesto con lei? Hai detto a Faith che sono stata io a crescerti e che hai sempre saputo dov'ero? E Zoey? Lei sa chi è il suo vero padre? Non parlarmi di onestà. Tutti abbiamo i nostri segreti. Quando tutti i tuoi scheletri saranno fuori dall'armadio, forse potrai permetterti di rimproverarmi. Fino ad allora, stai al tuo posto."

Un brivido di freddo percorse Faith mentre aspettava che Hunter contraddicesse sua madre. Che negasse le sue accuse. Ma lui non lo fece. Invece, disse: "Glielo dirò a suo tempo."

Glielo dirò a suo tempo. Le parole riecheggiarono nella testa di Faith. Hunter non aveva negato nulla. Le affermazioni di Gabrielle erano vere. Gabrielle aveva cresciuto Hunter? Ma lui non aveva detto di aver vissuto con lo zio e la ragazza dello zio,

Gia? *Gia* era un diminutivo di Gabrielle. E che dire di Zoey? La madre di Faith aveva per caso insinuato che Zoey era in realtà figlia di Hunter piuttosto che di Craig?

Sì, e Hunter non aveva negato nulla.

Le aveva mentito per tutto il tempo. Faith si sentì anestetizzata dalla testa ai piedi mentre si voltava in tutta calma e rientrava nell'ospedale.

CAPITOLO 18

Hunter ribolliva mentre camminava per il campus dell'ospedale nel tentativo di sfogare in parte la rabbia. Non riusciva a credere che Gia si fosse presentata senza preavviso all'ospedale. Lui si rendeva conto che la donna era stata invitata a Keating Hollow per incontrare le figlie, ma ciò era accaduto prima che Lin venisse portato d'urgenza in pronto soccorso.

Non gli importava quanto Gia fosse preoccupata per Lin o per le figlie. Non era il momento per le sue stronzate. E peggio ancora, quando lui l'aveva sorpresa a parlare con Abby e Yvette, lei non era stata sincera riguardo a dove era stata. Hunter l'aveva sentita parlare di Tucson, in Arizona, come se lei non avesse invece vissuto a poche ore di auto. Dopo che Abby e Yvette erano rientrate, lui aveva preso Gia per un braccio e le aveva detto senza mezzi termini che non le avrebbe permesso di mentire alla propria famiglia. Se lei era decisa a ristabilire i contatti con loro, loro meritavano di conoscere la verità.

Era stato in quel momento che Gia aveva contrattaccato

nell'unico modo possibile, accusandolo di aver mentito a Faith. Non era vero. Perlomeno, non per quanto riguardava il suo rapporto con Gia. Non aveva forse appena scoperto lui stesso la vera identità della donna? Era stata sua intenzione permettere che fosse Gia a parlare a Faith e alle sorelle del suo passato. Ma se la donna aveva intenzione di mentire, lui non aveva scelta. Non era il genere d'uomo che teneva segreti alle persone a cui voleva bene.

Per quanto riguardava Zoey... beh, Zoey non conosceva la verità. E fino a quando non l'avrebbe saputa, Hunter non avrebbe detto a nessun altro di essere il suo padre biologico. Glielo avrebbe raccontato al momento giusto. Fino a quel momento, non era affare di altri... nemmeno di Gia. Lei lo sapeva soltanto perché, quando era venuta con Mason al funerale di Craig, i due avevano sentito Hunter e Vivian discutere della cosa.

Gia era l'ultima persona a cui lui lo avrebbe detto. Se lei fosse rimasta pulita, avrebbe tenuto per sé quell'informazione, ma se avesse avuto una ricaduta e fosse tornata a prendere le pozioni, chissà cosa avrebbe fatto o detto.

Hunter percorse il perimetro dell'ospedale mezza dozzina di volte prima di rientrare finalmente in sala attesa. Voleva controllare come stava Faith e vedere se poteva fare qualcosa per lei. Assicurarsi che stesse bene.

La trovò in piedi vicino a una finestra, che fissava il paesaggio di Eureka con un bicchiere di caffè in mano. Dopo averle appoggiato il palmo della mano in fondo alla schiena, bisbigliò: "Ehi, come va? Tutto bene?"

Faith non si voltò nemmeno a guardarlo mentre diceva: "Abbastanza." Il suo tono era primo di emozioni mentre diceva: "Hai fatto la tua *commissione*?"

"Certo." Hunter si accigliò. Era la sua immaginazione, o

Faith ce l'aveva con *lui*? Sembrava fredda e distaccata. Ma nell'istante stesso in cui formulò quel pensiero, Hunter si rimproverò. Il padre di Faith era gravemente malato e la madre che lei aveva perduto da tempo era appena rientrata nella sua vita, nel peggior momento possibile. Certo che lei non stava bene. Era palese. Chiederle di alleviare le paure di Hunter non faceva altro che peggiorarle. "È cambiato qualcosa con tuo padre?"

La donna scosse la testa, continuando a non guardarlo. "No."

Il corpo di Faith era così teso che i suoi muscoli si raggruppavano come se lei fosse pronta a colpire qualcuno. Sua madre, probabilmente. O magari anche solo l'universo, per aver inflitto il cancro e delle infezioni batteriche potenzialmente letali a suo padre.

"Cerca di rilassarti un po', Faith," disse Hunter, appoggiando le mani sulle sue spalle e massaggiando i nodi che trovò.

Faith emise un sospiro sonoro e si allontanò da lui, frapponendo una distanza sufficiente fra di loro da far sì che Hunter non potesse toccarla senza fare un passo avanti.

"Troppo forte?" chiese lui, riferendosi al massaggio da dilettanti che aveva appena provato a fare a una massoterapista diplomata.

"Credo che dovresti andartene, Hunter. In questo momento, devo concentrarmi su mio padre e sulla mia famiglia."

"Va bene," disse lui, ficcandosi le mani in tasca. "Non volevo dare fastidio."

Lei non rispose.

Hunter avrebbe voluto prenderla fra le braccia, stringerla forte e assicurarsi che lei si sentisse amata, ma lo sguardo deciso negli occhi della donna e il suo linguaggio corporeo chiuso lo trattennero. Palesemente, lei non voleva che qualcuno si prendesse cura di lei. "D'accordo. Mi chiamerai se dovesse esserci qualcosa che posso fare?"

"Non ti chiamerò. Possiamo solo aspettare. Grazie per essere passato. Sei stato premuroso."

C'era qualcosa di fortemente sbagliato e Hunter pensava di sapere esattamente chi biasimare per quel brusco cambiamento di personalità. Gia. Una certa persona che era arrivata a seminare zizzania. La rabbia che Hunter aveva contenuto prima di rientrare in ospedale tornò prepotentemente alla ribalta, ma lui la tenne sepolta. Faith aveva già abbastanza problemi; non aveva bisogno di affrontare anche i suoi.

"Comunque," insistette lui, "non esitare a chiamarmi se hai bisogno di qualcosa. Cibo, caffè, un passaggio, qualcuno con cui parlare. Di qualunque cosa tu abbia bisogno, io ci sono."

"Grazie, Hunter. Lo apprezzo, ma come ho già detto, ce la caveremo da sole." Faith si voltò e indietreggiò lungo il corridoio, svanendo quando svoltò un angolo.

Hunter spostò lo sguardo sulle altre sorelle Townsend. Noel era in disparte, intenta a parlare al telefono, mentre Abby e Yvette avevano fatto capannello e stavano discutendo il da farsi con la loro madre. Sembrava che Noel e Faith avessero detto di non essere interessate a qualunque cosa lei avesse da dire, ma le altre due volevano risposte. Hunter sapeva che avrebbe potuto raccontare lui della vita di Gia, ma sapeva anche che non spettava a lui farlo. E poi, se proprio doveva dirlo a qualcuno, lo avrebbe detto per prima cosa a Faith e lei non era nelle condizioni di sentirsi dire perché sua madre le aveva abbandonate quando loro avevano più bisogno di lei.

A capo chino e con il cuore appesantito dall'impossibilità di fare di più, Hunter lasciò l'ospedale e andò a casa.

Era tardo pomeriggio quando Hunter fermò il furgone nel viale, accanto a una Honda SUV color argento. Il suo piccolo cottage era completamente illuminato, con la luce che si riversava fuori dalle finestre, e Hunter gemette. Vivian aveva ospiti? Non gli aveva detto nulla. Hunter non credeva nemmeno che lei avesse conosciuto molte persone, a parte Abby e Faith.

Stanco morto, Hunter scese dal furgone ed entrò con una certa riluttanza. Si era aspettato di sentire delle voci, delle risate, o qualunque cosa indicasse che c'erano delle persone in casa sua, ma fu accolto da silenzio. Non c'era nemmeno il suono dei piedi di Zoey sul legno, dato che la bambina non gli era corsa incontro come di consueto.

"Vivian?" chiamò.

Nessuna risposta.

"Zoey?"

Ancora niente. Hunter appese il cappotto all'appendiabiti vicino alla porta e si chiese se le due fossero andate a fare una passeggiata o fossero uscite con il proprietario del SUV argenteo. Il sollievo lo travolse quando si rese conto che doveva essere solo. Ottimo. Non desiderava altro che farsi una birra, una doccia e un panino – in quell'ordine – prima di spiaggiarsi sul divano. Ma quando entrò in cucina, trovò Vivian seduta al tavolo con le braccia incrociate.

"Di chi è quell'auto?" chiese lui, guardandosi attorno.

"Mia. L'ho comprata oggi. È usata. Ho bisogno di un mezzo affidabile per fare avanti e indietro da Eureka."

"Mi sembra un'ottima idea."

Lo sguardo di Vivian era fisso su di lui mentre lei disse: "Hunter, credo che dovremmo parlare."

Terrore e fastidio lo spinsero a serrare la bocca mentre prendeva una bottiglia di birra dal frigo. Senza rispondere a Vivian, stappò la bottiglia e bevve un lungo sorso per farsi forza.

"Hai sentito?" chiese Vivian con una sfida nel tono della voce.

Hunter si voltò e si appoggiò al piano. "Ho sentito. Di cosa dobbiamo parlare?"

Lei guardò Hunter e poi la sua birra. "Credo che una di quelle non mi farebbe male."

Hunter fece spallucce, prese un'altra birra, gliela aprì e la mise sul tavolo di fronte a lei.

Dopo aver bevuto un lungo sorso, Vivian sollevò lo sguardo e disse: "Non ce la faccio più a continuare."

"A continuare cosa, esattamente?" Le viscere di Hunter si trasformarono in una matassa di nervi tesi mentre lui aspettava di scoprire cosa intendesse Vivian. Non voleva più vivere in casa sua? Dividere Zoey con lui? Restare a Keating Hollow? Ciascuno di quegli scenari lo metteva a disagio. Il pensiero che lei gli portasse via Zoey gli faceva venire voglia di vomitare.

"Fingere di essere una famiglia quando non lo siamo." Vivian fissò il tavolo, tracciando nervosamente i graffi del legno con le dita.

"Noi siamo una famiglia. Siamo i genitori di Zoey," disse lui, guardandosi attorno alla ricerca della sua bambina. "*Dov'è* Zoey, a proposito?"

"Con Daisy e Olive, a casa della nonna di Olive. Clay la riporterà qui dopo essere andato a prenderle."

Lui annuì. "Ottimo. Sta facendo amicizia in fretta."

Ma Vivian scosse la testa. "No, Hunter. Non è ottimo. Non quando dovrò farla traslocare di nuovo."

"Traslocare?" Hunter posò la birra sul piano. "Che significa?"

"Non ce la faccio. Pensavo di farcela, ma dopo averti visto portare fuori Faith l'altra sera e poi oggi..." Vivian chiuse gli occhi e scosse leggermente la testa. "Hai trascorso tutto il giorno con lei all'ospedale."

"E allora? Suo padre, il mio datore di lavoro, è molto malato. Ero lì solo per–"

"So perché eri lì," disse Vivian, il tono accalorato. "Non sono stupida, Hunter. O forse lo sono. Perché sono stata stupida al punto da pensare che, una volta arrivati qui, una volta che avremmo condiviso una casa e cresciuto Zoey insieme, tu mi avresti vista come qualcosa di più che la moglie di Craig. Che avresti ricominciato a vedermi come una donna, una con cui avresti potuto condividere la tua vita. Non voglio una famiglia fittizia, Hunter. Voglio tutto. E ho pensato stupidamente che avresti potuto farne parte anche tu."

Hunter la fissò, sbalordito. "Ma io... Ne avevamo parlato, Vivian."

"No, tu ne avevi parlato." La donna si alzò, facendo stridere le gambe di legno della sedia sul pavimento. "Io ho ascoltato e sperato che tu avresti cambiato idea. Ma ora, è evidente che sei completamente preso da un'altra. Naturalmente." Vivian si produsse in una risata vuota. "Altrimenti, perché avresti escluso così in fretta la possibilità che fra noi ci fosse qualcosa di più?"

"Siamo stati insieme solo per un mese, Viv," disse lui, cercando di capire cosa stesse succedendo. "Non capisco come questo si traduca in una vita insieme."

"Abbiamo una figlia!" gridò Vivian, le lacrime che le scorrevano lungo le guance. "Mi sa che ho stupidamente pensato che sarebbe stato bello che i suoi genitori stessero insieme. Se avessi sempre saputo che lei era tua, non ti avrei lasciato andare così facilmente. Sono certa che lo sai."

"Ehi, aspetta un attimo," disse lui, tirando indietro una sedia e sedendosi. Attirò Vivian sull'altra sedia e la guardò dritto negli occhi. "Tu amavi Craig. Eravate una splendida coppia. Come puoi dire una cosa del genere?"

Vivian si accasciò sulla sedia e si asciugò le lacrime con una mano. "Certo che lo amavo. Lo amavo con tutta me stessa."

"È giusto, Viv. Anche lui ti amava. Perché mai io avrei voluto mettermi in mezzo?"

"Non è… Argh! Volevo solo dire che penso che dei genitori dovrebbero cercare di far funzionare il loro rapporto. Tu mi piacevi molto allora, sai? Prima che Craig e io ci mettessimo assieme. Se avessi saputo di Zoey, se avessi saputo che lei era tua, te lo avrei detto. E chissà cosa sarebbe successo? Devi credermi, Hunter. Non ne avevo idea."

Hunter le credeva. Avevano scoperto che lui era il padre di Zoey solo dopo che Craig aveva avuto bisogno di una trasfusione di sangue di un tipo raro dopo l'incidente. Un tipo che rendeva impossibile che lui fosse il padre di Zoey. Vivian era rimasta sconvolta quanto Hunter. Craig era morto senza sapere la verità. E Hunter ne era grato. Craig aveva adorato Zoey con tutto il cuore. Sarebbe rimasto devastato se avesse scoperto che lei era figlia di Hunter.

Da principio, Hunter non aveva voluto crederci. Zoey era nata piccola, al punto che tutti avevano creduto che fosse nata prematura. Ma in realtà, era nata con un paio di settimane di ritardo e un esame del sangue aveva dimostrato tutto. Fra la morte di Craig, la promessa che Hunter gli aveva fatto di prendersi cura della sua famiglia e la rivelazione che Zoey era biologicamente figlia di Hunter, lui era rimasto profondamente sconvolto.

Ma alla fine, aveva fatto l'unica cosa che poteva fare: aveva preso sua figlia e la madre e le aveva portate a casa. Abbandonarle era fuori questione. Non che lui avesse voluto farlo. Amava Zoey più di quanto avesse creduto possibile amare un'altra persona.

"Ti credo," disse. "E capisco quello che sta dicendo, ma non credo che un figlio basti per tenere insieme due persone. Non quando loro non si amano."

"Io avrei potuto amarti." Vivian abbassò la voce e aggiunse: "Credo di *averti* amato."

Hunter aveva il cuore in gola. Cosa avrebbe dovuto dire a quella donna, la madre di sua figlia, la vedova del suo migliore amico? Lui non l'aveva mai amata. Vivian gli era piaciuta e lui l'aveva trovata attraente, ma aveva capito subito che non era quella giusta. Era quello il motivo per cui la loro relazione, dopo un inizio bollente, si era spenta in fretta. Ed era quello il motivo per cui, quando Craig aveva iniziato a frequentarla, la cosa non gli aveva dato il minimo fastidio. Hunter era stato felice per loro.

Alla fine, disse soltanto: "Dove hai intenzione di andare? Potrò ancora vedere mia figlia?"

"A Eureka. La maggior parte del mio lavoro si svolge laggiù. Ho dato un'occhiata alle scuole: ce n'è una, al nord della città, che sarebbe perfetta per Zoey. È gemellata con quella del paese e l'offerta è identica."

Hunter detestava l'idea di non vedere Zoey tutti i giorni, di non poterle rimboccare le coperte e di non poterle leggere delle storie, ma cosa poteva dire? Non poteva fingere di amare

Vivian solo per farla restare. Se non altro, lei non voleva tornare a Las Vegas. "Va bene."

Lei sospirò pesantemente. "Non cerchi nemmeno di fermarmi?"

Hunter scosse la testa. "Non posso costringerti a restare se tu non vuoi. Ma voglio l'affidamento condiviso di mia figlia."

"Dovremo dirglielo," disse Vivian.

"Lo so." Avevano deciso di aspettare prima di dare la notizia a Zoey. La bambina aveva appena perso il padre che l'aveva cresciuta e tutta la sua vita era stata sradicata. Entrambi avevano deciso che sarebbe stato meglio aspettare, ma più avrebbero aspettato e più dura sarebbe stato per tutti.

"Domani comincerò a cercare casa," disse Vivian. "Lo diremo a Zoey domani sera, quando saremo entrambi a casa. Ti va bene?"

No che non gli andava bene. Per niente. Non era pronto a che Zoey se ne andasse e non aveva idea di come le avrebbero spiegato che lui era il suo padre biologico. Ma si ritrovò ad annuire comunque. Cos'altro poteva fare?

Vivian gli diede un colpetto sulla mano, afferrò la birra e svanì nella stanza che divideva con Zoey.

Lui afferrò a sua volta la birra e si incamminò verso la doccia, pregando che l'acqua calda o la birra avrebbero lavato via la tensione che avvertiva nel petto.

CAPITOLO 19

Faith non aveva dormito più di un'ora la notte prima. Fra l'ansia per suo padre e la rabbia nei confronti di Hunter e di sua madre, si era rigirata fino ad alzarsi finalmente dal letto a un quarto alle cinque.

Senza nient'altro da fare per tenere occupata la mente, fece la doccia e andò alla spa per mettersi in pari con le faccende amministrative. La prima cosa che notò quando accese il computer fu il calendario degli appuntamenti e gli occhi per poco non le uscirono dalle orbite. La sua agenda personale era stata liberata per la giornata, ma il resto della settimana era pieno di massaggi, trattamenti per il viso, manicure e pedicure. Più della metà degli appuntamenti era evidenziata in blu, a indicare che era stata Vivian a procurarli. Faith avrebbe voluto chiamarla per esprimere il suo apprezzamento, ma era ancora troppo presto. Invece, si prese l'appunto di farlo più tardi e attaccò con le fatture non pagate.

Era immersa fino alle ginocchia nelle questioni finanziarie quando le suonò il telefono. Era un numero di Eureka e lei rispose immediatamente. Era il medico dell'ospedale. Suo padre era sveglio.

Faith fece una sosta all'Incantation Café per fare il pieno di zuccheri e caffeina, quindi si mise subito in strada. Ma il traffico era così intasato che le ci volle più di un'ora per arrivare a destinazione. Al suo arrivo, Clair, la ragazza di suo padre, stava camminando avanti e indietro nella sala d'attesa. Era venuta all'ospedale la sera prima, sul tardi, ed era stata ancora lì quando Faith se n'era andata. Faith immaginava che nemmeno lei avesse dormito molto.

Faith la strinse in un rapido abbraccio e chiese: "Che succede?"

Negli occhi di Clair lampeggiò la rabbia e la donna esclamò: "Gabrielle è tornata. Dopo vent'anni, cosa le fa pensare di avere il diritto di rientrare nella vita di Lin come se nulla fosse? Non riesco a credere che abbia convinto le infermiere a farla passare. Sono fuori di me. Io sono qui che aspetto mentre lei è là dentro che fa... non so cosa, ma lui non ha bisogno di questo stress. Gabrielle deve andarsene."

Faith non avrebbe potuto essere più d'accordo. "Ci penso io." Abbracciò ancora una volta Clair, poi imboccò il corridoio diretta alla stanza di suo padre. Rimase sulla soglia e fulminò con lo sguardo sua madre, che era seduta al capezzale di Lin e gli teneva la mano. "Pensavo che ti avessimo detto che la tua presenza non era gradita," disse Faith. "Dovresti andartene."

"Faith, va bene così," disse Lin con voce roca.

Gabrielle Townsend si alzò dalla sedia, ma non lasciò la mano di Lin.

Faith strinse gli occhi mentre fissava quella connessione. *Come osa?* Si recò al capezzale di suo padre. "Cosa ci fai qui, Gabrielle?" chiese, evitando deliberatamente di chiamarla mamma. "Cosa volete tu e Hunter da noi?"

"Hunter?" chiese Gabrielle, gli occhi azzurri colmi di confusione. "Lui non sa che sono qui." La donna si produsse in una risata priva di umorismo. "Se lo sapesse, probabilmente mi sbatterebbe fuori."

"Forse dovrei chiamarlo, allora," disse con freddezza Faith.

"Faith," disse di nuovo suo padre.

Lei gli rivolse la sua attenzione e sentì l'ansia che si portava dietro dal giorno prima cominciare a scivolare via. Lin aveva lo sguardo lucido e le guance rosee. Ma soprattutto, non aveva più un aspetto fragile, come se potesse rompersi in qualunque momento. "Ci hai fatto paura, papà."

"Devo dire che ne ho avuta anch'io, tesoro mio." Lin si protese verso la sua mano. Nel momento in cui la pelle di suo padre toccò la sua, Faith avvertì la differenza. Il terrore, l'ansia il disagio erano svaniti e lei avvertiva solo un'estrema fatica. Suo padre non si era ancora ripreso del tutto, ma i farmaci avevano fatto effetto e Lin stava guarendo.

"Non riprovarci," gli ordinò lei, dandole un bacio sulla guancia. Quando si raddrizzò, guardò sua madre e chiese di nuovo: "Cosa vuoi?"

"Niente... Volevo solo spiegare, fare ammenda." Gabrielle voltò la testa, distogliendo lo sguardo.

"Faith," disse gentilmente suo padre. "Puoi dare qualche minuto a me e a tua madre? Ci sono un paio di cose di cui dobbiamo discutere."

"Ma..." Faith scosse la testa. Sua madre aveva spezzato il cuore di papà. Aveva spezzato il cuore delle sue quattro figlie.

"Per favore," disse Lin. "Ci vorranno solo pochi minuti."

Faith avrebbe voluto mettersi a urlare, ma non aveva intenzione di discutere con lui. Per il momento, le bastava che suo padre fosse sveglio e che avesse sconfitto l'infezione. "D'accordo. Ma *Clair* e io aspetteremo fuori."

"So che c'è Clair. O almeno lo speravo." Suo padre le rivolse un sorriso colmo di rammarico. "Dille di non essere troppo arrabbiata con me. È ancora l'unica a cui permetto di rubarmi il caffè la mattina."

Faith ridacchiò. "Glielo dirò, ma non so se il tuo fascino funzionerà. È molto contrariata."

"Non preoccuparti. Clair mi perdonerà." Suo padre le baciò il dorso della mano e la lasciò andare. "Ancora cinque minuti."

Gabrielle rimase ferma dov'era, a guardarsi i piedi.

Faith era disgustata e la rabbia primordiale che l'aveva colta qualche giorno prima tornò prepotentemente alla ribalta. Avrebbe voluto mettersi a urlare, a piangere, a rompere cose. Ma non lo fece. Tenne la testa alta e uscì in sala d'attesa, dove riferì a Clair il messaggio di suo padre.

Con suo stupore, Clair buttò la testa all'indietro e rise. "Oh, sa di essere nei guai. Altro che il caffè."

"È un vostro codice?" chiese Faith.

"Diciamo così."

"Allora non ce l'hai con lui?"

Clair si accigliò. "Non ce l'ho mai avuta con lui, ma sono furiosa con lei. Non era il momento di ricomparire dal nulla. La situazione era già abbastanza stressante per voi ragazze. Non avevate bisogno anche di lei."

La rabbia che Faith aveva covato cominciò a svanire. Clair aveva ragione. Non avevano bisogno di Gabrielle e Faith non aveva alcun obbligo di spendere energie per preoccuparsi di lei. Si appoggiò allo schienale e chiuse gli occhi. Un istante dopo, si addormentò.

"Faith, svegliati."

Un dolore acuto colpì Faith al collo quando lei si svegliò di soprassalto. "Ah, che male," disse, premendosi una mano sul collo mentre si stiracchiava da una parte all'altra. "È stata una pessima idea."

Clair le diede di gomito e indicò Gabrielle, che si trovava alla postazione delle infermiere. La donna indossava una lunga gonna floreale di un blu sbiadito e bianca e un piumino bianco assieme a un paio di stivali di cuoio molto vecchi. Era pulita e ordinata, ma era palese che i suoi vestiti erano vecchi e usati. E per la prima volta, Faith capì quanto era stata dura la vita di sua madre. Hunter glielo aveva detto, ma lei non aveva davvero capito come doveva essere stata quella vita per Gabrielle, oltre che per Hunter.

"Sembra che la mamma fuggiasca abbia finito," disse Faith, alzandosi in piedi. Lanciò un'occhiata a Clair.

Clair fissò Gabrielle e scosse la testa. "Tu vai pure. Prima devo fare una cosa."

Faith la guardò alzarsi e attraversare la stanza fino a raggiungere Gabrielle. Dopo un breve scambio di battute, le due donne si incamminarono lungo il corridoio, dirette verso l'uscita. "Beh, questo sì che è interessante," disse lei, parlando al vuoto, mentre tornava nella stanza di suo padre.

Trovò Lin seduto, intento a sorseggiare con attenzione da un bicchierino di plastica.

"Ehi, tesoro. Vieni a sederti con me," disse lui, toccando il bordo del letto.

Lei obbedì e, quando suo padre le passò un braccio attorno alle spalle, gli si accoccolò contro. "Ti senti meglio?"

"Altroché," disse Lin. "Le pozioni energetiche di questo posto mi fanno sentire come se avessi di nuovo diciott'anni."

"È per questo che hai permesso alla mamma di restare? La nostalgia dei vecchi tempi?"

Lin sbuffò. "Non direi proprio."

Faith lasciò perdere le battute e guardò suo padre. "Perché, allora? Sono passati vent'anni. Perché dovremmo ascoltare quello che ha da dirci?"

Lin Townsend gli scostò una ciocca di capelli dagli occhi e le rivolse un sorriso gentile. "Faith, non le ho permesso di restare per lei. Le ho permesso di restare per me. Volevo delle risposte."

"Le hai avute?" chiese Faith.

Suo padre fece spallucce.

"Alcune."

"Ha fatto la differenza?" Faith capiva il bisogno di risposte, ma dubitava che le rivelazioni di Gabrielle avrebbero guarito anche solo in parte le vecchie ferite che sua madre aveva provocato a tutti loro, soprattutto a suo padre, che l'aveva amata e avrebbe fatto qualunque cosa per lei.

"È difficile a dirsi. Probabilmente sì." Lin accentuò la presa su di lei e disse: "Sono stato arrabbiato molto a lungo, Faith. Non voglio che lo sia anche tu."

"È troppo tardi, papà. Non avevo idea di quanta rabbia covassi fino a quando lei non mi ha contattata. Era come se avessi soppresso tutti i miei sentimenti nei suoi confronti. Lei era andata via e per quanto ne sapevamo tutte, non l'avremmo più rivista. Ma poi, all'improvviso, eccola lì, che voleva… Non so cosa voglia, ma ho il sospetto che si tratti del nostro perdono o della nostra comprensione e io non credo di avere la forza di darglieli." Faith usò il pollice per rigirare l'anello d'argento che portava alla mano destra. Era inciso con un motivo a onde, a rappresentare la sua capacità di manipolare l'acqua. "Ieri ho perso la testa. Ho avuto una crisi di nervi e da allora mi sento vuota. Non ho nulla da darle."

"Certo che hai qualcosa, tesoro. Abbiamo sempre la compassione."

"Io non riesco a perdonarla, papà. Come può una brava persona fare quello che ha fatto lei?" L'immagine della sua mamma che si allontanava in auto per l'ultima volta era impressa nella mente di Faith. Aveva sognato quella scena, da bambina. In tutti i suoi sogni, sua madre girava la macchina e tornava da loro; il sogno si concludeva con la mamma che le abbracciava tutte e quattro e prometteva di non lasciarle mai più. La notte prima, durante l'ora che aveva trascorso addormentata, Faith aveva fatto proprio quel sogno. Solo che, invece di svegliarsi sentendo la mancanza della sua mamma, si era svegliata con un gelido senso di indifferenza. Non voleva più che sua madre facesse dietrofront. Era meglio per tutti che Gabrielle restasse lontana.

"Nessuno dice che devi perdonarla, Faith," disse gentilmente suo padre. "Ma se riuscirai a trovare la strada del perdono, potrebbe essere d'aiuto più a te che a lei."

"Tu l'hai perdonata?" chiese Faith.

"Credo di essere sulla buona strada." Lin prese di nuovo il bicchiere e bevve un sorso. "Tua madre... Beh, ora che ci ho parlato, sono giunto alla conclusione che non volesse lasciarci, ma fosse convinta di doverlo fare."

"Doverlo fare? Perché? Cos'è, un mostro che si trasforma in un'assassina psicopatica dopo mezzanotte? Perché altrimenti, mi sembra una fregatura." Faith sapeva che si stava comportando in maniera irragionevole, che avrebbe dovuto ascoltare ciò che suo padre aveva da dire prima di scattare, ma non riusciva a fare altrimenti. Aveva trascorso vent'anni a fingere che l'abbandono di sua madre non le avesse fatto alcun effetto, ma palesemente non era così e ora faticava a elaborare la cosa.

"Non esattamente," disse accigliato Lin. "Ma nella sua mente, la situazione era molto simile."

Faith si raddrizzò e guardò suo padre negli occhi. "Mamma ha una malattia mentale o qualcosa di simile?"

Suo padre scosse la testa. "No, tesoro. È una drogata. Pozioni. Preparava pozioni energetiche e a un certo punto ha cominciato a usare delle sostanze illegali per renderle più forti e ha sviluppato una dipendenza. Il giorno prima di sparire, ti ha lasciata a Eureka e non si ricordava dove. Te lo ricordi?"

"Cosa?" Faith si accigliò, frugando fra i ricordi. Nulla emerse. "No."

"Ti ha portata alla spiaggia mentre le tue sorelle erano alla festa di compleanno di uno dei bambini più grandi della scuola. Quando è tornata a casa, tu non eri con lei."

Faith rimase di stucco. "Dov'ero?"

Lin ridacchiò. "Hai fatto amicizia con un bambino in spiaggia e avete costruito un castello di sabbia. C'è voluta più di un'ora prima che la sua famiglia si rendesse conto che la tua mamma se n'era andata. Per cui, ti hanno portata a mangiare un gelato e hanno chiamato l'ufficio dello sceriffo, che mi ha contattato senza alcuna difficoltà. Siamo venuti a prenderti qualche ora dopo. Tu stavi benissimo, ma io ero furioso e tua madre, beh, lei era distrutta."

Faith ricordava vagamente di aver preso un gelato dopo un giorno trascorso in spiaggia, ma il ricordo era vago e palesemente non si era trattato di un evento traumatico per lei. "Era la prima volta che faceva qualcosa di simile?"

"Perdere una delle nostre figlie, vuoi dire?" Suo padre aggrottò la fronte e assunse un'espressione di sofferenza. "Quella è stata la prima volta. Ma si comportava in maniera strana da tempo, quasi come se fosse maniaco-depressiva, e io le avevo chiesto di andare in terapia, ma lei si era rifiutata. Ora so che la colpa era delle pozioni. È andata via perché era tossicodipendente e non voleva fare del male a te o alle tue sorelle."

Faith lasciò che quella novità facesse presa su di lei. Non sapeva cosa provare di fronte alla consapevolezza che sua madre le avesse lasciate per colpa della dipendenza. Da un lato, era grata per il fatto che sua madre aveva voluto loro abbastanza bene da non volerle sottoporre al suo stato mentale alterato. D'altro canto, la mamma non aveva voluto loro abbastanza bene da cercare aiuto. Aveva preferito le pozioni. "Non so cosa farmene, papà."

"Non devi farci nulla, Faith. Ricordati solo che, quali che siano i suoi difetti e gli errori da lei commessi, lei vi voleva e vi vuole ancora bene. La dipendenza è una malattia. Prova a ricordartelo. Magari, un giorno, riuscirai a capire quello che lei ha fatto, anche se non riuscirai a perdonarla."

"Perdonarla è chiedere molto."

"Per questo dico che serve più a te che a lei. Se riuscirai a lasciar andare il dolore, starai meglio." Suo padre la baciò sulla sommità del capo. "A proposito, grazie per quello che hai fatto per me ieri."

Faith si ritrasse leggermente, sconcertata. "Ho solo chiamato il 911."

"Hai fatto molto di più. La tua magia, qualunque cosa tu abbia fatto... la guaritrice dice che hai accelerato il mio processo di guarigione. Non si aspettavano che io mi riprendessi così in fretta."

"Davvero?" chiese Faith. Ancora non ci credeva del tutto.

"Davvero. Ora vai a dire a Clair che mi piacerebbe vederla. Credo di dovermi fare perdonare delle cose."

Faith rise. "Sì, è proprio così. Ma non preoccuparti: lei ti ama. Se ne farà una ragione. Dille solo che ti piacciono le sue scarpe. A noi ragazze piace."

Lin sorrise. "Sempre."

Ma prima che Faith potesse anche solo alzarsi in piedi, la porta si aprì di uno spiraglio e Clair entrò con un sorrisetto sul viso.

Faith inarcò incuriosita un sopracciglio. "Hai sistemato quella *faccenda*?"

Clair annuì con decisione, quindi rivolse la propria attenzione a Lin. "La tua ex-moglie non si presenterà più qui. Non senza chiamare prima e lasciarti decidere se vuoi vederla o no."

"Ci hai pensato tu?" chiese Lin, che sembrava sorpreso.

"Assolutamente. È un problema?"

"No." L'uomo ridacchiò. "Le ho detto tutto quello che dovevo dirle." Tese una mano a Clair. Quando lei la prese, Lin chiese: "Sono perdonato?"

"Sì, ma solo perché sei in ospedale. Prova a rifarlo e…" La donna lanciò un'occhiata a Faith, quindi si chinò e bisbigliò qualcosa nell'orecchio di Lin.

Lin sussultò.

Faith rise e uscì, lasciando loro un po' di intimità.

CAPITOLO 20

L'aria fredda pungeva la pelle di Hunter, ma lui la sentiva a malapena mentre piantava i chiodi nella staccionata che stava riparando al frutteto Townsend. Il lavoro fisico era il benvenuto dopo la prova emotiva che erano stati gli ultimi giorni. Vivian aveva impiegato solo mezza giornata a trovare una casa da affittare a Eureka. Aveva già cominciato a imballare le sue cose e quelle di Zoey. La vista dei libri di sua figlia che entravano in uno scatolone lo aveva quasi distrutto.

Era incredibile quanto in fretta Hunter si fosse affezionato a lei. Avrebbe voluto afferrarla e non lasciarla andare mai più. Invece, lui e Vivian avevano fatto sedere la loro figlia e le avevano detto che Hunter era il suo padre biologico. Zoey l'aveva presa bene: aveva detto che lo aveva già adottato e che questo non faceva che rendere la cosa ufficiale.

Hunter sapeva che la bambina avrebbe avuto delle domande, più tardi, alle quali loro avrebbero dovuto dare delle risposte, ma per il momento le cose erano andate molto meglio di quanto lui si era aspettato. Ma lui e Vivian dovevano ancora sistemare la questione dell'affidamento. Hunter l'aveva sollevata di nuovo, ma Vivian lo aveva liquidato dicendo che avrebbero trovato una soluzione. La mancanza di un piano concreto lo inquietava, ma erano trascorsi solo pochi giorni. Hunter stava cercando di essere paziente.

Sfortunatamente, la sua pazienza si stava esaurendo. C'erano due persone importanti per lui: sua figlia e Faith. Sua figlia stava per trasferirsi a una sessantina di chilometri di distanza e lui non vedeva Faith dal giorno in cui Gia si era presentata all'ospedale senza invito. Hunter le aveva telefonato, ma lei non l'aveva richiamato. Era passato dal suo ufficio la sera prima, dopo aver finito l'esterno, ma Lena gli aveva detto che Faith era stata fuori tutto il giorno.

Hunter posizionò un altro chiodo e sferrò un colpo potente. Il chiodo penetrò fino in fondo. Hunter ripeté il movimento altre tre volte, con ogni martellata che si faceva sempre più forte, fino a quando non esagerò e finì col piegare il chiodo a metà. Imprecò e cominciò a estrarre il chiodo.

"Che peccato. Stavi andando così bene," disse una familiare voce femminile da dietro le sue spalle.

Hunter abbassò il martello e si voltò, strizzando gli occhi nella luce pomeridiana. "Faith?"

La donna scese dall'auto da golf e lo raggiunse; era così bella che lui faticava a non allungarsi per attirarla a sé. Ma sebbene il saluto di Faith avesse avuto un suono abbastanza amichevole, la donna aveva le sopracciglia aggrottate e un'espressione determinata. Era lì per un motivo ben preciso e Hunter era sicuro che ricucire i rapporti con lui non c'entrasse nulla. Faith si fermò a qualche passo da lui e disse: "Dobbiamo parlare."

Hunter mise il martello nella cassetta degli attrezzi e afferrò la giacca che aveva appoggiato alla staccionata. "Certo. Vuoi fare una passeggiata?"

Faith lanciò un'occhiata all'auto da golf e poi di nuovo a lui. L'aria era così fredda che lui poteva vedere il suo fiato, ma muoversi li avrebbe tenuti più al caldo che stare seduti nell'auto. "Va bene."

Cominciarono a seguire la staccionata. Faith era imbacuccata con una sciarpa e una giacca spessa, le mani ficcate nelle tasche. Aveva le guance arrossate, così come le punte delle orecchie. Hunter li immaginò seduti accanto un fuoco, che sorseggiavano caffè e ridevano, completamente a loro agio. Ma era già palese che ciò non sarebbe accaduto presto.

"Cosa c'è, Faith? Qualcosa non va. C'è qualcosa che non va fra di noi da quando Gia– volevo dire, Gabrielle... si è presentata." Hunter si interruppe quando si rese conto dell'errore che aveva commesso.

Faith si fermò all'improvviso e lo fissò con occhi colmi di accusa.

"Sai già tutto, vero?" chiese lui.

"Che cosa? Che mia madre è la ragazza di tuo zio? Quella che ti ha cresciuto dopo la morte dei tuoi genitori? Quella che chiami Gia?"

"Allora te l'ha detto, finalmente," disse Hunter.

"No." Faith abbaiò una risata del tutto priva di ilarità. "Vedi, nessuno me l'ha detto. Ho dovuto scoprirlo per caso. Immagina il mio stupore nello scoprire che il ragazzo che avevo appena cominciato a frequentare, quello a cui avevo aperto il cuore, mi ha nascosto non solo il fatto che conosceva mia madre, ma che sapeva esattamente dov'era stata per tutti questi anni. Per cui, mentre lui mi asciugava le lacrime, teneva per sé delle informazioni molto pertinenti. Sono qui per scoprire il perché. Dimmi, Hunter, perché mi hai preso di mira? Che cosa speravate di guadagnare tu e

Gabrielle quando sei venuto a lavorare per me? Eh? Perché mentire?"

"Ehi." Hunter sollevò le mani e fece un passo indietro, colto del tutto alla sprovvista. "Io non ho mentito, Faith."

"Come no." Faith aveva gli occhi leggermente strabuzzati ed era così nervosa che praticamente tremava. "È una pura coincidenza il fatto che la tua tutrice è mia madre? Io non credo. Cosa vuoi da me?"

Hunter avrebbe voluto prenderla fra le braccia, stringerla forte e bisbigliarle rassicurazioni, ma temeva che, se avesse cercato di toccarla, lei gli avrebbe dato uno schiaffo. E forse lui se lo sarebbe meritato. Faith aveva bisogno di risposte, non di qualcuno che la proteggesse. "Vuoi sapere quello che voglio, Faith? Sei davvero sicura di volerlo sapere?"

"Sì." La risposta della donna era sprezzante e aveva l'aria di una sfida.

"D'accordo. Io voglio te. Voglio il tuo cuore, la tua amicizia, il tuo corpo e la tua anima. Li voglio tutti. Ti voglio così tanto che sto male per te ed è così dal primo momento in cui ci siamo conosciuti."

Faith aprì la bocca, la chiuse e scosse la testa. Era ammutolita, proprio come voleva lui.

"Ma so già che non posso avere nulla di tutto ciò, perché tu non ti fidi di me. E considerate le circostanze, credo di capire. Ma se mi dai una possibilità, credo di poterti far cambiare idea."

"Non puoi..." Faith scosse di nuovo la testa. "Tu sapevi che Gia era mia madre e non me lo hai detto."

"Non lo sapevo, Faith. Davvero. Non fino alla settimana scorsa, quando ho visto una foto sulla tua scrivania. È stato allora che l'ho scoperto. Io l'ho sempre conosciuta come Gia, la ragazza di mio zio. Non sapevo che il suo vero cognome fosse Townsend."

"Lo sapevi quando eravamo fuori?" Il tono di Faith era colmo di accusa e Hunter trattenne un sussulto.

"Sì. Allora lo sapevo."

"E non mi hai detto niente." Faith si mise le mani sui fianchi e lo guardò storto. "Hai lasciato che venissi colta alla sprovvista."

Hunter si accigliò. "Non era mia intenzione. Volevo che Gia – Gabrielle – avesse la possibilità di dirtelo di persona. È l'unico motivo per cui non ho detto niente. Sapevo che sarebbe venuta domenica, ma poi Lin è stato male e lei si è presentata all'ospedale all'improvviso." Hunter fece una pausa, cercando di raccogliere le idee. "Ero furioso perché lei aveva fatto qualcosa di tanto inappropriato, per cui l'ho affrontata e le ho intimato di dirti la verità. Ovviamente, lei non l'ha ancora fatto; altrimenti, dubito che saresti così arrabbiata con me."

"Vi ho sentiti discutere all'ospedale," disse sottovoce Faith.

"Quando eravamo fuori?" Poi, Hunter capì. Il comportamento di Faith era cambiato completamente quando lui era rientrato. Lei lo aveva cacciato e non aveva risposto alle sue telefonate. Hunter si avvicinò e le prese la mano. "Mi dispiace, Faith. Capisco che tu abbia pensato che io ti avessi mentito. Ma ti giuro che non è così."

Faith fissò le loro mani unite. "Avrei potuto anche capire quell'argomentazione se lei non fosse una drogata, Hunter. Avresti dovuto dirmelo prima che progettassi di conoscerla."

In quel momento, Hunter comprese il proprio errore fatale. Lui era abituato ad avere a che fare con dei drogati. La sua vita con Mason e Gia era stata una vita all'insegna della sopravvivenza, che Faith e le sue sorelle non avevano avuto bisogno di imparare. Nel suo desiderio di far sì che Faith ottenesse le sue risposte, aveva inavvertitamente permesso che lei si trovasse in una situazione pericolosa, almeno potenzialmente. Se Gia si fosse presentata strafatta delle sue pozioni, sarebbe potuto succedere di tutto. "Mi dispiace, Faith. Sono andato da lei venerdì sera. Allora era pulita e stava meglio di come stava da anni. Se avessi pensato che fosse pericolosa, avrei detto qualcosa."

"Le mie sorelle hanno tutte delle bambine a cui pensare," disse lei.

"Lo so. Hai ragione: avrei dovuto dire qualcosa. È solo che... Ho visto quanto soffrivi. Volevo che tu facessi la pace con tua madre, se non altro per te stessa."

Faith fissò i propri piedi. "Mio padre ha detto qualcosa di simile; che devo fare la pace e imparare a perdonare. Ha detto che sarebbe stato più utile a me che a lei. Ma sai una cosa, Hunter?"

"Che cosa?"

"Io non ho una madre. Non veramente. Lei si è persa fra le pozioni anni fa. E a peggiorare le cose, ha detto a mio padre che era andata via perché aveva paura di farci del male. Potrei anche accettarlo, se poi lei non avesse cresciuto te. Non ci amava abbastanza per restare con noi, ma è rimasta con te. Non so cosa significhi. Ti vuole più bene che a noi? Era troppo debole per andarsene una seconda volta? O magari era talmente drogata da non riuscire a prendere decisioni. L'unica cosa che so è che mia madre ci ha abbandonate e ha cresciuto un'altra persona. E questo fa male."

Quelle parole lo colpirono come un pugno a tradimento nello stomaco. Hunter non aveva pensato a cosa avrebbe significato per Faith il fatto che lui conosceva sua madre e lei no.

"Non posso stare con te, Hunter. Non in questo momento.

È troppo per me." Faith si protese a premergli una mano contro la guancia. "So che sei un brav'uomo. E probabilmente me ne pentirò a lungo. Ma ci sono troppe cose contro di noi. E c'è una persona a cui dovresti dedicare la tua piena attenzione."

"Faith, ascolta–" iniziò a dire Hunter, disperatamente voglioso che lei cambiasse idea; ma Faith lo interruppe.

"Devi concentrarti su tua figlia, Zoey."

Le parole rimasero sospese nell'aria mentre i due si fissavano a vicenda. Alla fine, Hunter disse: "Hai sentito anche quello, allora?"

Faith annuì.

"Non lo sapevo. Non lo sapeva nessuno." Hunter le raccontò della trasfusione di Craig e di come si erano finalmente resi conto della verità. "Non volevamo tenerlo segreto. Volevamo solo dirlo prima a Zoey, in modo che lei non lo sapesse da qualcun altro."

"Capisco," disse Faith. "Davvero. Ma credo che dovresti dare una possibilità a Vivian. Non a me. Vedi se riesci a rimettere insieme la tua famiglia, Hunter. Non lo meritate tutti?"

Davvero Faith aveva appena insinuato che lui sarebbe dovuto stare con Vivian? Quelle due erano per caso in combutta? "Vivian e io non staremo mai insieme," disse Hunter, stanco di avere la stessa discussione con tutte le donne della sua vita. "Non siamo compatibili."

"E Zoey? Lei non merita di avere entrambi i genitori a tempo pieno?" chiese con trasporto Faith. "Non è quello che avremmo voluto entrambi da bambini?"

Hunter digrignò i denti. "Io sarò sempre presente per mia figlia, Faith. Questo non significa che io debba fingere di amare una persona quando sono innamorato di un'altra."

"Non... non farlo, Hunter. Non dire cose che non puoi ritrattare."

"Chi dice che vorrò ritrattarlo? È la verità. Sai già quello che provo per te."

"E io ho già detto chiaro e tondo che non posso stare con te. Grazie per il lavoro che hai fatto alla spa. È incredibile come sempre. Dato che i lavori sono finiti, ti spedirò la raccomandazione che mi avevi chiesto entro la fine della settimana."

"Non mi interessa la raccomandazione," disse lui.

"Te la spedirò comunque." Faith si voltò e cominciò a incamminarsi di nuovo verso l'auto da golf. Dopo aver fatto qualche passo, fece una pausa e si guardò alle spalle. "Mi dispiace davvero. Spero che troverai quello che sta cercando con qualcun'altra."

Lui non rispose. Rimase dov'era, il cuore che si trasformava in pietra mentre guardava uscire dalla sua vita l'unica donna che avesse mai desiderato.

CAPITOLO 21

Lincoln Townsend fu dimesso dall'ospedale solo due giorni dopo essere stato ricoverato. Tutte e quattro le sorelle e Clair erano venute ad accompagnarlo a casa, ma Lin non voleva saperne. Una volta tornati a casa, aveva ordinato a tutti di levarsi di torno, dicendo che non era moribondo e che non voleva che le sue figlie lo trattassero come tale.

Dopo alcune vaghe proteste, Clair aveva accettato di restare con Lin per qualche giorno, per tenerlo d'occhio. Ma persino Faith doveva concordare sul fatto che non era davvero necessario. I guaritori erano sicuri che Lin fosse fuori pericolo e la sua oncologa aveva detto che le sue condizioni non erano cambiate. Sembrava che, almeno per il momento, Lincoln Townsend avesse ragione: non sarebbe andato da nessuna parte.

Quando Faith era uscita in veranda, non aveva potuto ignorare il furgone di Hunter, parcheggiato in disparte. L'uomo era da qualche parte nella proprietà, che si prendeva cura del frutteto mentre Lin era convalescente. Lei non era riuscita a resistere. Aveva avuto bisogno di risposte.

E le aveva ottenute. Mentre guidava l'auto da golf e si allontanava da lui, le sembrava che il suo cuore fosse esploso in un milione di pezzi. Lui le aveva detto che la voleva, cuore, mente, corpo e anima. Se lei non fosse stata così scombussolata dentro, così sconvolta dalle scelte di sua madre, si sarebbe buttata fra le sue braccia e non lo avrebbe lasciato andare. Ma non poteva. Stare con lui le faceva più male che stare lontano da lui. Per cui, Faith aveva fatto l'unica cosa che poteva fare: ci aveva dato un taglio.

Non ricordava di aver parcheggiato l'auto nel garage di suo padre o di esserci salita, ma si ritrovò a guidare lungo il viale di un chilometro e mezzo, accecata dalle lucine sugli alberi. Si sentiva vuota dentro. Il sovraccarico emozionale l'aveva prosciugata e, quando tornò a casa, si mise subito sotto la doccia.

Quando emerse, si sentiva una donna rinata. O almeno una donna che aveva di nuovo il controllo della sua vita. Aveva deciso che, proprio come Noel, non era pronta a far visita alla loro madre, anche se sapeva che Abby e Yvette stavano facendo degli sforzi in tal senso. A differenza di Noel, a lei andava bene così. Le sue sorelle avevano il diritto di fare le loro domande e di decidere da sole se fosse il caso di ammettere Gabrielle nelle loro vite. Faith voleva qualcosa di più semplice, senza complicazioni. Ecco perché aveva deciso di non cancellare l'appuntamento con Brian.

L'uomo era divertente e non complicato. Le due cose di cui lei aveva un bisogno disperato, in quel momento. Si vestì con cura. Indossò un festoso abito rosso, gli stivali neri e una sciarpa fatta a mano morbidissima, nera e rossa.

Mancavano cinque minuti quando suonò il campanello.

Faith sentì un sorriso allargarsi sul suo viso mentre cominciava ad aprire la porta. In veranda c'era Brian, rasato di fresco e con in mano una scatola marchiata A Spoonful of Magic.

"Che cos'è?" chiese lei, facendogli cenno di entrare e prendendo la scatola dalla carta dorata.

"Un piccolo dolce," disse l'uomo, seguendola. "Mi sono detto che, se l'appuntamento andrà bene, potremo condividerlo più tardi."

Faith inarcò entrambe le sopracciglia. "Conti sul fatto che ti inviterò a entrare dopo la cena?"

Brian ridacchiò. "Non direi che ci conto, ma mi piace essere preparato."

"Ma certo." Faith posò la scatola sul piano e poi la aprì, trovando all'interno una splendida crostata al cioccolato. "Santo cielo. Vuoi proprio che questo sia l'appuntamento dell'anno, vero?"

Fu il turno di Brian di inarcare le sopracciglia. "È questo tutto quello che serve? Un dolce di lusso?"

"A volte." Faith rise; si sentiva già più lieta della decisione che aveva preso. Dopo aver chiuso la scatola, disse: "Andiamo a verificare se vale la pena di mangiare il dolce con te."

"Certo che sì. Fidati di me." Brian le mise una mano in fondo alla schiena e, quando raggiunsero l'appendiabiti vicino alla porta, scelse il cappotto di lana nera che lei aveva intenzione di indossare e la aiutò a metterselo. "Sei bellissima questa sera. Credo di essermi dimenticato di dirtelo."

"Anche tu," disse lei, squadrando la camicia blu scuro dell'uomo, i suoi pantaloni di lana e la giacca sportiva. Si sporse leggermente e aggiunse: "Hai anche un buon profumo."

"Ti piace? Si chiama sapone," disse ammiccando Brian.

Faith rise di nuovo. "È bello sapere che ti lavi. Questo mi aiuterà a decidere riguardo al dolce dopo la cena." Avvampò non appena quelle parole le uscirono di bocca, ma non poteva rimangiarsele, per cui si limitò a sorridere e a dire: "Spero che passerai la selezione."

"Accidenti, Faith, credo che tu ci stia provando con me," disse l'uomo, guidandola fuori dalla porta verso il suo elegante SUV nero.

"Bene, te ne sei accorto," disse quasi timidamente lei. L'appuntamento era cominciato benissimo e lei si rimproverò per aver cancellato quello di venerdì sera. Se avesse saputo che si sarebbe divertita tanto, magari si sarebbe risparmiata un po' di sofferenza e non si sarebbe innamorata così tanto di Hunter.

"Faith, bellezza, io mi accorgo di tutto quando ci sei di mezzo tu." Brian aprì la portiera del passeggero e la aiutò a salire.

Parlarono, risero e civettarono fino a Woodlines, il ristorante dove Brian aveva prenotato per la serata. Una volta seduti, ordinarono vino e un antipasto di tortine di granchio. Venne fuori che entrambi amavano i crostacei, ma non le ostriche o le seppie. Inoltre, entrambi amavano la cucina italiana, ma non quella thailandese. Ed entrambi amavano guardare il basket, ma non il baseball.

"Credo che forse abbiamo un paio di cose in comune," disse Brian mentre faceva tintinnare il bicchiere di vino contro quello di Faith.

"Mi sa che hai ragione." Faith si portò il bicchiere di vino alle labbra e fu allora che vide Hunter seduto con Zoey dall'altra parte della sala. I due stavano facendo comunella e ridevano con trasporto. Appena qualche ora prima, lei aveva avuto la certezza di avergli spezzato il cuore. E ora eccolo lì, in un bel ristorante, con sua figlia, che si divertiva da morire. Quella vista per poco non le spezzò nuovamente il cuore.

Davvero gli aveva voltato le spalle? A lui e alla sua splendida figlia?

"Faith?" chiese Brian. "Va tutto bene?"

"Come?" Lei riportò di scatto l'attenzione su di lui e annuì. "Certo. Scusa, mi sono distratta."

Lo sguardo di Brian seguì il suo quando lei lanciò una nuova occhiata ai due. "Ah, Hunter e Zoey. Sembrerebbe che si stiano divertendo."

"Già," concordò lei.

"Un giorno, anche io e Skye saremo così," disse l'uomo.

Faith si costrinse a concentrarsi sulla persona con cui era uscita. "È vero. Hai creduto che fosse tua figlia per i suoi primi nove mesi di vita, vero?"

Brian annuì. Non aveva motivo di nascondere nulla. "Sì, pensavamo che fosse mia, e invece sarà Jacob il fortunato a pagarle gli studi. Io mi limiterò a viziarla portandola fuori a cena e in vacanza a Disneyland."

Era buffo come la storia continuasse a ripetersi. Jacob e Brian, che erano ottimi amici, erano stati qualche anno prima con la stessa donna e per un po', la madre di Skye aveva mentito a tutti. Aveva sempre saputo chi era il padre di Skye, ma dopo la nascita della figlia aveva sofferto di problemi di salute mentale. Alla fine, tutto si era risolto e ora Jacob aveva l'affidamento di sua figlia. Poco dopo che tutto era stato sistemato, Brian si era trasferito a Keating Hollow per stare vicino a entrambi.

La situazione non era proprio la stessa di Craig e Hunter, ma ci assomigliava. Considerato quanto stavano andando bene le cose per loro, anche se la madre di Skye era praticamente assente, Faith si chiese se non fosse stata troppo frettolosa nel rifiutare Hunter. Davvero era necessario che lui stesse con la madre di Zoey per essere un ottimo padre? Il padre di Faith aveva cresciuto le sue bambine da solo ed era stato fantastico. Perché lei era così fissata con l'idea che Hunter dovesse dare una possibilità a Vivian? Una vocina nella sua testa disse: *Non sei fissata. Hai solo paura.*

"Faith?" chiese di nuovo Brian. "Che ti succede?"

"Ah?" Faith si voltò talmente in fretta da rovesciare l'acqua. "Oh, no. Mi dispiace tanto."

Arrivò il cameriere, che sistemò velocemente il disastro, ma quando lei ebbe finito, stava guardando di nuovo Hunter e Zoey.

Brian emise un sospiro udibile. "Avrei dovuto immaginarlo."

"Prego?" chiese lei.

"Dimmi solo una cosa," disse l'uomo, sporgendosi verso di lei.

"Che cosa?"

"Perché sei uscita con me se provi qualcosa per Hunter?"

Faith rimase di stucco. Brian lo aveva detto davvero? Sì. Lei aprì la bocca per obiettare, ma la chiuse subito. Come poteva negare? Era probabile che avesse i suoi sentimenti scritti sulla faccia. Invece, abbassò la testa e disse: "Mi dispiace, Brian. Hai ragione. Non vorrei provare sentimenti per Hunter, ma è così. Non è giusto nei tuoi confronti."

Lui le sorrise. "Eppure ti piaccio."

"Sì," concordò lei, annuendo. "Sei simpatico e di buona compagnia."

"È una combinazione fantastica, ma mi sa che non hai mai davvero pensato di invitarmi a mangiare il dolce, vero?"

"Ti interessava solo quello?" chiese lei con gli occhi stretti.

Lui sfoderò un sorrisetto sexy. "Assolutamente no. Ma se esco con qualcuna, mi piace sapere se c'è almeno la possibilità. In caso contrario, ci limitiamo all'amicizia. Che va benissimo, naturalmente, ma in quel caso magari evito di usare il sapone costoso."

"Sei troppo gentile," disse Faith, sentendosi in colpa per aver sfruttato Brian per farsi sentire meglio riguardo ad Hunter.

"Ma no. Mi sto divertendo. Devo solo aggiustare le mie aspettative." Brian prese una forchettata di tortina di granchio e se lo ficcò in bocca.

"Vada per l'amicizia," disse lei, brindando. "Vuoi che ti restituisca la crostata quando mi riporti a casa?"

Brian rise. "No, Faith. Tienila tu. Devo stare attento alla silhouette, se mi tocca rimettermi a caccia."

Faith gli lanciò un'occhiata di sbieco e annuì. "Hai ragione. Qualche chilo in più e ti rideranno dietro in palestra. Meglio lasciare le crostate ai professionisti."

Scherzarono per tutto il resto della cena, mentre Faith teneva d'occhio Hunter e Zoey. Quando se ne andarono, Faith era sicura che Brian fosse sulla buona strada per diventare il suo nuovo migliore amico dopo Hanna. Non riusciva a credere a quanto fosse facile parlare con lui e a quanto si facessero ridere a vicenda. E quando lui la riportò a casa, Faith pensò ancora una volta che era un peccato che non ci fosse l'alchimia necessaria a una relazione romantica.

"Buona notte, Brian. Grazie per la cena. È stato magnifico," disse lei.

"Anche tu," disse l'uomo mentre si chinava a baciarla sulla guancia. "Ti dispiace se ti do un consiglio?"

Lei si irrigidì, non sapendo se volesse sentire ciò che lui aveva da dire, ma alla fine annuì comunque.

"Se lo ami, non lasciartelo sfuggire."

"È... complicato," disse Faith.

Brian le rivolse un sorriso complice. "Le relazioni lo sono sempre, bellezza."

"Sì, mi sa che hai ragione." Faith aprì la portiera del SUV e scese. "Buona notte, Brian. Guida con prudenza."

"Buona notte, Faith. Pensa a quello che ti ho detto." Dopodiché, Brian fece retromarcia e uscì dal viale.

Aveva ragione? Faith sarebbe dovuta correre da Hunter e dirgli che tutto quello che aveva detto non aveva importanza? Che anche lei lo amava? La tentazione era forte, ma lei si trattenne. Aveva ancora bisogno di decifrare alcuni dei suoi stessi sentimenti e non poteva farlo con Hunter che le annebbiava il cervello.

Era così impegnata a pensare alla crostata al cioccolato che non notò nemmeno la donna tremante in piedi su un lato della veranda, fino a quando non udì un rumore simile a quello di denti che battevano. Lanciò un'occhiata in quella direzione e per poco non lanciò un urlo quando vide Gabrielle Townsend che rabbrividiva nella fredda aria notturna.

"Mamma?" chiese. "Cosa ci fai qui?"

"Faith," biascicò sua madre, aggrappandosi alla sua giacca per non cadere. "Mi sei mancata, piccolina. Perché non fa entrare la tua mamma, così parliamo?"

Faith la fulminò con lo sguardo. "Sei fatta."

Gabrielle ridacchiò. "Un pochino. È un periodo brutto. Ho fatto quello che dovevo."

Il disgusto attraversò Faith, facendole rivoltare lo stomaco. "Devi andartene. Non puoi stare qui."

"Ma ho bisogno di un posto dove dormire." Sua madre sollevò un braccio. "E tua sorella Noel non vuole affittarmi una stanza alla sua locanda."

Certo che no. Noel non avrebbe mai tollerato la presenza di una persona sotto l'influenza di pozioni illegali. Soprattutto visto che aveva Daisy ed era incinta. Faith non sapeva cosa fare. Se non avesse fatto entrare sua madre, chissà in che guai si sarebbe cacciata Gabrielle. Per non parlare del fatto che le previsioni davano temperature al di sotto dello zero per quella notte. Faith non aveva scelta. Se avesse chiuso fuori sua madre e a lei fosse successo qualcosa, lei non se lo sarebbe mai perdonato.

Emise un sospiro carico di frustrazione, fece scattare la serratura e invitò sua madre a entrare.

Gabrielle sorrise da un orecchio all'altro e stampò un bacio umido sulla bocca di Faith. "Ho sempre saputo che sei una brava bambina, Faithie."

Sua madre entrò barcollando e vomitò prontamente sulle mattonelle dell'ingresso.

CAPITOLO 22

"Siediti qui. Non ti muovere," ordinò Faith mentre la sua cagnolina, Xena, guaiva dalla gabbietta.

"Ma che bel cagnolino," squittì sua madre mentre faceva per sedersi sulla sedia di legno della cucina; ma poi cambiò idea e si incamminò verso la gabbietta di Xena. "Dovresti farla uscire. Tenere gli animali in gabbia è crudele, Faith."

"Non è crudele, Gabrielle," disse nervosamente Faith afferrando sua madre per le spalle un attimo prima che lei liberasse il cane. "Quello è il suo spazio sicuro. Lasciala in pace."

"Il suo spazio sicuro," disse Gabrielle, ridendo come una pazza e stendendo l'intero busto sul tavolo della cucina. "Non esistono spazi sicuri." Poi sollevò la testa e disse: "La tua cucina è bellissima. Perché non mi lasci venire qui? Cucinerò tutti i giorni." La donna si produsse in una risata nasale. "O almeno tutte le settimane."

"Dea del cielo," borbottò Faith mentre si chinava a tirare fuori Xena dalla gabbietta e la portava nel cortile posteriore per farle fare i bisogni. Una volta tornata indietro, Faith prese il secchio, i guanti e il necessario a pulire dallo sgabuzzino. "Non toccare niente. Adesso vado a pulire il disastro che hai combinato; poi ti cacciamo un po' di caffè in gola."

Gabrielle si allungò e le punzecchiò il braccio. "Oops. Non si tocca."

Faith la guardò storto, ma sapeva che quella donna era troppo fatta per preoccuparsi della sua collera. Cosa aveva fatto lei per meritare quell'assurdità nella sua vita? *Nulla,* ricordò a se stessa. Le azioni di sua madre non avevano nulla a che vedere con lei.

Borbottando sottovoce, si mise a pulire l'ingresso. Venti minuti dopo, buttò i guanti, i tovaglioli e la testa del mocio in un sacchetto dello sporco, che andò a buttare nella pattumiera in garage. Al suo ritorno, trovò Xena seduta sotto il tavolo, che si faceva piccola, e sua madre che russava svenuta sul pavimento del salotto. Faith non riuscì a non chiedersi come diavolo avesse fatto a barcollare fino all'altra stanza da sola.

"Vieni qui, piccina," disse alla cagnolina, sollevandola e riportandola alla gabbietta. "Resta un po' qui, per il momento. Mi sembra più sicuro per entrambe."

Xena corse nella gabbietta, spingendo Faith a chiedersi cosa avesse fatto sua madre per innervosirla tanto. Se Gabrielle aveva fatto del male al cane di Faith, gliel'avrebbe pagata cara. "Va tutto bene, tesoro." Faith mise un paio di biscottini nella ciotola della cagnolina e la grattò dietro l'orecchio. "Domani mattina lei se ne andrà e tu non dovrai più averci a che fare."

Una volta che il cane fu sistemato, Faith tornò in salotto e guardò la sua immobile madre. Se non altro, non avrebbe dovuto più avere a che fare con la sua pazzia per la serata. Preoccupata che la donna vomitasse di nuovo, la afferrò per le spalle e, con uno sforzo considerevole, la trascinò sul divano. Dopo averla sdraiata su un fianco, Faith coprì sua madre con una coperta e andò in cucina per mettere su il caffè. Andare a letto con Gabrielle in casa era fuori questione. Faith non aveva idea di cosa avrebbe potuto combinare quella donna se si fosse svegliata.

Una volta che il caffè fu pronto, Faith si versò una tazza, prese una copia dell'ultimo giallo paranormale di Angie Fox e si sedette sulla poltrona, pronta a una notte insonne.

Faith sognò che stava prendendo il sole su un'isola tropicale. Una brezza soffiava nell'aria e lei giaceva lì, a crogiolarsi sotto il sole, godendosi il tepore che sembrava penetrarle nelle ossa. *È molto meglio dell'aria gelida del nord della costa californiana nel bel mezzo di dicembre,* pensò fra sé. Aveva la sensazione che avrebbe potuto restare lì per sempre ed essere perfettamente felice.

Ma poi, il calore si fece intenso e lei si ritrovò in un bagno di sudore. Le vennero le lacrime agli occhi e all'improvviso non riuscì a respirare.

"Faith! Svegliati, tesoro. Devi svegliarti." L'urgenza nella voce di Hunter la strappò al sogno. I suoi occhi si spalancarono e il suo sogno si tramutò in orrore. Il fuoco la circondava, risalendo le pareti e lambendo i mobili della sala da pranzo. Il divano di fronte a lei aveva preso fuoco e il resto della casa era oscurato da un fitto fumo nero.

"Eccoti," disse l'uomo, che teneva le braccia tese mentre si concentrava sulle fiamme più vicine, trattenendole con la magia. "Forza. Devi alzarti e seguirmi."

Faith strinse gli occhi, posò di nuovo lo sguardo sul divano e gridò: "Dov'è mia madre?"

"Tua madre?" Hunter si accigliò. "Gia è stata qui?"

"Sì!" Faith balzò in piedi e cercò di avvicinarsi al divano, ma il calore era troppo intenso e Hunter la tirò indietro, salvandola da una brace svolazzante.

"Faith, no. Lei non è qui. Non c'è nessuno. Dobbiamo andarcene finché riesco a–" Hunter tossì; aveva gli occhi rossi e lacrimosi a causa del fumo.

"Porca miseria!" esclamò Faith, lasciandosi trascinare lontano dal mobile in fiamme. Mentre schiudeva le fiamme che stavano consumando la porta sul retro, Hunter sferrò una serie di calci per costringere la porta di metallo ad aprirsi. L'aria fresca si riversò all'interno della casa, alimentando il fuoco.

"Vai!" Hunter la spinse fuori dalla porta, il corpo teso per lo sforzo di tenere a bada le fiamme.

Ma prima che lei potesse muoversi, udì il patetico abbaiare di Xena e si rivolse ad Hunter con l'orrore negli occhi. "Xena," esclamò. "È nella gabbietta e non può uscire da sola."

"La prendo io!" L'uomo la spinse di nuovo fuori dalla porta, facendola cadere in ginocchio sull'erba umida. Quando lei si voltò, l'apertura era ancora una volta consumata dalle fiamme.

Faith si allontanò dalla casa e andò a sbattere contro sua sorella Yvette.

"Grazie agli dèi," mormorò Yvette, stringendola con una mano mentre usava l'altra per brandire la sua magia e impedire alle fiamme di diffondersi alla casa accanto. "Dov'è Hunter?"

"È andato a prendere Xena. Lei è nella sua gabbietta," disse Faith con voce strozzata, le lacrime agli occhi al pensiero di perdere il suo diabolico cagnolino. Poi, la sua paura si spostò su Hunter e lei desiderò con tutta se stessa di vederlo uscire di casa.

"C'è qualcun altro in casa?" chiese Yvette mentre Drew e Noel li raggiungevano di corsa.

"La mamma!" esclamò Faith proprio mentre Noel la stringeva in un abbraccio.

"La mamma?" chiese Yvette. "No. È stata lei a chiamarci in preda al panico per dire che casa tua aveva preso fuoco."

"Davvero?" chiese Faith, ma non stava prestando attenzione mentre Yvette diceva qualcosa riguardo al chiamare Hunter e Drew. Tutto ciò a cui riusciva a pensare erano Hunter e Xena nella casa in fiamme. Se l'uomo non fosse uscito presto–

Le fiamme che avvolgevano la porta sul retro, finalmente, si schiusero, e Hunter uscì barcollando con Xena sottobraccio che cercava disperatamente di liberarsi dalla sua presa. Non appena i piedi dell'uomo toccarono l'erba, Xena scappò e attraversò di corsa il cortile, svanendo dietro i cespugli del vicino.

"Grazie agli dèi," disse Faith, correndo fra le braccia di Hunter. "Grazie," singhiozzò nella camicia coperta di fuliggine dell'uomo.

Lui la strinse per un attimo solo, poi la baciò sulla testa. "Devi lasciarmi andare, tesoro. C'è ancora del lavoro da fare."

Faith balzò immediatamente all'indietro e guardò mentre Yvette e Hunter lottavano contro le fiamme, contenendole in modo che non si diffondessero alle case vicine o alle sequoie appena fuori dal cortile.

"Cos'è successo?" chiese Noel, allontanandola dal fuoco.

"Non lo so." Faith scosse la testa. "Sono tornata a casa dopo la cena e ho trovato la mamma in veranda, fattissima. Non sapevo cosa fare, per cui l'ho lasciata entrare."

"L'hai lasciata entrare mentre era fatta?" chiese Noel, con un tono di inequivocabile disapprovazione.

"Cosa dovevo fare, Noel? Lasciare che si congelasse?"

"Avresti potuto chiamare Drew," disse sua sorella.

"Perché? Per fargli mettere la mamma in prigione?" chiese Faith, chinandosi per poi piegarsi in due e tossire.

"Meglio che farti bruciare la casa!"

Noel si allontanò a grandi passi.

Faith si lasciò cadere a terra e la guardò andarsene. Poi si voltò verso casa sua e notò a malapena le lacrime che le scorrevano lungo il viso. Quella era stata la sua prima casa. Noel si era indebitata pesantemente per sistemarla e ora… ora non c'era più niente. Solo cenere e fuliggine.

Era stata sua madre a provocare l'incendio? Faith non ne aveva idea. Aveva forse lasciato il caffè sul fuoco? Poteva essere colpa sua. O magari c'era stato un problema elettrico. O era caduto un fulmine. A giudicare dall'erba bagnata, aveva piovuto di recente.

"Faith?" disse Drew.

Faith sollevò lo sguardo e vide il suo futuro cognato. "Sì?"

"Dovresti girare attorno alla casa e aspettare la guaritrice. Gerry Whipple sta arrivando. Ti visiterà e vedrà se devi andare in ospedale."

"D'accordo." Faith si lasciò aiutare ad alzarsi e Drew la orientò verso il lato della casa che non era ancora del tutto in fiamme.

"Io controllo il perimetro. Ci vediamo laggiù," disse l'uomo.

Faith annuì distrattamente e si incamminò lungo lo stresso passaggio fra le sequoie e la sua casa. Ma quando arrivò sul limitare del cortile, dalla parte posteriore della casa giunse un'esplosione che sollevò una parte del tetto e la scagliò dritta in mezzo agli alberi.

Risuonò un forte abbaiare, seguito da Xena che schizzava fuori dagli alberi e correva nella porticina che conduceva nel garage.

"Xena! No!" Faith si mise a correre dietro al cane, ma

inciampò su una delle piastrelle che aveva messo l'anno scorso e cadde, torcendosi la caviglia. Uno schiocco netto le colmò le orecchie quando atterrò e lei capì senza ombra di dubbio che si era appena rotta qualcosa. "Xena!" chiamò nuovamente mentre cercava di rialzarsi. Ma nel momento in cui provò a muoversi, un dolore intenso e devastante esplose dalla sua caviglia, impedendole di fare qualunque cosa.

"Aiuto!" chiamò, ma le sue grida furono soffocate dal fuoco che ardeva di fronte a lei.

Poi, come in un film dell'orrore, accadde il peggio. Una bambina corse fuori dagli alberi, le sue labbra formarono la parola *Xena* e lei seguì la bambina dritto nel garage in fiamme.

"Zoey, noooooo!" gridò Faith, la testa che girava mentre l'adrenalina prendeva il sopravvento. Non sarebbe arrivato nessuno. Nessuno poteva sentirla. Il fuoco era troppo rumoroso. Spettava a lei tirare fuori Zoey dalla casa. Con la pura forza di volontà di una donna disperata, riuscì a rialzarsi, ma nel momento in cui posò a terra il piede lesionato, crollò di nuovo; questa volta, il dolore era talmente forte che il suo mondo divenne nero.

Faith non sapeva quanto a lungo fosse rimasta priva di conoscenza, ma si svegliò disorientata, con tutto il corpo che tremava per lo shock.

Zoey. L'immagine della bambina che correva nel garage le tornò in mente e questa volta lei cominciò a strisciare, avanzando così lentamente da credere che non sarebbe mai arrivata alla porticina. Dov'erano tutti? Perché nessuno era venuto a cercarla? E cosa ci faceva Zoey lì? Le domande le rotolarono nella mente mentre si costringeva a muoversi, a raggiungere la bambina di Hunter.

Il suo cuore si stava spezzando. Il tempo parve fermarsi mentre il fuoco imperversava attorno a lei. Faith aveva caldo, sapeva che il fuoco era vicino e odiava se stessa perché era così debole. Ancora quattro metri alla porta. Tre, due, quasi lì.

Kaboom!

Il fuoco le piovve attorno e lei lanciò un grido da far accapponare la pelle nel momento in cui una figura ammantata in una coperta usciva di corsa dalla porticina e la oltrepassava correndo verso il cortile. Un attimo prima che la sagoma girasse l'angolo, la coperta strinata cadde a terra e Faith gemette.

Gabrielle stava trasportando fra le braccia una Zoey terrorizzata, che stringeva Xena fra le manine.

CAPITOLO 23

Faith era seduta sul retro del furgone di Hunter, con i piedi appoggiati sulla cassetta degli attrezzi e Xena in grembo, a guardare Drew che ammanettava Gabrielle. Abby e Noel erano in piedi accanto a lei, entrambe silenziose. Yvette, Wanda e Hunter stavano ancora contenendo il fuoco, mentre Hanna e alcune altre streghe dell'acqua facevano del loro meglio per estinguere le fiamme.

"Che cosa ha fatto di male?" chiese Zoey. Era appollaiata sul retro del furgone di Hunter, accanto a Faith, mentre Gerry Whipple le bendava un'ustione di poco conto.

"Ha commesso un errore, tesoro," disse Faith. "Un errore che ci ha messi tutti in pericolo e ha provocato molti danni."

Una grossa lacrima rotolò lungo il viso di Zoey e il suo labbro inferiore tremò. "Mi arresteranno?"

"Cosa?" Faith si allungò e prese la mano illesa di Zoey. "Perché?"

"Anch'io ho commesso un errore. Sarei dovuta restare nel furgone. Ma ho visto Xena correre fuori dal bosco e l'ho seguita. Dopo averla presa, stavo cercando di tornare al furgone, ma lei mi è scappata e siamo finite di nuovo nel bosco e poi in casa. Avrebbe potuto farsi male." La bambina fissò il cane e nuove lacrime le scorsero lungo il viso.

"Oh, tesoro, no. Sei stata un eroe. L'hai salvata. Non è colpa tua se lei si è messa in pericolo," la rassicurò Faith. Non era il momento di ricordare a Zoey che non sarebbe dovuta correre in un edificio in fiamme. Lo avrebbero fatto più tardi, anche se, chi voleva prendere in giro? Faith avrebbe fatto lo stesso per salvare Xena dal fuoco.

"Non voglio che mi arrestino," singhiozzò Zoey mentre un singhiozzo le si bloccava in gola.

Noel si sedette accanto alla bambina e la circondò con le braccia. "Nessuno ti arresterà, piccina. Sei al sicuro. Siamo tutti al sicuro."

Faith deglutì, cercando di contenere l'emozione. Le avevano detto che, quando Gabrielle aveva allertato Yvette dell'incendio, Yvette aveva chiamato subito Hunter. Lui era la strega del fuoco che viveva più vicino a Faith ed era stato il primo ad arrivare sulla scena. L'unico problema era che Hunter stava tenendo Zoey e Vivian si era già trasferita a Eureka. Hunter non aveva avuto il tempo di trovare qualcuno che guardasse la bambina, per cui l'aveva portata con sé e le aveva ordinato tassativamente di restare nel furgone. La bambina aveva solo cercato di salvare Xena.

"Vieni, dolcezza," disse Gerry Whipple a Zoey. "Devi bere un po' d'acqua. Potrei anche avere qualcosa di dolce da darti." La guaritrice condusse la bambina alla sua auto, dove teneva le sue cose, lasciando le sorelle da sole.

Loro tre guardarono Drew far salire la loro madre sul retro del SUV.

"Che ne sarà di lei?" chiese Abby.

Noel fece spallucce. "Importa a qualcuno?"

Faith ed Abby si voltarono a fissare la loro sorella.

"Cosa c'è? Ha cercato di arrostire un sacchetto chiuso di marshmallow sul fornello di Faith e ha dato fuoco alla casa. Quella donna ha quasi fatto ammazzare la nostra sorellina e il suo cane. E a me dovrebbe dispiacere se finisce in galera?"

"No," disse Abby. "Ma a me sembrerebbe che una terapia sarebbero più utile della reclusione."

"Avrebbe potuto farsi curare in qualunque momento negli ultimi vent'anni," disse Noel. "Ha scelto di non farlo."

"Noel ha ragione," disse il loro padre, raggiungendole e passando un braccio attorno alle spalle di Faith. "Io l'avrei aiutata, se lei me lo avesse chiesto."

Faith sollevò lo sguardo e si protese ad abbracciarlo, con un singhiozzo bloccato nella gola. Si strinsero a lungo, fino a quando non udirono le sirene. I camion dei pompieri di Eureka erano arrivati e presero il controllo delle operazioni di spegnimento. Drew andò a portare Gabrielle alla prigione della contea e dopo quella che parve un'eternità, Hunter finalmente li raggiunse, alla ricerca di sua figlia.

"Zoey? Dov'è?" chiese.

"Con Gerry Whipple." Faith indicò l'auto della guaritrice, dove le due stavano aspettando Hunter.

L'uomo annuì e si allontanò.

Faith sospirò amareggiata mentre lo guardava sollevare sua figlia fra le braccia e abbracciarla come se non volesse lasciarla andare mai più.

"Tu lo ami," mormorò Abby.

Faith si limitò ad annuire. Non aveva più forza per opporsi al sentimento. Che senso aveva? Dopo aver trascorso la serata a guardare la sua vita che andava in fumo, tutto il resto sembrava irrilevante.

"Allora fatti un favore e non respingerlo più." Abby si chinò e baciò sua sorella sulla testa proprio mentre Hunter tornava con Zoey fra le braccia. "Pronta, Faith?"

"Dove andiamo?" chiese lei mentre guardava la sua casa che continuava a bruciare.

"In ospedale. Dobbiamo farti sistemare la caviglia."

"Ma la mia casa..." Gerry le aveva dato una pozione che aveva attenuato il dolore e, fra quella e lo shock, Faith si era quasi dimenticata di essersi molto probabilmente rotta quel dannato arnese.

"È andata, tesoro," disse gentilmente lui. "Non ha senso torturarti guardandola mentre crolla. Forza. Lasciati portare a Eureka."

Assieme ai camion dei pompieri era arrivata anche un'ambulanza, ma lei non aveva alcuna fretta di prenderla. Meglio lasciarla a disposizione dei vigili del fuoco, nel caso ne avessero bisogno. "Va bene."

"Aspetta qui." Hunter portò Zoey alla cabina del furgone, la posizionò e poi tornò a prendere Faith e Xena. "Pronta?"

Lei annuì.

"Tieni Xena." Ciò detto, Hunter si chinò e la sollevò con facilità. Un attimo dopo, erano tutti sul furgone, diretti verso l'ospedale, con i piedi di Faith appoggiati al cruscotto e Zoey che stringeva la cagnolina che aveva salvato.

L'AFFATICAMENTO prese possesso delle ossa di Hunter mentre trasportava sua figlia addormentata nel suo piccolo cottage. Dopo averla stesa nel letto nuovo che le aveva appena comprato, tornò in salotto, dove Faith era in equilibrio sulle stampelle, con la cagnolina che sedeva tranquilla ai suoi piedi.

Lui le rivolse un sorriso stanco. "Pensavo avessi detto che il tuo cane era qualcosa di spaventoso."

"Lo è. Credo che sia semplicemente esausta, come noialtri."

"A me sembra più che altro che ti stia tenendo d'occhio," disse lui mentre prendeva le stampelle.

"Ehi! Come faccio a muovermi?" chiese lei, allungandosi verso le stampelle.

"Non lo fai. Te ne vai a letto e tieni sollevato il piede come ti ha ordinato la guaritrice."

"Ma–"

Hunter la sollevò ancora una volta da terra e, nonostante le sue proteste, la trasportò in camera sua e la stese nel lettone. Poi, Hunter prese Xena, che li aveva seguiti, e mise anche lei sul letto. La shih tzu girò su se stessa tre volte, quindi si accoccolò accanto a Faith, appoggiando la testa sul ventre della padrona.

Se Faith non fosse già stata a conoscenza del senso estetico di Hunter per via dell'aiuto da lui prestato alla spa, avrebbe pensato che l'uomo avesse assunto un decoratore. La stanza era mascolina, ma con abbastanza note delicate da renderla elegante. I mobili erano dipinti di nero, mentre le lenzuola erano nere e grigie, con molti cuscini e una coperta turchese piegata sul fondo. C'era un dipinto a macchie nere, grigie e turchesi sulla parete, che si abbinava alla perfezione con le lampade turchesi su entrambi i comodini. Era la quantità di colore perfetta a far sì che l'ambiente non sembrasse freddo.

Hunter prese un paio di cuscini decorativi e le sollevò delicatamente la gamba, posandoglieli sotto il piede. "Come va?"

"Bene, ma non mi costringerai a dormire vestita, vero?" Le labbra di Faith ebbero un guizzo di divertimento.

Hunter inarcò un sopracciglio. "Vuoi dormire nuda? Non mi dispiacerebbe, ma–"

"Non questa notte." Faith indicò il piede. "Niente attività faticose per un po', ricordi?"

"Sfortunatamente." Hunter le sorrise, quindi frugò nel cassettone fino a trovare due paia di pantaloni della tuta e magliette. Ne diede un paio a Faith. "Dormi con questi. Hai bisogno di aiuto o pensi di farcela?"

"Ho solo bisogno di una mano a raggiungere il bagno." Faith accennò al piede rotto, che ora era ingessato. "Qualcuno mi ha preso le stampelle."

"Non è un problema." Hunter la portò con attenzione in bagno e la posò sul piano. "Torno subito con le stampelle." Un attimo dopo, le diede le stampelle e disse: "C'è uno spazzolino di riserva nel cassetto di sinistra."

"Grazie," disse lei.

"Nessun problema." Hunter chiuse la porta, prese i suoi vestiti e andò a prepararsi per andare a letto nel secondo bagno.

Al suo ritorno, trovò Faith già sotto le coperte, il piede ingessato che faceva capolino fuori. La aiutò a sistemare il piede sui cuscini, poi si sedette con cura e le scostò i capelli dal viso. "Va tutto bene? Sei comoda?"

"Sì, ma sarei anche potuta andare a casa di mio padre. C'è spazio in abbondanza laggiù."

Hunter prese fiato e lo esalò lentamente mentre scuoteva la testa. "No, Faith, non potevo lasciarti dormire laggiù questa notte. Lo sai come mi sono sentito quando ho saputo che eri in quella casa incendiata?" Gli si inumidirono gli occhi quando aggiunse: "Quando mi hanno chiamato per dirmi che casa tua aveva preso fuoco e che non c'era nessuno ad aiutarti?"

Anche gli occhi di Faith bruciarono di lacrime non versate. "Posso immaginarlo."

"Avevo il cuore in gola e stavo morendo dentro; non riuscivo a pensare ad altro che a raggiungerti. Poi, quando sono corso dentro e ho scoperto che le fiamme ti avevano già intrappolata in quel salotto, per poco non ho perso la testa. L'idea di starti lontano anche solo per un minuto è impensabile. Se ti avessi portata a casa di tuo padre, lui avrebbe avuto due ospiti, perché non sarei riuscito a convincermi ad andarmene."

Faith si allungò e passò le dita sulla mascella velata di barba di Hunter. "Tu e Zoey sareste potuti restare."

"Può darsi. Ma qui posso abbracciarti per tutta la notte senza sentirmi in colpa." Lui le sorrise.

"Sembri davvero sicuro di te," disse Faith. "Non temi di approfittarti di una donna vulnerabile?" Erano parole giocose, ma suonavano serie, come se lei stesse mettendo in discussione le motivazioni di Hunter.

Il sorriso di Hunter svanì e all'improvviso il cuore cominciò a tuonargli nel petto. "Faith, ascolta..." Si premette una mano sulla fronte e chiuse gli occhi. Quando li riaprì, la stava guardando come se le stesse scrutando nell'anima. "So che tu credi che dovrei cercare di avere una relazione con Vivian, ma–"

"Non lo credo. Non più," disse lei, interrompendolo. "Era la mia stupida insicurezza a parlare. Avevi ragione. Non puoi forzare qualcosa che non provi e non è il caso di tentare."

Hunter rimase di stucco, stupito da quella svolta. "Quando hai preso questa decisione?"

Faith scoppiò in una breve risata. "Questa sera. Sono uscita con Brian e–"

"Sei uscita con un altro?" La gelosia serpeggiò dentro

Hunter e il suo stomaco si inacidì al pensiero di Faith fra le braccia di un altro uomo.

"Sì, ed eravamo da Woodlines. Ho visto te e Zoey che vi divertivate tanto… e non lo so, ero triste perché non ne facevo parte. L'uomo con cui sono uscita, Brian… se ne è accorto e mi ha detto che non era giusto illuderlo quando ero innamorata di un altro."

Hunter si ritrovò nuovamente con il cuore in gola. Aveva sentito bene? "E tu cos'hai detto?"

"Gli ho detto che aveva ragione. Non era giusto." L'espressione di Faith si intenerì mentre lo guardava. "In quel momento, mi sono resa conto di essere uscita con l'uomo sbagliato e che ti avevo respinto perché avevo paura. Mi dispiace, Hunter. Era arrabbiata con mia madre e mi sono sfogata su di te. Non avrei dovuto farlo."

Il cuore di Hunter si sciolse alla vista della vulnerabilità che inondava gli splendidi occhi azzurri della donna. "Nessun problema. Ho le spalle larghe e se tu avrai bisogno che io trasporti i tuoi pesi, a volte, posso farcela. Anzi, ne sarei felice."

"Non spetta a te farlo," disse lei, scuotendo la testa.

"E se io volessi farlo?" Hunter chinò la testa e la baciò teneramente sulle labbra. "E se volessi aiutarti a portare i tuoi carichi per il resto delle nostre vite?"

A Faith si mozzò il fiato mentre le lacrime le scivolavano lungo le guance. "Perché mai dovresti volerlo fare? Hai i tuoi demoni da affrontare."

"I nostri demoni sono gli stessi, tesoro. Non lo vedi? Entrambi abbiamo perso molto quando eravamo solo bambini. Io ho perlopiù fatto pace con la mia situazione. Ma tu… tu ci stai ancora lavorando. Lavorando su come gestirai Gia… Gabrielle. Mi piacerebbe poterti sostenere, se vuoi."

"Certo che voglio. Ma devo avvisarti che credo che la

situazione sarà difficile per un po', per quanto riguarda mia madre. Lei..." Faith serrò le palpebre per un momento. Quando riaprì gli occhi, dal suo sguardo si irradiava dolore allo stato puro. "È tornata comportandosi come se stesse cercando di sistemare la sua vita. Ma la prima cosa che ha fatto è stata drogarsi e bruciarmi la casa. Come faccio ad affrontare una cosa del genere? Non ne ho idea."

Hunter soffriva per lei e sapeva che ci sarebbe voluto parecchio tempo prima che Faith venisse a patti con il genere di persona che era diventata sua madre. Sapeva che Gia era una donna dal cuore tenero, ma anche che era egoista. Non amava abbastanza se stessa per cercare aiuto. E per quanto chiunque potesse voler aiutare una persona tossicodipendente, se quella persona non voleva aiuto, nessuno poteva farci nulla. "Beh, tanto per cominciare, tu e Xena potrete restare qui mentre io ricostruisco casa tua. Il risarcimento dell'assicurazione dovrebbe bastare a coprire il costo dei materiali, e il vantaggio dell'essere la mia ragazza è che lavorerò gratis. Oppure possiamo costruire una casa più grande, con più camere da letto."

"Più camere da letto?" chiese lei, guardandolo perplessa.

Hunter ridacchiò. "Sai, nel caso prima o poi vogliamo riempirle con altri bambini."

Faith rise. "Corri forte, amico mio."

"Può darsi, ma mi piace essere pronto." Hunter era sicuro di stare dicendo troppo e troppo presto, ma dopo quello che era successo quella sera, non riusciva a trattenersi. E non voleva farlo. "Faith, credo che ormai tu lo sappia, ma nel caso non fosse così... io ti amo. Non lo avevo mai detto a una donna, ma adesso lo dico a te. E ti amerò per il resto della tua vita, se tu me lo permetterai."

"Accidenti," mormorò la donna.

La paura cominciò a intrufolarsi nelle viscere di Hunter mentre lui aspettava che lei aggiungesse qualcosa. Ma non si pentiva di aver tirato fuori tutto. Non dopo la notte che avevano trascorso. Dopo la morte dei suoi genitori, Hunter aveva trascorso troppi anni a proteggere il suo cuore. Non aveva più intenzione di farlo.

"Sai una cosa?" chiese Faith, mentre un sorriso le si allargava lentamente sulle labbra.

"No, cosa?"

"Sei un po' pazzo." Gli occhi di Faith brillavano di divertimento.

"Può darsi, ma immagino che una con tre sorelle più grandi e un cane indemoniato sia un po' pazza anche lei."

Faith abbassò lo sguardo su Xena, che russava delicatamente. "A me sembra molto mansueta."

"Anche tu lo sembri, di solito," la prese in giro Hunter.

Continuando a sorridere, Faith si allungò e gli mise una mano sulla nuca, attirandolo verso il basso in modo che le loro labbra fossero vicine. "Anch'io ti amo, Hunter McCormick. Ora baciami."

Lui non esitò. Chiuse la distanza e la baciò dolcemente, riversando in lei tutto il suo amore. Faith era tutto ciò che lui avesse mai voluto e tutto ciò di cui non aveva mai saputo di avere bisogno. In quel momento, capì che qualunque cosa li avrebbe presi di mira, lui le sarebbe rimasto al fianco fino alla fine. Quando si staccò, lacrime silenziose stavano rotolando ancora una volta lungo il volto della donna. "Ehi," mormorò Hunter. "Cosa c'è, tesoro?"

"Niente. Assolutamente niente," disse lei, scuotendo la testa. "Sono solo sovraccarica. Felice e sovraccarica."

"Oh, Faith." Hunter gattonò sul letto, si stese accanto a lei e la prese fra le braccia, con la schiena di Faith premuta contro il suo petto. Giacquero insieme così, con lui che le accarezzava delicatamente il braccio, fino a quando non udirono un battere di piedi nudi sul pavimento di legno.

"Papi?" chiese Zoey, la voce rotta.

Hunter si raddrizzò immediatamente. "Cosa c'è, Zoey? Va tutto bene, tesoro?"

"Posso dormire qui?"

"Certo." Hunter si allontanò da Faith, lasciando spazio a sufficienza perché Zoey potesse infilarsi in mezzo a loro. La bambina prese posto proprio accanto a Faith, condividendo il suo cuscino. Faith non esitò a passarle un braccio attorno a stringerla a sé.

Hunter aveva la sensazione che gli sarebbe scoppiato il cuore per tutto l'amore che si riversava da lui.

Faith sollevò lo sguardo. "Pronto a spegnere le luci?"

"Direi proprio di sì." Hunter si allungò a premere l'interruttore, quindi cullò le sue due ragazze preferite fino al sorgere del sole.

CAPITOLO 24

"Allora," disse Yvette mentre si sedeva accanto a Faith. "Tu e Hunter vivete insieme, adesso?"

Faith si ficcò in bocca una fetta della torta di addio al nubilato di Noel e annuì.

Yvette si buttò i capelli scuri alle spalle e rise. "Così? Ti brucia la casa e tu vai a vivere dal primo scapolo che trovi?"

"Non è il primo," disse Faith, ignorando la provocazione della sorella. "Immagino che avrei potuto chiedere a Brian."

"Così tanti uomini, così poco tempo," disse Yvette, simulando un sospiro.

Si misero a ridacchiare entrambe.

"Ehi, ehi, non divertitevi senza di me," disse Abby, raggiungendole. Aveva in mano una bottiglia di vino alla cui sommità era fissato un bicchiere. "Avete visto?" Mostrò il marchingegno. "Così si risparmia tempo. Non c'è bisogno di riempirlo."

Yvette le strappò la bottiglia di mano e bevve un lungo sorso.

"Ehi! Quella è la mia bottiglia." Abby se la riprese e la

strinse con entrambe le mani, ringhiando a Yvette come un cane che proteggeva la ciotola con il cibo. "L'ho vinta giocando al gioco delle citazioni dai film romantici."

"Non male, Abs. Per fortuna Clay non può vedere quanto *poco* sexy sei in questo momento."

"Clay mi trova sempre sexy." Abby agitò le spalle, facendo ballonzolare le tette.

Tutte risero. Il cuore di Faith era colmo d'amore per le sue sorelle. Erano all'addio al nubilato di Noel e la giornata era stata colma di gioia allo stato puro. Yvette aveva fatto un lavoro favoloso con il negozio, rendendolo elegante con un tema invernale argento e blu. Centinaia di candele erano stati incantate per galleggiare a mezz'aria e in ciascuna di esse guizzavano fiamme tenui, mentre la neve cadeva dal soffitto e svaniva nel nulla prima di toccare chiunque. Era bellissimo e magico e perfetto.

Abby sollevò la bottiglia di vino. "Cin cin!"

Yvette e Faith presero i loro comunissimi bicchieri di vino e brindarono. "Cin cin!" dissero all'unisono.

"È ora dei regali!" esclamò Hanna dall'altra parte della stanza.

Guardarono Noel mentre apriva di tutto, da un apriscatole di lusso a delle mutandine aperte decisamente sensuali. Quando sua sorella mostrò l'intimo, Faith esclamò: "Non ne ha bisogno. Drew ha già capito come entrare nelle altre."

Noel fece un sorrisetto a sua sorella e si premette una mano sull'addome, mentre tutte ridevano e brindavano alla sua gravidanza.

"Credo che probabilmente troveremo comunque un utilizzo per queste," disse Noel, piegando l'intimo provocante e mettendolo assieme al resto dei regali.

Due fette di torta dopo, Faith si ritrovò seduta da sola su

una poltrona, mentre Abby e Yvette aiutavano Noel a caricare i regali sul SUV. Lei si allungò a massaggiare il polpaccio dolorante appena sopra il gesso.

"Ehi, bellissima," disse Hunter mentre si sedeva accanto a lei. "Tutto a posto?"

Faith sbadigliò. "Sono solo un po' stanca."

"È normale mentre l'osso guarisce," disse l'uomo, prendendole la mano.

"Così dicono." Lei gli sorrise, ma poi si accigliò quando vide la tensione nella sua mascella. "Cosa c'è?"

"Ho sentito Mason. Gia lo ha contattato. Pare che stia cercando di ottenere un accordo in modo da essere condannata a terapia e libertà vigilata invece che al carcere."

"Niente carcere?" chiese incredula Noel. Era appena rientrata nella libreria assieme a Abby e Yvette. "State parlando di nostra madre?"

Hunter annuì.

"Deve andare in prigione," insistette Noel. "Ha quasi ucciso delle persone."

"Noel," intervenne Abby. "Credi davvero che mandarla in prigione cambierebbe qualcosa?"

"La terrebbe lontano dalla gente." L'espressione di Noel era dura mentre aggiungeva: "E se bussasse di nuovo alla porta di Faith e facesse appello alla sua compassione? Oppure facesse del male a qualcun altro? No. La terapia non basta."

"Noel," disse Yvette. "Magari dovremmo sentire quello che pensa Faith, dato che è lei quella che ci ha rimesso la casa."

Si voltarono tutte a fissare Faith.

Lei esitò e scosse la testa, cercando di schiarirsi le idee. Quindi dedicò la propria attenzione ad Hunter. "È possibile che le diano la terapia invece che la prigione?"

"Sì, se tu dichiarerai di essere convinta che l'incendio sia stato un incidente."

"È stato un gesto avventato e lei era fatta!" disse Noel.

"È vero," concordò Faith, rivolgendo un cenno del capo a Noel. "Su questo non c'è dubbio. Ma non penserai davvero che avesse intenzione di bruciarmi la casa, vero?"

"Certo che no," disse Noel. "Nessuno cerca di bruciare una casa con i marshmallow."

"Nessuno che sappia quello che sta facendo, almeno," disse sottovoce Yvette.

Nonostante la natura seria della conversazione, Faith ridacchiò. "Lo immaginavo."

"Non è divertente." Noel incrociò le braccia e si lasciò cadere su una sedia vicina.

"Non lo è," disse Hunter, prendendo Faith per mano e accovacciandosi accanto a lei. "Che ne pensi, Faith? Qualunque cosa tu decida, io ti sosterrò."

Lei gli strinse la mano, chiedendosi cosa avesse fatto per meritare un uomo che le era tanto devoto. "Anche tu hai voce in capitolo. Zoey era..." Si accigliò, incapace di pronunciare ad alta voce le parole. "Non ero io l'unica in pericolo."

"No, infatti. Ma Gia è corsa in quell'edificio in fiamme per salvare Zoey quando l'ha vista entrare. Deve pur valere qualcosa," disse Hunter.

"Lascia perdere Zoey, per un momento," disse Faith ad Hunter. "Se lei avesse semplicemente dato fuoco a casa mia e non fosse successo nient'altro, cosa diresti? La conosci meglio di tutte noi."

Hunter passò lo sguardo sulle quattro sorelle Townsend e Faith capì che la domanda lo metteva a disagio, ma lei voleva davvero sapere cosa lui aveva da dire.

Gli strizzò la mano. "Per favore, Hunter."

"Già," aggiunse Abby. "Voglio saperlo anch'io."

"Idem," disse Yvette.

L'uomo lanciò un'occhiata a Noel.

La donna annuì con riluttanza. "Sì, anch'io."

Hunter si passò una mano fra i capelli e trasse un sospiro profondo. "So che Gia è amorevole quando non è fatta ed estremamente egoista quando lo è. Non so come giudicare se meriti di andare in prigione o meno. È due persone diverse. Se fosse in grado di restare pulita, allora no. In caso contrario..." Hunter fece spallucce. "Spetta alle forze dell'ordine deciderlo."

"Tu riusciresti a perdonarla?" chiese Faith.

Lui la fissò con uno sguardo duro. "Sinceramente? No. Ha messo in pericolo mortale le due persone che amo di più. Dipendenza o meno, le azioni hanno delle conseguenze. E sebbene io speri che le sue condizioni migliorino, per il suo bene e per il bene di tutti quelli che la circondano, il perdono non è cosa che lei meriti da me. È qualcosa che dovrà guadagnarsi e, dal mio punto di vista, non sono sicuro che possa farcela."

"Porca miseria," disse Noel, rivolgendosi a Faith. "Dovevi proprio sceglierlo così maturo? Io stavo covando il rancore più grosso della Costa Ovest e lui me l'ha fatto saltare. Fai quello che ti senti. Io ne rimarrò fuori."

"Wow. Ecco qualcosa che non sentiremo mai più," disse Abby. "Puoi metterlo per iscritto?"

"Piantala, Abs," disse Noel. "Non sono dell'umore."

"Questa ti darà una mano." Abby le passò un'altra fetta di torta.

Noel fece un sorrisetto minuscolo e si ficcò una forchettata di torta in bocca.

"Anch'io voto per qualunque cosa tu ritenga giusta," disse Abby. Anche Yvette assentì.

"Fantastico. Grazie, eh?" disse sarcastica Faith. "Lasciate a me tutto il peso."

Ridacchiarono mentre lei nascondeva il viso fra le mani. Quando, finalmente, venne fuori a prendere aria, disse: "Prima voglio vederla."

~

Faith e Hunter erano seduti di fronte a Gabrielle nella saletta per le visite della prigione della contea. La donna indossava un'uniforme azzurra che ricordava un camice e aveva le borse sotto gli occhi.

"Siamo in astinenza, eh?" chiese Hunter, senza un grammo di compassione.

"Mi dispiace tanto, Hunter," disse lei, cercando di prendergli la mano.

Lui si ritrasse e le rivolse un sorriso vacuo mentre diceva: "Questa l'ho già sentita."

"Lo so. Non hai alcun motivo per perdonarmi," disse Gabrielle. Suonava così patetica che Faith avrebbe voluto mettersi a piangere. Non per lei, ma per la perdita della madre che aveva conosciuto e amato tanti anni prima.

"Hai ragione. Non ce l'ho," disse lui. "Ma probabilmente, tu dovrai imparare a perdonare te stessa prima di chiedere a qualcun altro di farlo. Non siamo qui per assolverti dai tuoi peccati."

La donna inclinò la testa e gli rivolse un'occhiata incuriosita. "Perché siete qui?"

Hunter accennò con il capo a Faith. "Lei voleva vederti."

Gabrielle rivolse la propria attenzione a Faith e suoi occhi si riempirono istantaneamente di lacrime. "Mi dispiace tantissimo, Faith... La tua casa–" Un singhiozzo le si incastrò in gola e Faith non provò nulla. Solo compassione.

"Può essere ricostruita," disse.

"Ma avresti potuto farti del male e Zoey..." Gabrielle guardò di nuovo Hunter. "Morirei se accadesse qualcosa alla tua bambina."

"Anch'io," disse Hunter.

"Gabrielle," disse Faith, "in realtà, ho solo una domanda per te."

Un'espressione di sofferenza attraversò il volto della donna quando lei disse: "Puoi chiamarmi mamma, se vuoi."

Faith si accigliò e scosse la testa. "È da molto tempo che non sei una madre per me. Non credo che sia appropriato."

"Giusto. Ma certo. Va bene Gabby. O Gia," disse Gabrielle, lanciando nuovamente un'occhiata ad Hunter. Ma l'uomo stava fissando alle spalle della donna, senza incrociare il suo sguardo. Faith non poteva biasimarlo. "Gia" era stata una figura materna per lui, ma aveva comunque fallito miseramente. Era incredibile che Hunter avesse trovato la forza anche solo di andarla a trovare.

"D'accordo, Gia, voglio sapere perché vuoi andare in terapia adesso, quando hai rifiutato di farlo negli ultimi venti e passa anni. È solo perché altrimenti rischi la prigione, oppure vuoi davvero disintossicarti?"

La donna prese bruscamente fiato, quindi sbatté rapidamente le palpebre mentre le lacrime le ricadevano silenziosamente lungo le guance scavate.

Faith non si lasciò commuovere. "Rispondi onestamente, per favore. Dubito che quello che dirai cambierà la mia decisione riguardo a quello che dichiarerò alla polizia, ma voglio davvero saperlo."

Gabrielle si asciugò le lacrime e tirò su col naso. Fissandosi le mani, disse: "Non voglio mentire. Ho il terrore di andare in prigione."

"È comprensibile," disse Faith.

Sua madre annuì. "È anche vero che non ho mai cercato di farmi curare. Avrei voluto farlo, a volte. E altre volte ho cercato di smettere da sola. Hunter lo sa. Ha visto il circolo vizioso. L'ultima volta, ho pensato che ce l'avrei fatta davvero. Ero pulita da mesi. Ma poi ho visto voi ragazze e… è diventato molto difficile."

Hunter guardò Faith e annuì. "È vero. Ci ha provato diverse volte."

"Non avevamo il denaro perché io potessi andare in uno di quei centri di riabilitazione e, a voler essere onesti, allora non volevo davvero smettere. Non per sempre. Non quanto bastava per ingoiare l'orgoglio e chiedere aiuto. Ma quando ho visto quella bambina correre nella tua casa in fiamme, qualcosa si è rotto dentro di me. Ero ancora mezza stordita dalla pozione, ma l'ho vista e ho capito che, se non avessi fatto qualcosa…" Gabrielle si interruppe e deglutì faticosamente. Sembrava incapace di concludere la frase.

Raddrizzando le spalle e fissando Faith negli occhi, proseguì: "Per grazia degli dèi, sono riuscita a tirarla fuori in quel momento, quando ho capito che era al sicuro, mi sono ripromessa che questa volta avrei cercato aiuto. In un modo o nell'altro, voglio e ho bisogno di essere aiutata a ripulirmi. L'idea che Zoey… È impensabile."

Faith sostenne il suo sguardo, chiedendosi perché la donna non avesse pensato le stesse cose quando Faith si era addormentata in poltrona. Non era poi tanto ferita dalla mancanza di preoccupazione di sua madre nei suoi confronti. Era palese che sua madre era rovinata in modi che Faith non poteva capire. Era solo triste. "Tutto qui?"

Gabrielle scosse la testa mentre le lacrime scorrevano più velocemente. "Mi odio per quello che ti ho fatto, Faith. Eri la mia bambina, quella da cui ho sempre pensato che sarei potuta tornare. Eri così piccola, così dolce, così pura. Ma io..." Si coprì gli occhi con la mano. "Io ho rovinato e distrutto tutto quello che avevi. Ho quasi distrutto te," disse con un certo sforzo, la voce a malapena udibile. "Non so come farò a perdonarmi."

Faith la fissò per un lungo istante. Poi si alzò e disse: "Ci lavorerai su durante la terapia." Tendendo la mano ad Hunter, aggiunse: "Buona fortuna, Gia. Spero che troverai la forza per stare meglio."

Hunter la prese per mano e i due uscirono dalla saletta per le visite. Faith si fermò per firmare la dichiarazione, poi si rimisero in viaggio. Lei si rivolse ad Hunter. "Credi che ce la farà?"

Lui si strinse nelle spalle. "Per il suo bene, lo spero."

"Anch'io." Faith gli prese la mano e nel profondo di sé pregò che sua madre sarebbe guarita. Qualunque cosa fosse successa in passato, lei sperava un giorno di conoscere la persona di cui suo padre si era innamorato tanti anni prima. Fino ad allora, aveva dei progetti suoi.

Quando oltrepassarono i confini di Keating Hollow, Faith disse: "Possiamo passare da casa mia?"

Hunter le lanciò un'occhiata. "Perché? Non c'è più niente, Faith. Abbiamo già salvato tutto il salvabile. Restano solo le macerie."

"Lo so. Voglio vederla comunque."

Hunter sembrava scettico, ma svoltò nella direzione di quella che era stata la casa di Faith.

Lei si allungò, gli afferrò la mano e strinse. "Grazie."

Più si avvicinavano a casa sua, più lei si sentiva tranquilla.

Aveva già chiesto a suo padre di accompagnarla ai resti del suo cottage qualche giorno prima. Pur avendo saputo cosa aspettarsi, era stato uno shock e lei si era presa il pomeriggio per piangere e sfogarsi. Poi si era ripulita e aveva voltato pagina. Era solo una struttura. Si poteva ricostruire. Le sue foto e i suoi ricordi erano tutt'altra cosa. Lei sapeva che ci sarebbe voluto del tempo per superare la perdita, ma aveva già deciso che strada intraprendere.

Hunter fermò il furgone nel viale e spense il motore. Voltandosi verso di lei, chiese: "Come hanno fatto a sgomberare tutto così in fretta?"

Il terreno era vuoto e l'unica traccia della struttura bruciata erano i segni sulla terra. "Jacob ha chiesto un favore all'impresario che ha costruito la sua casa. Sono venuti ieri e hanno raso tutto al suolo."

"Va bene, ma perché questa fretta? Volevo cominciare a cercare qualcuno dopo l'anno nuovo."

"Ti faccio vedere." Faith aprì la portiera e scese a terra sul piede buono.

Hunter uscì dal furgone e vi girò attorno, porgendole le stampelle, prima ancora che lei potesse allungarsi a prenderle.

"Grazie." Faith si recò al luogo dove un tempo si era trovata la sua casa e si fermò più o meno all'altezza della camera da letto. Puntando una delle stampelle verso il retro, disse: "Pensavo che qui dovrebbe andare un bel bagno privato, con tanto di cabina doccia e vasca idromassaggio per due."

Hunter le sorrise. "Suona bene."

Faith fece qualche passo. "Questa è la cabina armadio."

"Ovviamente," concordò lui.

Faith lo condusse attraverso l'area, descrivendo l'aspetto che voleva dare alla cucina, dove sarebbe stato posizionato il caminetto a gas nel salotto, una lavanderia bella grossa e un soggiorno separato. Poi raggiunse l'area dove si sarebbe trovato il corridoio. "E qui, Hunter, credo che aggiungeremo tre camere da letto e un ufficio."

"Tre camere da letto?" chiese lui, sbalordito. "E un ufficio? Per me o per te?"

"L'ufficio è per tutti e due, se pensi di poterlo condividere."

Lui la circondò con le braccia e fissò nei suoi occhi scintillanti. "Posso condividere. Perdiana, sono felice di condividere. Qualche ora in più da trascorrere con te tutti i giorni sarà bene accetta."

Faith gli sorrise. "Per me è lo stesso."

"Ma tre camere da letto extra? Cosa vuoi farci? Aprire un bed and breakfast?"

Faith rise. "Non credo che Noel apprezzerebbe la concorrenza." Accentuò la presa su Hunter. "No. Una è per Zoey e pensavo di riempire le altre due con un fratellino e una sorellina. Oppure due fratellini o due sorelline. A seconda di quello che viene fuori."

"Un fratellino e una sorellina?" ripeté Hunter.

"Non sono schizzinosa. Femmine, maschi, uno e uno." Faith fece spallucce, godendosi l'espressione di meraviglia che illuminò il viso di Hunter. "Purché siano nostri. Che ne pensi?"

Lui chinò la testa e rivendicò le labbra di Faith in un bacio ardente, stringendola come se non volesse lasciarla andare mai più. E quando finalmente si fermò per respirare, disse: "Credo che sia giunto il momento di cominciare a riempire quelle camere."

Faith rise. "Ci sto. Ma possiamo aspettare di tornare a casa tua?"

"Mmm. Tu chiedi tanto, bellezza."

"È qualcosa a cui guardare," disse lei, per poi cominciare a barcollare verso il furgone. Ma prima che potesse fare due passi, lui la raggiunse alle spalle e disse: "Tieniti strette le stampelle."

"Perché?"

"Ci stai mettendo troppo." Ciò detto, Hunter la prese fra le braccia e la portò al furgone. Una volta entrati, disse: "Ti amo spaventosamente, Faith Townsend."

"Questo è un bene, perché ho intenzione di sposarti l'estate prossima, sotto quel magnifico patio che hai costruito alla spa. Ci stai?"

"Puoi scommetterci. Ora dimmi che mi ami."

Faith scivolò sul sedile fino a trovarsi proprio accanto a lui e bisbigliò: "Anch'io ti amo spaventosamente, Hunter McCormick. Ora sbrigati. Abbiamo un appuntamento in camera tua."

Lui le rivolse un sorriso malizioso e premette sull'acceleratore.

CAPITOLO 25

Hanna Pelsh era seduta a un tavolo al ricevimento di Noel e Drew e guardava Rhys e Lena ondeggiare a ritmo di musica sulla pista da ballo. Vederli insieme le ricordava un altro matrimonio, quasi un anno prima, sempre nel frutteto dei Townsend, dov'era stata lei quella fra le braccia dell'uomo. Erano usciti insieme e insieme erano andati al matrimonio di Abby e Clay, e poi lui le aveva fatto il discorso. Quello che era cominciato con "Ti vedo più come un'amica" ed era finito con lui che la ignorava per i dodici mesi a venire.

Se lei non lo avesse amato per quasi tutta la vita, lo avrebbe odiato. Ora Rhys usciva con la receptionist di Faith e Hanna si chiedeva se vederli insieme l'avrebbe uccisa. Di certo il cuore le faceva piuttosto male.

"Ehi!" disse Faith, avvicinandosi zoppicando sulle stampelle e scivolando con grazia su una delle sedie. "Cosa ci fai qui tutta sola, senza torta o vino in vista?"

"Sto diventando davvero brava con quelle cose," disse Hanna, mentre indicava il piatto vuoto. "Quella era la fetta numero due."

"Accidenti, sono indietro." Faith rivolse un cenno ad Hunter, che era al bar, e gli gesticolò di prendere due bicchieri di champagne per lei e per Hanna, per poi indicare il tavolo con la torta e sollevare di nuovo due dita.

Hanna la guardò di sbieco. "Gli hai davvero ordinato di portarci da bere e dell'altra torta?"

"'Ordinato' suona male. Diciamo che gliel'ho chiesto." Faith sorrise, gli occhi che brillavano dalla gioia al punto da alleggerire la nuvoletta di mestizia che aleggiava sulla testa di Hanna. "Ma ci pensi?" disse Faith, indicando con un cenno della mano le decorazioni spettacolari. "È dannatamente incredibile. Yvette ed Abby si sono superate."

Era vero. C'erano non meno di due dozzine di alberi di Natale, ciascuno decorato con uccellini di cartapesta bianca incantata, ghiaccioli di vetro scintillanti e fiocchi di neve luccicanti. In cima a ciascun albero erano state poste delle piccole campane nuziali. C'erano sculture di ghiaccio in miniatura raffiguranti pupazzi di neve e pinguini al centro di ogni tavolo e una slitta incantata con delle renne volavano sopra la testa dei convitati, consegnando originali doni natalizi a tutti gli ospiti.

Persino lo champagne gli sembrava più frizzante del solito. O forse era Hanna a essere particolarmente alticcia. Aveva bevuto un po' più del solito.

"Non ti starai ancora struggendo per Rhys, vero?" chiese Faith.

"Come?" Hanna riportò l'attenzione sulla sua amica. "Io non mi struggo."

Faith mise una mano sulla sua e disse: "Scusa, tesoro, ma lo fai e lo stai facendo anche adesso."

"Detesto gli struggimenti," disse Hanna, con il veleno nella voce. "E detesto lui perché mi fa sentire così."

"Lo so. Sei molto brava a nasconderlo." Faith lanciò un'occhiata a Rhys e Lena. I due sembravano impegnati in una specie di alterco, ma parlavano a voce bassa, badando a non dare spettacolo. "Lui ti evita ancora?"

"Di solito sì." Hanna fece spallucce. "Non lo fa solo quando siamo soli. Per esempio, se è l'unico cliente del bar o se io sono l'unica cliente del birrificio. Allora è come se fossimo di nuovo alle superiori: ottimi amici, come se lui non avesse trascorso l'ultimo anno facendo finta che non fossimo abituati a sentirci al telefono tutti i giorni. Mi fa infuriare."

"Oh, no, Hanna," disse Faith, furiosa mentre guardava storto Rhys. "Lui mi è sempre piaciuto. Piace a tutti. Anche Clay lo adora. Dice che è il miglior aiutante birraio che avrebbe potuto chiedere. Ma nessuno tratta la mia amica come un segreto sporco; nessuno. Che diamine? Non puoi permettergli di passarla liscia, Hanna. Digli di metterselo in quel posto, la prossima volta."

Hanna rise. "Tu frequenti troppi bambini. 'Metterselo in quel posto?' Diciamo piuttosto di ficcarselo nel–"

"Ehi, qualcuno ha ordinato alcol e torta?" esclamò Hunter, indicando Zoey, che aveva in mano due piattini di torta.

"Sì! Ti amo," disse Faith, baciando l'uomo sulla guancia mentre prendeva il suo bicchiere di champagne. "Amo anche te, piccola Z." Si mise la bambina in grembo e la strinse forte.

Hanna mangiò la torta e bevve dell'altro champagne mentre fingeva di ignorare Rhys e Lena, che si erano spostati in disparte e continuavano a discutere. Poi, finalmente, sentì Lena dire: "Dunque è così. È finita?"

Rhys borbottò qualcosa e si guardò i piedi.

Lena emise uno sbuffo infastidito e si allontanò, lasciandolo solo come un imbecille. Il primo istinto di Hanna sarebbe stato di andare da lui per assicurarsi che stesse bene.

Ma mentre lo guardava guardare Lena che se ne andava, vide la stessa espressione che lui aveva avuto quando le aveva detto che la considerava solo un'amica e si inalberò di nuovo.

Che problemi aveva Rhys con gli impegni? Aveva frequentato diverse donne nel corso degli anni, ma non aveva mai avuto storie serie. In segreto, Hanna aveva sperato che ciò fosse dovuto al fatto che, nel profondo del suo cuore, Rhys sapeva che loro due erano destinati a stare insieme. Ma poi lui aveva fatto scoppiare quella bolla e trascorso un anno da single... fino a Lena. Ora stava ricominciando da capo. Hanna non ci capiva niente.

"Voglio ballare," disse Faith. "Zoe, sei pronta a scatenarti?"

La bambina sorrise. "Sì, ma tu non puoi ballare. Hai un piede rotto."

"Guarda e impara." Faith posò a terra il piede buono, afferrò una delle stampelle e saltellò fino alla pista da ballo. "Muovete il sedere." Rivolse un cenno ad Hunter, Zoey e Hanna. "Non fatemi aspettare."

Hunter e Zoey corsero a raggiungerla, ma Hanna scosse la testa, rifiutando cortesemente. Non era davvero dell'umore di ballare e per fortuna Faith lasciò perdere.

Hanna stava per prendere un altro drink quando Drew saltò sul piccolo palcoscenico temporaneo che il DJ aveva allestito in un angolo. "Salve a tutti. Grazie per averci raggiunti per festeggiare la Vigilia di Natale insieme. Noel e io siamo molto grati per la vostra presenza."

La folla applaudì e lanciò grida di congratulazioni.

"Grazie, grazie. Vi attende una bella sorpresa, perché io e i ragazzi avremmo dovuto pagare una scommessa, la settimana scorsa in fiera, ma non abbiamo potuto farlo per via di circostanze famigliari impreviste. Per cui, questa sera abbiamo un dono per Noel, le sue sorelle e tutti voi. Noel?" Drew fece cenno a Noel di raggiungerli mentre Clay posava una sedia al centro della piattaforma.

Noel, scuotendo la testa e arrossendo disperatamente, salì sulla piattaforma. Indossava uno splendido abito da sirena bianco, con una fusciacca rossa e scarpe col tacco rosse.

"Siediti, tesoro." Drew sorrise da un orecchio all'altro.

"Cosa state combinando?" chiese ridendo Noel, ma Hanna era sicura di sapere già tutto. Gli uomini non avevano ancora pagato la scommessa di cantare *Santa Baby* e Drew stava rimediando di fronte a tutti gli ospiti.

"Paghiamo pegno." L'uomo ammiccò, corse giù dal palco e svanì dietro un paravento che sembrava apparso dal nulla. Qualche istante dopo, la musica ebbe inizio e Clay, Brian, Drew e Rhys corsero fuori dal paravento. Hanna si stupì alla vista del grosso sorriso sul volto di Rhys, considerato che l'uomo aveva appena litigato con Lena. Ma Rhys era bravissimo a compartimentalizzare. Hanna fu ugualmente stupita di vedere Brian sul palco assieme agli altri, dato che lui non era stato fra gli sconfitti. Ma era un tipo così allegro che probabilmente gli altri non avevano faticato a convincerlo a stare al gioco.

Ciascuno degli uomini indossava un vestito da donna paillettato corto, stretto in vita con una cintura verde foresta, con la scollatura e la gonna bordate pelliccia sintetica. Gli uomini avevano completato il look con stivali verdi scamosciati al ginocchio.

Gli invitati esultarono, mentre Noel si portò una mano alla bocca e scosse la testa incredula.

Gli uomini cominciarono a muovere le labbra e a ondeggiare a ritmo di musica, facendo smorfie ridicole. Poi si divisero in coppie e cercarono di fare dei movimenti complessi che non seguivano nemmeno la musica. Brian inciampò e andò a sbattere di testa contro Clay, facendo crollare entrambi.

Le risate della folla erano assordanti, ma Rhys e Drew ignorarono i loro soci a delinquere, facendosi piroettare a vicenda come se nulla fosse accaduto. Incapaci di trattenere le risate, Brian e Clay si rialzarono appena in tempo per il gran finale.

Mentre la canzone terminava, tutti e quattro gli uomini cominciarono ad ancheggiare e un attimo dopo, Clay, Brian e Rhys afferrarono il tessuto all'altezza dei fianchi e si strapparono i vestiti di dosso. Si voltarono e si piegarono in modo che gli ospiti vedessero ciò che era scritto sui boxer bordati di pelliccia.

Congratulazioni, Drew & Noel!

Solo Noel non vide nulla, perché proprio mentre gli uomini cominciavano a spogliarsi, Drew le coprì gli occhi con le mani e spalancò la bocca a beneficio della folla.

Gli invitati si divertirono moltissimo e si scatenarono con gli applausi, facendo versi e gridando, mentre Hanna rimase a fissare Rhys mentre questi raccattava gli indumenti da terra e correva dietro il riparo del paravento. Era bellissimo e più muscoloso di quanto lei avrebbe immaginato, e nonostante i boxer bordati di pelliccia, lei lo considerava l'uomo più sexy che avesse mai visto.

Una volta che tutti e quattro gli uomini furono spariti per andare a rivestirsi, Hanna si inoltrò nella casa, usò il bagno, si aggiustò il trucco e riemerse sentendosi una donna nuova. Si fermò in cucina a prendere un bicchier d'acqua. Dopo averne bevuto metà, si voltò e andò a sbattere contro il petto di Rhys. L'uomo sollevò le mani per sostenerla e la pelle di Hanna formicolò da capo a piedi al contatto.

"Ehi. Attenta," disse Rhys, sorridendole. Si era rimesso il completo, ma senza la cravatta. "Che fretta c'è?"

"Nessuna fretta. Cerca di non tendere imboscate alla gente, d'accordo?" Hanna cercò di girargli attorno, all'improvviso ancora infastidita per il modo in cui l'uomo aveva rotto con Lena subito prima dell'esibizione. Era stata una replica di quello che era accaduto fra di loro un anno prima. Rendersi conto che era furiosa perché Rhys aveva rotto con Lena la fece quasi ridere. Due ore prima, quella notizia l'avrebbe mandata in sollucchero. Ora era solo infastidita.

"Aspetta, Hanna. Dove vai? Pensavo che avremmo potuto parlare."

Lei fissò il volto dall'espressione schietta di Rhys e scosse la testa. "Non credo proprio, Rhys. Se hai bisogno di parlare con qualcuno, prova con uno dei tuoi amici."

Lui si accigliò, aggrottando le sopracciglia in preda alla confusione. "Ma *tu* sei uno dei miei amici."

"Lo pensi davvero? Che siamo amici? Che possiamo telefonarci e chiacchierare, fare progetti e raccontarci a vicenda i nostri problemi?" chiese lei.

"Certo che possiamo. Una volta, lo facevamo sempre."

"Esatto: una volta. Credo che questo significhi che non siamo più amici come un tempo." Hanna gli diede un colpetto sul braccio. "Magari Clay ha tempo per chiacchierare. Io torno alla festa."

"Hanna!" Rhys fece un passo avanti e le balzò di fronte per bloccarle la strada e impedire di lasciare la cucina. "È con te che voglio parlare. Lena e io–"

Lei sollevò una mano, zittendolo. "Non voglio parlare di Lena. Non hai ancora capito, Rhys? Noi non siamo più amici. Non lo siamo da quando mi hai scaricata al matrimonio di Abby."

"Ehi," disse l'uomo, che suonava arrabbiato. "Io non ti ho scaricata. Ho solo detto che pensavo che sarebbe stato meglio non frequentarci, per il bene della nostra amicizia. E tu eri d'accordo."

"Ah sì? Davvero? È così che te lo ricordi?" Hanna sapeva di essersi detta d'accordo, perché quale sarebbe stata l'alternativa? Ma non era stata una sua idea e di certo non era stata una sua idea che Rhys sparisse e la ignorasse completamente.

"Sì, me lo ricordo così." L'uomo si avvicinò, facendole dolere il corpo dalla voglia di lui, anche se ora Hanna era terribilmente incazzata. "E poi non so cosa sia successo, ma so che mi manchi spaventosamente. Non possiamo tornare come eravamo prima? Ottimi amici che possono parlare di tutto?"

"Ottimi amici?"

"Sì."

"Che possono parlare di tutto, dici?" Hanna lo guardò insospettita.

La sicurezza di Rhys parve vacillare leggermente mentre lui diceva: "Certo. Per quanto mi riguarda, avere qualcuno con cui parlare non mi dispiacerebbe, in questo momento."

"In questo momento." Hanna contrasse le labbra e annuì. Era chiaro che Rhys voleva parlare della rottura con Lena, ma lei non ci stava. L'ultima volta in cui avevano avuto una vera conversazione era stato subito prima che l'uomo cominciasse a frequentare Lena. Lei non era una seconda scelta. E stava per dimostrarlo.

"D'accordo. Parliamo di questo." Hanna afferrò Rhys per la camicia, gli diede uno strattone e lo baciò con tutto quello che aveva. L'uomo si irrigidì leggermente, ma poi aprì la bocca, incoraggiando la sua passione e circondandola con le braccia. Con un piccolo sussulto, Rhys inclinò la testa e approfondì il bacio, facendole arricciare le dita dei piedi per il piacere.

Quando lei si staccò, ansimante e vogliosa, lo guardò e chiese con voce sensuale: "È questo che fanno gli *amici,* Rhys?"

"Ah, ehm, gli amici?" chiese lui, gli occhi velati dal desiderio.

Hanna gli diede un colpetto sul petto e disse: "Pensaci su e dimmi cosa ti viene in mente." Ciò detto, girò sui tacchi e uscì dalla cucina per tornare alla festa.

L'AUTRICE

Autrice di bestseller per il *New York Times* e *USA Today,* Deanna Chase è una californiana di nascita, trapiantata nel più tranquillo stile di vita della Louisiana del sudest. Quando non scrive, se la spassa con suo marito a New Orleans o gioca con i suoi due shih tzu. Per ulteriori informazioni e aggiornamenti sulle ultime uscite, visitate il suo sito: deannachase.com

NOTE

CAPITOLO 1

1. "Un tocco di magia" (ndt).

www.ingramcontent.com/pod-product-compliance
Lightning Source LLC
LaVergne TN
LVHW091126080826
845145LV00008B/2057
* 9 7 8 1 9 5 3 4 2 2 2 1 7 *